ルパンの消息《しょうそく》

横山秀夫

YOKOYAMA HIDEO

KAPPA NOVELS

目次

第一章　タレ込み

1

平成二年十二月八日夜、巣鴨——。

「おーい、お嬢ォ、事件現場じゃ用足しはどうしてるんだ」

よく通る野太い声が宴席を突っ切り、こっそりトイレから戻った若い女記者の背中をつかまえた。

「やっ！」

期待通りの快活な反応があり、おかっぱ頭がくるりと振り向いた。愛嬌《あいきよう》のある垂れ目がすぐさま無礼な声の主を探し当て「もう、署長ったら！」と上座の後閑耕造《ごかんこうぞう》を睨《にら》みつける。それなりに憤慨しているのと、構われて嬉しいのが半々の顔だ。

後閑はフラスコ型の巨体をゆさゆさ揺らしながら豪快な笑い声を上げた。かなり酔いが回っていて遠慮も容赦もない。口を尖らす彼女をオーバーな仕種《しぐさ》で招き寄せ、「ほれ、出すモノ出したらまた飲まんか」と追い打ちをかける。

慣れっこだから、「お嬢」こと国領《こくりよう》香澄《かすみ》も負けていない。コップに半分ほどもあった冷酒を一気に干すや、すぐさま返杯を迫る勇ましさだ。

「さあ飲んでぇ。今度はセクハラ署長にトイレに行ってもらう番ですからね」

「セクハラ？　関原《せきはら》のことか？　なんでよその署長の話になるんだよ？」

真顔で聞き返してしまったのは迂闊《うかつ》というほかな

かった。香澄は手を叩いて躍り上がり、セクハラも知らないでよく署長が務まるものだ、いやらしい中年男がうら若き乙女をいたぶることだ、ここに見本のような男がいるではないかと、よく回る舌でやり込める。こうなるともう、どっちが構われているのかわかったものではない。

午後十一時を回り、忘年会は佳境に入っていた。

さほど広くない座敷は所轄署の幹部とサツ廻り記者が渾然《こんぜん》とひしめき、文字通り足の踏み場もない。いつもなら、とうに二次会三次会へと流れている時間だが、この日は夕刻、塾帰りの小学生二人がトラックに轢《ひ》き逃げされる事件が発生し、会はお流れもやむなしの方向で一旦宙に浮いた。が、この宴会のセッティングの労をとった会計課長の祈りが通じてか、抜け穴だらけのはずの緊急配備《キンパイ》にあっさり犯人が引っ掛かり、事件はスピード解決した。

そんなこんなでどうにか二時間遅れの開宴にこぎつけたわけだが、よくしたもので、ひと仕事終えた共通の爽快感と潜在的な同業意識が署の幹部と記者の距離をいつになく近いものにしていた。人権だの代用監獄だの、落としどころのない決まりきった論争も今夜ばかりは申し合わせたように休戦となり、あちこちで肩を組んだ丸い背中が大きく波を打つ。ビール瓶をマイクに男同士でデュエット曲をがなっている者、酔いに任せて腕相撲に青筋を立てる者、互いの手柄話に頷き合っている者もいて、さながら気の置けない仲間うちの宴会に仕上がっていた。

満足そうな笑みを湛える末席の会計課長の背をかすめ、壁際をそろそろと伝って上座に忍び寄る素面《しらふ》の若い刑事がいたが、誰もがしこたま酔っていて彼の存在すら意識の外だった。刑事の掌中で汗に揉《も》まれた四つ折りの小さな紙片は、テーブルの死角をつき、後閑の膝先でひっそり開かれた。

「ん、なんだ?」

刑事は答えず目線を落とす。後閑は香澄との弾む話に未練を残しつつ、だが、どこか醒《さ》めた頭で刑事の目線に従った。

――なんだとう。

15年前の女教師の自殺事案につき
他殺の疑い濃厚との有力情報あり
至急、帰署されたし

事態を要約した走り書きは、字数が少ない分、逆に事の重大性を誇示しているかのように目に映った。同じ要領で、情報は酒席のあちこちに散っていた捜査担当の面々に伝えられた。逃げ場のない煙草の煙がもうもうとする中、正気に戻った目配せが二つ、三つと重なる。

まず後閑が動いた。怪しまれぬよう頭の中で数分を計り、さり気なく話の輪を抜け、そうして後は敵陣突破の思いで水染《じ》みの浮かぶ襖《ふすま》を目指した。

――よりにもよって今夜かよ。

酒席の騒ぎを背に閉じ込めてみて、後閑は苛立《いらだ》ちの混じった息を吐いた。「警察とマスコミは車の両輪」が持論だ。双方が適度に機能を果たしていればいい。どちらかのタイヤが闇雲に急回転をはじめると、バランスが崩れて社会の混乱を招く。警察の密行主義がマスコミの特ダネ合戦を煽《あお》りたて、無茶を承知の記者連中に誤報や虚報が目立って多くなっているのは確かだ。最近では珍しくなった署と記者の懇親会に後閑が熱心なのも、マスコミとできうる限り接近し、活字や電波の力を利用して官民の風通しをよくしていきたいと考えているからだ。警察とマスコミの抜き差しならない癒着と反目の捩《ね》じれ構造にコケまで生えてしまった昨今、そんな甘ちゃんでどうすると自嘲することもある。しかし、柔和な仮面の裏でマスコミの道具化をもくろむキャリア組の連中のいかがわしさを思えば、巡査からこつこつ警視まで叩き上げた自分たちがやらねば、と使命感に似た気持ちに駆られたりもする。

とはいえ、「車の両輪」の理想も時と場合による。端《はな》から肝心要の情報を記者に気取《けど》られ、先手先手で掻《か》き回されてしまったのでは持ち上がる事件も潰れかねない。たとえ後で「嘘つき署長」となじられようとも、黙すべきは黙す、逃げるべきは逃げるを守らねばならないのが所属長の辛いところだ。

他の捜査幹部も、ある者は「年寄りはそろそろシンデレラするよ」と老兵を気取り、また別の者はトイレに立つふりをして次々と酒席を外す。残ったのは、交通や防犯、警備といった殺人事件に直接タッチしない幹部ばかりとなった。警察の側からいえば、彼らもまた、記者の足止め役という情報管制の任務に就いた事になる。

一方の記者連中はというと、若手に交じってベテラン、敏腕と呼ばれる者たちもいたにはいたが、酒豪揃いの警察官とまともに張り合ったのが祟《たた》って日頃のカンはお銚子やコップの底に深く沈んでしまっていた。ただ一人、例の国領香澄が「署長のトイレ長いなあ」と少々気にはしていたが。

黒塗りの署長車は寒風が束になって走る料理屋の裏通りに待機していた。

「おい、本当に殺しなのか」

後閑はでっぷりした尻をシートに沈め、だが左足はまだ道路に残したまま、後を追ってきた細い影に低い声を這《は》わせた。

「……のようです」

刑事課長の時沢剛《ときさわつよし》が曖昧《あいまい》に答え、ぱらぱらと手帳を捲《めく》る。

「まず十五年前の事案ですが――女教師は自分が勤めていた高校の校舎脇で死亡していました。当時は、失恋を苦に屋上から飛び降り自殺したと事件処理されています。ところが……」

充血した時沢の目がメモを追う。頭ははっきりしているようだが、酒が効いているのか上体が大きく左右に揺れ、支える足も頼りない。

「それがどうして殺しに化けた？」

後閑は待ちきれずに先を促した。

「一時間ほど前に、あれは殺しだと署に情報が入ったそうです。教え子の男子生徒三人が犯人だと」

「教え子が先生を殺したっていうのか」

顔も目も鼻も丸い後閑が、口まで丸くして聞き返した。

「ええ。女教師が死亡したとされる時間帯に、その教え子の三人が、なんでも『ルパン作戦』とか称して深夜の学校に忍び込んでいたというんです。これが女教師の死に絡んでいる、屋上から突き落として殺したらしい──そんな内容です」

「ルパン作戦……だとう？」

「そう言ってきてます」

「随分とふざけた話だな」後閑は呆れ顔になり、が、すぐに真顔に戻って続けた。「で？　三人が殺した証拠でも出てきたっていうのか」

「それはわかりません」

「ガセネタを掴《つか》まされたんじゃあるまいな」

「ネタ元は固いようです。本庁から、信憑性《しんぴょうせい》のある情報だと言ってきたそうですから」

「何？」後閑は顔を顰《しか》めた。「それじゃコイツは本庁ネタなのか」

時沢は眉に皺《しわ》を寄せて頷いた。思いは後閑と同じだ。

〝頼れる兄貴〟が煩わしい。管内に精通する所轄が、精通しているからこその手順で情報を入手して本庁に応援を仰ぐのであればいい。仕事もしやすいし、署のメンツだって立つ。だが、本庁に先に情報を持たれてトップダウンされるのではたまらない。こちらは手足として使われるのがオチだ。同じ組織の中で争うつもりもないが、後閑はこうした時、所轄の存在意義さえ疑われるようで気が滅入ってしまう。

「だが――」後閑は顰めたままの顔で言った。「本庁がそう言ってきたとなると本物かもしれんな」

「かもしれません。ただ……」

時沢が意味ありげに言葉を切った。

「ただ何だ？」

後部ドアを閉めかけた運転手が、会話の緊張を読み取って手を止めた。

「殺しだったとしても、明日いっぱいで時効が完成するそうです」

車は深夜の街を疾走した。どぎついネオンが幾筋もの細い帯となって流れていく。息苦しさを覚えて後閑はウインドウのスイッチに手を伸ばした。突然の冷気に腕時計の針が確かなものになる。

――時効まで二十四時間ってわけか。

傍目《はため》には豪気で部下からの信望もまずまず。後閑はそう自己分析しているが、専門は交通でいかんせん捜査経験に乏しい。正直なところ刑事事件は荷が重いのだ。まして時効まで一日しかない事件など、できることなら御免被《こうむ》りたい。本庁の腕っこきが我物顔で捜査指揮を執るのは目に見えていたが、組織にはそれぞれ役割がある。さしずめ後閑の仕事は、ポーカーフェイスで記者たちと接すること、そして、何か捜査に不手際があった場合、カメラの放列に向かって深々と頭を下げることだろう。

いずれにしても、明日は慌《あわただ》しい一日となるに違いなかった。

――少しでも眠っておかにゃ……。

後閑は目を閉じて車の振動に身を任せた。酒席に置き去りにしてきた記者たちの赤い顔が一つ、また一つと浮かんでくる。「お嬢」の尖った口と垂れた目がパズルのように脳裏で交錯し、いっとき事件が頭を離れて口元に笑みが漏れた。

——悪く思わんでくれよ。

気の良さからくる後ろめたさが、睡魔の誘いをほんの少し遅らせた。

2

ドスン。

苛立ち紛れに繰り出した拳が分厚い壁をとらえ、取調室の硬い空気が微《かす》かに震えた。

「ちゃんと説明しろ！」

喜多芳夫《きたよしお》の怒りは頂点に達していた。

無理やり警察に連れてこられたが、その理由がわからない。皆目見当がつかないのだ。

二人の刑事との間には、さっき喜多が蹴倒したパイプ椅子が転がっている。なにしろ吠え立てようが摑みかかろうが、刑事は両手を突き出し懐《ふところ》の深さを見せるばかりで連行の理由はおくびにも出さない。いや、それどころか署に到着してからというもの、まるで喋《しゃべ》ることが罪悪であるかのように口を一文字に閉じたまま呼吸さえ忍ばせている。取調官だか、責任者だか、ともかく格上の人間が到着するまでの監視が唯一の任務とみえ、番犬よろしく取調室のドアをガードしているだけだ。

「この地蔵野郎が！」

毒づいた喜多は、突如腹の中身を奪われていくような頼りない感覚に襲われ、そこに目眩《めまい》が重なった。極度の緊張状態を維持しかねた神経が悲鳴を上げ、いわば自己防衛的に体を崩してしまおうとしたらしかった。

喜多は立っているのも危うくなり、狭く暗い視界で背後の壁をよたよたと探った。辛うじて触れた手を支えに壁の隅に体を預け、そして一度、二度と手の甲で額を叩いた。

――クソウ、なんだってこんな……。

警察署の刑事課、しかも取調室である。

頭は混乱していた。ただ、わずかに冷めた意識が、この理不尽な一日の始まりを繰り返し断罪している。肩で息をしながら二の腕を擦《こす》ると、丸太のような刑事の腕の感触が痺《しび》れとともにはっきりと残っていた。


最初から只事《ただごと》ではなかった。

二人の刑事が団地の鉄扉を叩いたのは、夜が明けたかどうかのころだ。絵美《えみ》が「ママ、おしっこ」とぐずったのは覚えている。うとうとするうち、トイレにつき添った和代《かずよ》が早足で部屋に戻ってきて体を揺すった。

「あなた――ねえ、あなた起きて。だれか戸を叩いてるの」

喜多は「チャイムが壊れたんじゃないのか」などと寝ぼけたことを言ったが、「だってこんな早くに」と和代がやり返したように、ドアを叩かれた時間が問題だった。

午前六時四十分――。

少なからず警戒し、そっと内鍵を外すと予期せぬ荒っぽさでドアが外に引かれ、冷気が足元を駆け抜けた。ドアチェーンがビーンと突っ張り〝暴漢〟の侵入を阻んだが、次の瞬間、その僅《わず》かな隙間から焦茶色のコートの腕が差し込まれ、金文字の光る手帳を喜多の鼻先に突きつけてきた。

「警察です。喜多芳夫さんですね」

精悍《せいかん》な二つの顔が折り重なるように隙間を埋め、顔より大きな白い息を吐いている。

「警察……？　何かあったんですか」

「少々お聞きしたい事があるので、署までご同行願います」

ドラマで聞いたふうな言い回しだったから、にわかに実感が湧《わ》かなかった。

「聞くって何を？」喜多はおどけた調子で続けた。「なんにも悪いことなんかしてませんよ」

瞬時に我が身を点検していた。至って真面目な車のセールスマンだ。客とのトラブルはゼロだし、会社の金に手をつけた覚えもない。若い頃は多少悪さもしたが、それもいっときのことで、社会に出てからはそれこそがむしゃらに働き、結婚し、子供を育てと型通りの平凡な生活を送ってきた。警察など空気ほどにも意識したことがない。

が、刑事は動かない。

「事情は署でご説明します。とにかく早く服を着替えて下さい」

「本当に何なんですか。用件を教えて下さいよ」

「署でお話しします」

合成音声のような抑揚のない声だった。

喜多は微かな脅えを感じた。何もしていないが、何かある。自分は知らないが、警察が知っていることがある。そんな漠然とした脅えだった。

背中に張りつくようにしてやり取りを聞いていた和代の体が小刻みに震え出した。その和代の足には絵美がしっかりとしがみついている。親の感情の変化に敏感な子なのだ。

「パパ……」

喜多は絵美を抱き上げ、和代の耳元に「心配するな」と吹き込んだ。

「あなた……」

「大丈夫だって。何もしてないんだから」

「でも……」血の気を失った和代が隙間から見える刑事に怖々視線を向ける。

確かに、連中には何が何でもといった構えがある。

――行くしかないか。

どうせ何かの間違いに決まっている。実際何もやっていないのだ。そうしよう、行って、すぐ帰ってくればいい。

へたへたと座り込んだ和代に、大丈夫、すぐ戻る、と繰り返し言いきかせ、喜多はとっくりセーターを無造作にかぶって玄関を出た。途端、セーターの毛糸が伸びきるほど激しく腕を引かれた。

「来い！」

目をつり上げた若い方が小さく怒鳴って太い腕を絡ませてきた。有無を言わさぬ怪力で喜多の二の腕を締め上げる。

「痛ッ！な、なにすんだ……」

二人の刑事が目配せを交わす。

「放せ！」

腕を振り解こうと体を捩《よ》じるが刑事は容赦ない。もう一人も加担して強引に両脇を押さえにかかり、そのまま団地の狭い階段を転がるように下る。

「放せ！　おい！　やめろ……」

「ガタガタ騒ぐんじゃねえよ」

若い方が口汚く唸《うな》った。

駐車場には白煙をもうもうと立てた紺のセダンが待機していた。もがきつつ、喜多は軋《きし》むほど体を反《そ》らせて三階の窓に目をやった。

和代が手すりから落ちんばかりに身を乗り出していた。

——和代。

叫ぼうとした。大声で叫ぼうとしたが、団地の窓から漏れる幾つかの明かりがすんでのことで喜多の口をつぐませた。もう起きだしている家があるのだ。凶悪事件の犯人のように連行される姿を近所に晒《さら》してしまったら……。団地の噂話の恐ろしさは和代からくどいほど聞かされてきた。

「ううっ……」

呻《うめ》き声を残して喜多の体が車中に押し込まれた。広がり始めた朝焼けが、どんより地平線に漂う暗雲に呑み込まれようとしていた。

3

クモの巣に囚《とら》われた昆虫を観察する冷徹な目というものがあるとすれば、この男の持ち物がそれかもしれない。

本庁の捜査第一課強行犯捜査係に所属する寺尾《てらお》貢《みつぐ》はマジックミラー越しに喜多の様子を窺《うかが》っていた。病的とも思える青白い顔、広く張り出た額、定規で縦に一本引き下ろしたような硬い鼻筋。虚弱児だった子供時代の名残をとどめる狭い肩幅が、顔立ちの冷たさをより際立たせ、総じて近寄りがたい印象を形成している。

薄い唇をついて出た台詞《せりふ》にも容貌に劣らぬ冷ややかな響きがあった。

「聞き分けの良さそうな男ですね」

「そうかね……」

傍らで頼りなく首を傾《かし》げた巨漢は署長の後閑である。ゆうべ記者連中と遅くまで飲《や》ったうえ、ろくに眠っていない。もともと福々しい顔が痛々しいほどむくみ、思考の方も滞りがちだ。しかも交通畑一筋で捜査の現場に暗いから、寺尾が何を根拠に「聞き分けが良さそうだ」と指摘したのか、とんとわからない。ミラー越しにのぞく喜多は痩身で頬がこけ、全体に鋭角な印象だ。一重瞼《まぶた》の細い目に疑念と怒りの色が凝り固まって宿り、唇も油断なく締まっている。後閑の目にはかなり反抗的で手ごわい相手に映っていた。

「寺尾君――とにかくよろしく頼むよ。なにせ時間がないもんでな」

言ってすぐ後閑は声質の卑屈さを悔いた。相手は一回り以上も年下だ。階級にしたって警視と警部補で二ランクの差がある。しかし、警察という組織は

「専門職養成」の号令のもと、交通しか知らない、事件にからきし弱い幹部をせっせと造りあげておきながら、どこかでそれを嘲笑《あざわら》っているようなところがある。寺尾のようなタイプの刑事と相対するとき、後閑はそれが単なる妄想でないことを思い知らされる。

その寺尾と同じ捜査畑を長く歩きながら、本庁コンプレックスの塊《かたまり》のような刑事課長の時沢は、放火だか煙草の投げ捨てだかわからない未明の火災現場に行ったきり姿を消していた。おそらく放火だと勝手に決めつけて騒ぎを大きくしている。もとより消防は、防火意識教育の範疇《はんちゆう》にない放火の方を安直に選びたがるから、これ幸いと時沢は現場で粘るつもりに違いない。

――敵前逃亡しやがって。

よそ者の寺尾に対しては勿論、身内の時沢にも内心剣を突きつけながら、一方で後閑は時計が気になっていた。寺尾はジッと動かず、クモの巣の観察を続けている。そうしながら取り調べの段取りを練っているのかもしれなかった。その辺りの勘どころも後閑にとっては闇であり、だからジリジリと焦るしかない。

「寺尾君――」拝む思いを恥じつつ後閑は言った。「そろそろ始めてくれんか」

「……」

「時間がないんだ。一分、一秒でも惜しい」

「まあ、どうなりますやら……」

寺尾はもったいぶった物言いで後閑の気負いを逸《そ》らすと、ゆっくりとした足取りでマジックミラーの小部屋を出た。

刑事課の窓に、ようやく朝日が差し込んだところだ。

大部屋では二十人を超す刑事や内勤が臨戦態勢に入っていた。朝のすがすがしさがない代わりに、捜査の立ち上がり特有のほどよい緊張が部屋全体を包み込んでいる。男たちの顔は夜を徹したそれではあるが、目は貪欲な光を帯び、誰もが犯人逮捕というたった一つの場面を頭に描きながら忙しく動いている。逆光の光線が、降るようなミクロの埃《ほこり》と彼らのカサついた髭面《ひげづら》を際立たせ、その髭面の幾つかが取り調べに入る寺尾の姿に気づいて口元を締めた。

寺尾は躊躇《ちゅうちょ》なく一号取調室のドアを押し開いた。

喜多が「地蔵」と決めつけた二人の刑事が身を固くして敬礼する。寺尾は部屋の隅に一瞥《いちべつ》をくれた。ミラーの障壁を取り払った生身の喜多が、突如野生に戻ったかのように吠え立てた。

「お前か！――お前だな、俺を呼んだのは！　とっとと用件を言え！」

「まあまあ、いま説明致します。とにかく座っていただけませんか」

およそ刑事とも思えぬ穏やかな口調で寺尾は椅子を勧めた。隣室でみせた冷徹さは見事なまでに払《ふっ》拭《しょく》され、目元には微かに笑みさえ浮かべている。そうしてみると、不気味に見えた青白い顔も張り出した額も、気弱そうなナマっちょろい男の持ち物としか思えない。

相手を知らぬまま喜多は吠え続けた。

「俺が何をした？　おい、何とか言え！　だいたいお前ら――」

拳を振り上げた時だった。取調室のドアが控え目に開き、制服姿の若い婦警がスッと入ってきた。寺尾に一礼し、静かな足取りで隅の机に進む。抱えてきた布袋を机に置き、中から紙束とペンを取り出すと、音もなく腰を下ろして椅子を深く引いた。

罵声《ばせい》の口のまま、喜多は声を失った。女が取調室に入ってきたことへの驚きもあったが、婦警の美しさに息を呑んだというほうが当たっていた。

透明感のある白く瑞々《みずみず》しい肌。切れ長の優しげな瞳。長い睫毛《まつげ》。少女と見間違うほど固く小さな口元。肉薄の鼻梁《びりょう》と小鼻が、清楚な横顔をほどよく引き締めている。喜多の視線を感じ取ってか、目線はやや壁際へ逃げ、アップにした髪からのぞく耳たぶに幾分赤みが射していた。

硬質な取調室にはあまりに不似合いな存在といえた。

「どうです、座りませんか」

喜多は戸惑った。寺尾の柔らかな物腰といい、美貌の婦警の静かな登場といい、朝からの荒っぽい出来事が嘘のようなのだ。

「どのみち、このままではお互い始まらんでしょう」

――確かにこのままじゃ……。

憤りもあらかた婦警の身辺に吸い取られ、同じ所まで高めるにはかなりの時間を要しそうだった。

喜多は緩慢な動きで壁際を離れ、椅子の端に尻を落とすと、そっぽを向いて悠々と腕を組んだ。従ったとはいえ渋々だぞ、との意志を精一杯示したつもりだ。

寺尾はうんうんと満足そうに頷きながら自分も相向かいの椅子に座り、年季の入った机に身を乗り出して指を組んだ。

微かな電流が、およそ八十センチといった机越しの二人の間を走った。いや、それは一方的に寺尾が発したものだ。

「古い話で恐縮ですが、ルパン作戦と嶺舞子《みねまいこ》教諭殺しの二点についてお伺いしたい」

寺尾の微笑は消えていなかった。対する喜多の顔からみるみる血の気が引いていく。

――馬鹿な。

衝撃が喜多を襲っていた。それは、手荒な連行で受けたのとは異質な、内面をざっくりとえぐり取られるような衝撃だった。

ルパン作戦――。

十五年間閉ざし続けた記憶だった。いや、とっくの昔に葬り去った記憶だ。それを今ごろになって、しかも今朝初めて顔を合わせた刑事の口から聞かされようとは――。

が、喜多が真に怯《おび》えたのは、寺尾が嶺舞子の死を「殺し」だと、はっきり言い切ったことだった。

「あれは……あれは自殺だったはずだ」

「ほう、よくご存じですな」

「何を言ってんだ？　あんたら警察が自殺と断定したんだろう？　当時の新聞にそう出てたんだ」

「新聞がいつも本当の事を伝えているとは限りませんよ。真相は違います」

言い返そうとして、だが、喜多は目を見開いた。

死顔が網膜にあった。

嶺舞子の死顔だ。それは突如膨《ふく》れ上がり、捩じり切れるようにして崩れ、霧散し、だが再び形を成し、より鮮明な画像となって喜多の視界を覆いつくした。

無念そうな半開きの目。唾液の線を引くひしゃげた口元。土色に変色した肌――。

「な、何もない……。話すことは何もない……」

「いや、あなたは知っている」寺尾は暗示に掛けるように囁《ささや》いた。「ルパン作戦のことも、嶺舞子殺しのことも、何もかもあなたは知っている。我々はそう確信しています」

「確信……」

またしても舞子の死顔がフラッシュバックした。網膜の記憶は激しい瞬《また》きにもよく耐えた。もはや喜多に平静を装う余裕はなかった。脚に激しい震えがきた。力任せに膝を押さえるが、その腕までも連鎖してぶるぶると大きく震える。

確かな手応えに寺尾は内心ほくそ笑んだ。

――案外、本ボシかもしれん。

4

喜多が話した通り、嶺舞子の変死事案は当時所轄が自殺と断定し、その後署員の口に上ることもなく忘れ去られていた。

未明に所轄入りした寺尾は、埃まみれの薄っぺらい資料に目を通した。奇跡的にというべきだろう、十五年前の捜査報告書が破棄されることなく倉庫の奥に残されていたのだ。

その報告書によれば、嶺舞子の死体が発見されたのは、昭和五十年十二月十一日の昼前だった。死体は、舞子が勤務していた高校の校舎脇、ツツジの茂みの間に仰向けの格好で横たわっていた。所轄の捜査班と同行した監察医の所見は「墜落死」──。司法解剖の結果、直接の死因は頸椎骨折と脳挫傷の同時損傷だった。その他、死体背面部全般に打撲傷。衣服から露出していた手足部分を中心にツツジの枝による無数の擦過傷。いずれも墜落死を補完する材料といえた。

ほどなく四階建て校舎の屋上で、揃えて置かれた赤いハイヒールが見つかった。その片方に恋人に宛てたとみられる遺書めいた走り書きが捩じ込まれてあった。《いっそ、あなたを殺して私も死にたい》──そんな感情的なフレーズの羅列だった。筆跡鑑定の結果、舞子の自筆であることが確認されている。

舞子は発見の前日から無届で欠勤しており、郵便受けには二日分の新聞が残されていた。司法解剖の結果も突き合わせて考えると、舞子は前々日、つまり、十二月九日の夜から翌十日未明の間に死亡したことになる。校舎脇のツツジのお陰で死体発見が丸一日遅れたわけだ。

男にフラれた舞子が深夜、屋上から飛び降り自殺した──。

誰もがそう思った。寺尾にしても、仮に当時この事案を扱えばやはり同じ結論を下したに違いなかった。動機、手段、死体の傷のいずれもが自殺の要件にすんなり納まり、矛盾なく一直線上に並んでいる。

ところが、まさかの事態になった。昨夜遅くだ、本庁の幹部宛に一つの情報がもたらされた。「三人の教え子が共謀して女教師を殺した」。情報提供者はそう話し、主犯を喜多芳夫だと決めつけたという。発信元が本庁幹部だったから、その情報は「確度の高いタレ込み」として驚くべきスピードで桜田門のビルの中を伝播した。

が、一つ奇妙なことがあった。殺人犯を名指しする第一級の情報でありながら、現場の捜査員には、その情報を持ち込んだのがどこの誰であるのか知らされなかったのだ。なんでもタレ込みの受領者が本庁の幹部は幹部でもかなりトップに近い人物で、捜査を下命するにあたって情報提供者の名前を濁したのだという。

寺尾はそれが腹立たしかった。

政財界や法曹界絡みの事件の際にはままある。それは善悪だの司法だのを超越した領域の話で、日本の心臓部を担う細胞たちの保身の問題であったり、鬩《せめ》ぎ合う警察組織と各界との取り引きの結果であったりする。

しかし、これは事件の色が違う。ことは一教師の、おそらく個人的な事情に起因した純然たる一課事件である。外部の雑音など入り込む余地はないし、だいたいにおいて捜査に足枷《あしかせ》が掛かるような権力対象がヒラ教師の狭い生活圏に存在していたとは考えにくい。

元から十五年前の事件というハンディを背負ってるところにもってきて、情報提供者から直接話を聞けない、では勝負にならないではないか。それに提供者自身、まさか昨夜初めて情報を入手したわけでもあるまい。長い年月黙っていたものを、わざわざ時効の前日になって警察にタレ込んできた理由は何なのか。それだって事件の腹を切り裂くうえで不可欠な要件なのだ。なのにその一番肝心なところを身内である本庁のトップが隠してしまった。

——腐れ幹部め。

だが、幹部と情報提供者の関係や事情がどうあれ、情報そのものが真実なら事は重大だ。遺書が存在するのに自殺でない——とすれば結論は一つ。計画的な殺人である。それが、「失恋女のよくある自殺」として葬られようとしていたのだ。

捜査は急を要する。

なにしろ殺人の時効までたった一日しかない。いや、もし犯行が当夜の午前零時前に行われていたとしたら、もう既に時効が完成していることになる。今日中に犯人を割り出すのも至難の業《わざ》だが、それが出来たとしても、犯行そのものが法の及ぶ時効の範囲内でなければ意味がない。当時の司法解剖は死亡推定時刻の絞り込みが欠落していた。胃の内容物検査などやるべきことはやったようだが、起点となる舞子の食事時間が特定できなかったこともあって、いや、最初から失恋苦の自殺と甘くみて詰めるべき作業を怠ったに違いなかった。ともかく、死亡推定は「九日夜から十日未明の死亡」とアバウトなまま今となっては詰めようもないから、犯人を捕らえ、その犯行が午前零時以降であったことが証明できて初めて逮捕状が執行できるというわけだ。捜査というのは徒労の繰り返しが常ではあるが、中でもこの事件はとびきり分が悪い。

ともあれ、捜査は慌しく動きだした。

午前零時過ぎに宴席から後閑ら所轄幹部が帰署し、午前二時には所轄の全署員に非常招集が掛かった。一方、本庁は捜査一課から強行犯捜査第四係、通称「溝呂木《みぞろぎ》班」の精鋭十名を送り込んだ。冷徹、柔和の二つの顔を使い分ける寺尾は、その溝呂木班のナンバー2であり、自他ともに認める〝落とし〟のプロでもある。

「まあ、ゆっくり思い出して下さい。なにせ古い話ですからね」

寺尾は目の前の喜多にそう言って、悠々と腕を組んだ。

――さあて、これからが辛いぞ。

初っ端に決定的なキーワードをぶつけ、相手に十分な時間を与える。物証のない事件で寺尾がよく使う調べの手法だった。今回のキーワードは無論、「ルパン作戦」と「嶺舞子殺し」の二つである。

ジワリジワリと真綿で絞めるように調べを進め、いざここぞという場面がきた時、後生大事に懐にしまっておいた〝隠し玉〟を黄門様の印籠《いんろう》のごとく突きつける。そうしたやり方を調べの正攻法とするなら、今日の作戦はいわば奇襲であり、ショック療法といえる。いきなり急所を突かれた人間は警察の手の内を計りかねて不安定な精神状態に陥りやすい。しかも、その後に訪れる狭い取調室での沈黙は、頭ごなしにガンガンやられるより余程こたえる。耐えきれずに相手が口を開けば、もう半分は落ちたようなものだ。次々と供述の矛盾を突いて丸裸にしていけばいい。

そこそこの自信はあったが、最初に切り札を見せるのが危険な賭であることは百も承知だ。特に今回の賭はリスクが大きい。情報提供者は掌中にない。二つのキーワードの他に喜多を揺さぶる材料は何もないし、当面得られる可能性もないのだ。そこのところを見抜かれ、万一全面否認でもされてしまえばお手上げだ。つまるところ、どちらが相手の足元をみるか、売り手と買い手の間で交わされる商取引感覚の心理戦に通じている。

ただ、商取引と違うのは、この心理戦が娑婆《しゃば》と刑務所を隔てる塀の上で行われているという点だ。

――まだか……？

寺尾は内面の気配を消し、柔和な笑みを浮かべて悠然と構えている。

対する喜多はうつむいたままだ。どうにか震えは止まったものの、不安と動揺が入り交じった表情は消し去りようもない。二度と笑顔に戻ることはない、と思えるほどその顔は暗然としている。

ボイラーの調子が悪いとかで、取調室に石油ストーブが運ばれてきた。

シャーン。

ストーブの把手《とって》が本体に当たって金属的な音を響かせた。喜多がビクッと反応して身を引く。

寺尾は裏の顔に陰湿な笑みを浮かべた。

――効いてきたな。

伏線の効果である。

部下に命じて敢《あ》えて手荒な連行をさせた。喜多は警察に脅えている。その反動がそろそろ出てもいい頃なのだ。目の前の一見穏やかそうな寺尾を味方と錯覚し、すがりついてすべてを話した容疑者も過去に大勢いた。しかも今日は取調室に一輪挿しのような婦警の存在がある。効果を高めるのに一役買うかもしれない。

十分……。十五分……。

寺尾は仕掛罠《わな》に獲物がかかるのを辛抱強く待った。

バサッバサッ。

静寂を破り、鳥影が二羽、三羽と鉄格子の塡《は》まった北向きの小さな窓を過《よぎ》った。

羽音にせき立てられるように喜多の上体がゆらりと前に傾き、そして半開きの唇が小さく動いた。

「あの……いったい何を話せば帰してくれるんでしょうか……」

――たわいもねえ。

寺尾の裏の顔が爆笑した。

喜多はまんまと術中に落ちた。自分が心理戦のただ中にいたことすら気づかず、言葉遣いを改め、顧客や上司に見せる媚《こび》の色さえ覗かせたのだ。

狭い取調室における両者の立場は、ここに決した感があった。

「教えて下さい……。何を話せば……」

「そうですね――」

寺尾はすべての内臓がフワッと浮くような快感を味わいながら再び身を乗り出した。

「まずルパン作戦をおさらいしてみますか」

「でも――」喜多が顔を突き出す。「最初に言っておきたいんです。先生を殺したのは私じゃない。私は誰も殺してなんかいない」

「ほう」

「本当です！　信じて下さい。殺人だなんて、そんなことできっこありません」

「まあ、それではそういうことにしときましょう」

小さく突き放して寺尾はまた腕を組んだ。

――とにかく喋らすだけ喋らせてみてだ。

真偽のほどは別として、喜多は殺人との関わりを否定した。次なる追及の材料は喜多の供述の中から発掘するより外ない。

「さあ、話して下さい」

「………」

喜多は体を萎《しぼ》ますように深い溜め息を漏らし、白っちゃけた壁に目線を上げた。

――高校三年の秋……。いや、もう冬だったか。

昭和から平成へと元号も変わり、高校時代の記憶は遥か遠かった。しかし、深い霧がかかったその先でもルパン作戦の記憶だけは鮮烈だ。卒業後も幾度となくその快感と戦慄を反芻《はんすう》し、一つのストーリーとして完結してもいる。舞子の死と絡んで多くの漠然とした疑問が残っているのも確かだが、その疑問点さえ細部にわたって指摘できそうな気がする。

とはいえ、この出来事を言葉にして誰かに伝えたことはなかった。まして、結婚し、子供が生まれてからは敢えて呼び出しを拒み続けていた記憶である。白日のもとに晒すには、それ相応の時間と決断が必要だった。

だが、猶予はない。今の立場はそれを許してくれない。警察の取調室。目の前には刑事が座っている。

バサバサッとまた羽音がした。

「あれは――」喜多は見切り発車的に口を割った。「なんと言ったらいいか……一種のゲームだったんです」

ぴんと背筋を伸ばしていた婦警の上体が机にかぶり、ペンを走らす音が喜多の低い声に重なっていった。

第二章　ルパン作戦

1

その朝は冷え込みが増し、空は今にも泣きだしそうだった。泣きだしそうで泣きださないところが、もう冬の空なのかもしれない。

喜多はいつものように一時限目の授業をさぼり、巣鴨の『喫茶ルパン』で気《け》だるい朝の時間を浪費していた。黒の革ジャンに白いタートルネック。髪はきついパーマだが、一、二年生の頃のようにセットに手間隙《ひま》掛けていないから、その崩れたリーゼントに戦意は感じられない。喧嘩はもう卒業したのだ。

とはいえ目つきは〝現役〟のそれだ。なにやら思案に耽《ふけ》っているが、そうしていても何か文句のありそうな顔に見える。焼け焦《こ》げだらけのソファに寝転ぶように座り、その格好のままショートホープの箱に手を伸ばして口を開いた。

「なあ、ジョージ」

窓際の竜見《たつみ》譲二郎《じょうじろう》は、靴を脱いで逆さ向きにソファに座り、外を行き交うOLだか女子大生だかに向かって、おいでおいでと盛んに手招きをしている。無類の女好きだが、それ以上に大の寒がりなので店の中からの横着なナンパになっている。

喫茶ルパンはモスグリーンの看板に刻み煙草のパイプの絵が目立つ。店内は黒を基調としたシックな内装で、間口は狭いが奥行きがある。入ってすぐがカウンターで、奥に向かってボックス席が七つ。その一番奥の七つ目が彼らの指定席だ。店は表通りと路地の角なので、昼間は窓から陽光が射し込んでポカポカしているし、路地に面したその窓から竜見の女漁《あさ》りもできる造りになっている。

喜多はショートホープに火を点《つ》けながら、「ジョージ」とまた声を掛けた。

が、竜見は窓ガラスにべったり顔を押しつけ、鼻をつぶしたり唇をねじ曲げたりと女たちを笑わすのに懸命だ。何度呼んでも一向に気づく気配がない。

「おい――返事しろや譲二郎！」

迷彩服っぽい上着がびくんと反応し、GIカットの骨ばった顔がくるりと振り向いた。口をひょっとこのように尖らせている。

「やめてよオ、その譲二郎ってやつ」

「本名だろうが」

「郎はなし。何回言えば分かるのよオ」

甘えるようにイヤ～ンイヤ～ンと体をくねらすおぞましい姿に、喜多は「死ね」をきつくぶつけた。

実際、竜見はアルバイトの履歴書や自動車教習所の書類にだって「竜見譲二」と、「郎」を省いて書く。髪型も服も音楽も米兵《ヤンキー》かぶれの見本のような男だから「竜見譲二郎って、お侍さんみたいでカッコ悪いじゃん」というわけだ。

その竜見はヤクザ映画もびっくりのいかつい顔にヘラクレスも逃げだすごつい体格だ。怒れば恐ろしいが、元来仲間うちのボケ役が性に合っているようで、二年、三年とそこに安住している。

とはいえ、竜見が最初から愛想がよかったわけではない。喜多と竜見は三年前、入学式のもうその日に廊下で出くわし一戦交えた。よほど喧嘩に自信があったのだろう、竜見はくちゃくちゃガムを噛みながら、リーゼント、オールバック、坊主刈りとそれらしい髪形の新入生に片っ端から難癖をつけては締め上げていた。その矛先は、やはり相手を探していた喜多に向いた。目が合った瞬間だった。

「オラオラ！　テメエ、なにガン垂れてんだよ！」

叫ぶが早いか、喜多の顎《あご》に強烈なパンチを叩き込んできた。気性の荒さなら喜多も負けはしないが、なにしろヘラクレスの渾身の一撃だ、その凄まじい破壊力に頭の芯まで痺れ、壁に張りついたまま反撃不能となってしまった。

だが喧嘩などわからないものだ。パンチを食ったのと同時に無意識に飛ばした喜多の蹴り足が、たまたま竜見の鳩尾《みぞおち》をとらえていたのだ。竜見の巨体もまた廊下に沈み、のたうっていた。

以来、二人は「相討ちの仲」として校内外で暴れまくり、三年のこの日までコンビを組んでいる。喜多にしてみれば、高校時代を支配されかねなかった男との幸運な出会いだった。

「そんで、なによキタロー」竜見がソファに座り直して言った。「なんか面白い話？」

「ああ」と頷き煙草を揉み消すと、喜多は声を落とした。「なあ、もうじき期末試験だろ」

「うん」

「その試験問題、かっぱらわねえか」

竜見は反応しなかった。きょとんとしている。

「わかんねえのか。期末試験の問題を盗まねえかって言ってんだよ」

「盗むって、どっから？」

「決まってんだろ、学校からだ」

竜見がふっと真顔になり、次の瞬間、店中に爆発的な笑い声を響かせた。

「ハハハハッ！　馬鹿じゃないの、キタロー！　ハハハハハッ！」

喜多は「クソ野郎！」と怒鳴ってゆで卵の殻《から》をまとめて投げつけたが、竜見はその喜多の怒った顔を指さしながら、なおもヒイヒイ笑い転げる。

ガラン、とドアベルを鳴らして橘《たちばな》宗一《そういち》が店に入ってきた。

　油気のないオールバックの髪が所々寝癖で触角のように跳ね上がり、目鼻立ちの整った渋いマスクを台無しにしている。焦げ茶の革ジャンは彼のトレードマークといっていい。それこそ年中着ていて小柄な体に同化してしまっているかのようだ。真っ直ぐ奥の指定席に向かい、が、カウンターの前で一寸足を止め、奥の調理場を覗き込んだ。注文などしなくてもコーヒーのモーニングサービスに決まっているが、一応マスターに来店だけは知らせておこうとの腹積もりらしい。

「橘、橘、早くゥ、こっちィ！」

　それきり竜見は腹を抱えるばかりで言葉が続かない。笑い過ぎて、三日月の目には涙さえ浮かべている。

　橘は無表情で竜見を見下ろした。

「どうした、譲二郎？」

　笑い声がピタリと止《や》んだ。橘も竜見のバカ騒ぎにつける薬を心得ている。

「またまたア〜、俺はジョ・オ・ジ！」

　竜見は頬を膨らませ、だが瞬時にその中身を吹き出し、グローブのような手で橘の肩を引き寄せた。

「ねえ聞いてよ、キタローがさァ、真面目な顔しちゃって、試験問題かっぱらわねえかとか言いだしやんの」

「へえ」と橘は間の抜けた声をだして喜多の顔を見た。

　喜多も一瞬目を合わせたが、ぷいっとそれを逸らし「もういい、俺一人でやっからよ」と吐き捨ててソファに体を沈めた。

「キタロー、本気かよ」と橘が見下ろす。

「……………」

「勝算あるのか」

「あるけど、もうお前らには話さねえよ」

「朝からフテるなって。話してみろよ、ちゃんと聞くから」

穏やかにそう言って橘はポンと喜多の肩を叩いた。

竜見はというと、橘が笑いに乗ってこなかったのですっかり拍子抜けしてしまい、笑いで伸びきった顔の後始末に困っている。

橘はそれ以上は言わず、相向かいのソファに座ってセブンスターを振りだした。物静かで落ちつき払った態度。会話が途絶えてもこうして澄ましていられるのが、喜多や竜見には真似のできない芸当だ。

無言の橘に促されて、喜多が渋々口を開いた。

「マジで聞く気あんのか」

「ああ」と橘。

「じゃあ話すけどよ」喜多は声を潜めた。「俺さ、こないだの中間テストの最中、カンニングがバレて職員室に呼び出されたろ。そん時、校長室のドアが開いててさ、見たんだよバッチリ」

「何を？」

「知ってるか。校長室にでかい金庫が二つあるんだ、古いのと新しいのが――その新しい方の金庫に次の日にやるテストを詰め込んでるとこさ」

「ホント？」と竜見。目をぱちくりさせている。

「ああ、それだけじゃねえぜ。金庫の鍵は校長の机の一番下の引き出しに入ってる。引き出しは鍵付きだけど、その引き出しの鍵の在り処《か》もわかった。一番上の引き出しにポンと放り込んでやがったんだ」

「確かか？」と橘も額を寄せてきた。

「ああ間違いねえ。物理の竹沼《たけぬま》が教頭に手渡して、教頭がやったんだ。俺は柱の陰だったから向こうは気づかなかった」

ワオゥ、と竜見が小さな歓声を上げ、橘が生唾を呑んだ。二人の確かな反応が喜多を勢いづかせた。

「だから、夜中に学校に忍び込めさえすれば試験問題はかっぱらえる。まだウチの学校は警備会社の防犯システムとかも入ってないしな。絶対できるぜ。次の日のテストを前の晩に手にできる」

「それって世界中の高校生の夢じゃん、ねっ、ねっ！」

竜見が橘の手を握って派手に揺すった。竜見は嬉しいことがあると人を握手攻めにする。その怪力だから体調でも悪ければかなり苦痛なのだが、そうされながら橘も深く何度も頷いた。

橘は喜多や竜見のように〝ツッパリ坊〟として喧嘩に明け暮れる生活をしてきたわけではない。だが、やる時はやる。それも恐ろしく大胆で容赦がない。話す事はやや学者じみていて気難しいところもあるが、こうした知能犯と粗暴犯とをミックスしたような大仕事には参謀役として欠かすことのできない存在だ。三人がこうして毎日のように顔を突き合わすようになったのも、橘から接近したというより、喜多と竜見の二人が、橘の冴えた頭脳と、外見からは計れない肝の太さに惚れて仲間に引き込んだといった方が近かった。

喧嘩は一年、遊びも二年で飽き飽きし、ここのところこれといった刺激もなかったから話はいつになく盛り上がった。三人とも学校の成績は散々で今更テストの点でもないのだが、しかし、厳重に保管されたテストを盗みだすという計画は、考えただけで胸のすく魅力がある。

「やろう、ねっ、絶対それやろう」と竜見が両腕を伸ばして喜多と橘の手をゆさゆさ揺する。「ああ、みっちり計画練ってな」と橘。

喜多は拳を突き出して言った。

「よーし、決まりだ。決行は来月。ターゲットは期末テストだ」

「うん！」と竜見がその拳を握り、だが、ふっと眉を寄せた。「あの……メンバーは？」

「決まってんだろ。この三人だ」

喜多は二人の顔を見比べた。

「三人って……」竜見の顔が曇る。「じゃア相馬《そうま》は入れないの？」

橘が思案顔になる。その横顔を見ながら喜多は語気を強めた。

「相馬はいい。三人でやる」

相馬弘《ひろし》は三人の麻雀《マージャン》仲間だが、その麻雀を除けば殆どつき合いがない。学校にはほんのときたま顔を出すだけで、朝から雀荘に入り浸って大学生相手に打っている。竜見は相馬とコンビを組み小遣い銭稼ぎのイカサマ麻雀をやっているから多少は気心も知れている。それで「相馬も仲間に」と提案したわけだが、一方の喜多はというと、相馬のことを得体の知れない変わり者と踏んでいて、もとより重要な秘密を共有できる仲間とは考えていなかった。

「今回は三人だ」と喜多は脅すように竜見を睨み、続けて橘に「それでいいよな？」と小さく言った。

「メンバーの選定権は計画の立案者にあるってことだろ」

橘が回りくどく同意し、竜見も頷きかけたが、思い直したようにまた首を横に振った。

「けど、奴の成績もひどいんだよ。一回ぐらいいい目見せてやってもいいじゃんかア」

「ゴチャゴチャうるせえ野郎だな」喜多が一気に沸騰した。「だったらジョージ、テメエも降りろよ！」

「そんなア」と竜見が情けない顔になる。

「こういう話はな、多くなりゃなるほどバレやすいんだよ。違うか！」

喜多は怒鳴ってそっぽを向いた。なにしろ気が短い。少しでも意見が合わないと、いつだって真っ先に大声を出して話から抜けてしまう。

「わ、わかったよ……」竜見がしょんぼりして言う。

「そんなに怒るなよキタロー」

「怒らしたのはテメエだろうが」

橘が、やれやれ、といったふうに小さく笑い、喜多に煙草を勧めた。

「まあカリカリするなってキタロー」

「別に怒っちゃねえよ」

声のトーンを落として喜多は煙草を抜いた。

橘は自分も煙草に火を点けながら「期末は来月の十日からだったよな」と言った。

「ああ」

「あんまり時間はないな。問題はどうやって校舎へ忍び込むかだ」

橘は早くも具体的な戦略を頭に描き始めたようだった。

「ねっ、それよりさ」立ち直りの早い竜見が嬉々《きき》として口を挟んだ。「名前はどうすんの、名前は?」

「なんの名前だよ?」と喜多。

「この作戦の名前に決まってんでしょ。テストをかっぱらうんだからT作戦とかなんとかカッコいいヤツつけようよオ」

二人は思わず吹き出した。

「ったく、トッポイ野郎だな。おい橘、なんかいいのあるか」

「そうだな……。じゃあ、このサ店の名前を頂いてルパン作戦ってのはどうだ?」

「あっ、それいい!」と竜見が躍り上がった。「ルパンは怪盗だもんね。それに、サンオクさんだって大泥棒だし——」

三人が振り向くと、ごそごそと音がして、カウンターの下から丸い黒縁眼鏡の青白い顔がのぞいた。

竜見が声を潜める。

「いたいた、大泥棒のサンオクさん」

喫茶ルパンのマスターである。七年前、府中で起きた三億円強奪事件の犯人のモンタージュ写真にどことなく似ているのが過激なニックネームの由来だが、実はそれだけではない。

三億円事件といえば、映画もどきの犯行手口で世間をあっと言わせたものだ。犯人は白バイの警察官に化け、四千六百人分のボーナスが詰まった銀行の現金輸送車を制止した。車に爆薬が仕掛けられているかもしれない、と向けておいて素早く車の下で発煙筒を焚《た》き、「危ない、危ない！」と行員らを遠ざけるや、その隙に車ごと奪い去ったのである。

一連の犯行手口をなぞってみると、なぜだかマスターと重なるところが多い。その昔「オトキチ」と呼ばれたほどのバイクマニアだったというし、若い頃ほんの少しだが警察で白バイ乗りをしていたこともある。古バイクを白バイに改造して警官に成り済ますなど朝飯前だろう。しかもその後、食い詰め劇団で芝居をかじったこともあるというから堂に入った役者ぶりも頷けるのだ。

まだある。犯人は襲撃の際、「巣鴨」という地名を口にした。「巣鴨署から、支店長の自宅が爆破され、この車にもダイナマイトが仕掛けられていると緊急手配があった」。そう行員に向かって言い放ったというのだ。巣鴨界隈の人々がいまだに事件に深い関心を持ち続けている所以《ゆえん》だが、それはともかく、偶然か故意か、マスターはその巣鴨で事件後、怪盗の名に因《ちな》んだ「喫茶ルパン」を開業した。新聞や週刊誌が血道を挙げて書き立てていたように、この三億円事件を、社会や警察への挑戦、劇場型犯罪のはしりとみるならば、マスターは真犯人の要件をすべて満たしているといってよかった。

そう考えるのは喜多たちだけではなかったらしい。マスターは何度も警察に呼ばれた。一度などは刑事にぐるりと囲まれ「お前しかいないよ、さっさと吐いちまえ」と凄まれたそうだ。それが何よりマスターの男を上げていて、竜見などは「絶対にサンオクさんが犯人だよ。スゲエ人だ」と信じて疑わない。マスターが喜多らの通う高校の第一期卒業生という親しみもあって、喫茶ルパンは落ちこぼれ生徒たちの気の置けない溜まり場に納まっていた。

その三億円事件も発生から七年が経ち、来月には時効になるとかで、サンオクさんの人気も今がピークといったところだ。

「サンオクさんに負けない仕事をしようぜ」

頭をボリボリ掻くマスターを盗み見ながら、三人は額を寄せて囁き合った。

2

ひっそりとした署の四階会議室に、嶺舞子教諭殺害事件の捜査対策室が設けられた。捜査本部のような仰々しい事件名の垂れ幕はなく、あくまで極秘の指揮拠点である。

電話や無線機など必要な機材が次々と運び込まれ、取調室にいる喜多の供述内容もスピーカーで聞けるようにセットされた。

スイッチを入れた直後に流れたのが、「サンオクさん」に関する供述だった。途端、口髭を蓄えた男が数人の刑事を押し退《の》け、スピーカーの前で仁王立ちした。

この事件の捜査指揮を任された強行犯捜査第四係長、溝呂木義人《よしと》である。

四十六歳とは思えぬ若々しさだ。がっしりとした体躯に上等の背広。オールバックの髪には白髪が混じるが、それは若者が入れるメッシュのように前髪の一部に集中していて、だから却って洒落《しゃれ》た感じに映る。太い眉とそれと同量を蓄える見事な口髭。黒目がちの瞳にも陽性の輝きがあって、小説やテレビドラマに登場するスコットランドヤードの敏腕警部を連想させるような男だ。

その溝呂木がスピーカーの前で神妙に耳を澄まし、顔を歪ませ、そして、低い唸り声を上げた。取調室の喜多は確かに「喫茶ルパン」と口にしたのだ。

「連中は内海《うつみ》の店にたむろしてたってことか……」

内海一矢《かずや》――。

忘れようにも忘れられない名だ。十五年前、三億円強奪事件の有力容疑者として何度も取調室で対峙《たいじ》した男である。三億円事件に限ったことではないが、犯人未検挙のまま迷宮入りさせてしまった事件では、担当したそれぞれの刑事が胸の内に自分なりの犯人を秘めているものだ。まさしく、溝呂木にとっての犯人は内海であり、時効完成から十五年経った今でもその確信は揺るがない。

まざまざと記憶が蘇る。

昭和五十年十二月九日夜、時効まで残り三時間という切迫した時に、溝呂木は最後の勝負をかけた。喫茶ルパンから内海一矢を署に引っ張り、その眼前に逮捕状を突きつけたのだ。内海は顔色一つ変えず、「証拠は?」と問い返し、そのまま溝呂木と長い時間、睨み合いを続けた。ともに三十を超えたばかりで、溝呂木はいささか気負いが目立った頃だったが、一方の内海は飄々《ひょうひょう》としていて怖気《おじけ》づくでもなかった。

結局、逮捕状は執行されなかった。溝呂木は、否認のままでも逮捕すべきだ、と強硬に言い張ったが、三億円事件の捜査をめぐっては、それまでにも誤認逮捕やら人権無視の取り調べやらで散々失態を重ね、警察が世論の袋叩きにあっていたこともあって、上層部は敢えて時効完成の屈辱を選んだ。

溝呂木は内海の目を見据えたまま午前零時の時報を聞いた。途端、内海はすっくと立ち上がり、こう言ったものである。

「悪く思わないで下さい。まさか、僕の方から証拠を出すわけにもいかないでしょう」

その時の内海の顔を思い浮かべながら溝呂木は署の階段を下った。内海は何故あんな事を言ったのか。

幹部の一人は「犯人扱いされた腹いせだろう」と苦々しく言い、同僚の刑事たちも日を追うごとに同じようなことを口にするようになった。

だが、溝呂木は頷かなかった。

おそらく――。

内海は厳しい捜査から七年間逃げおおした歓喜の思いを、時効完成の瞬間、誰かに伝えたい衝動に駆られたのだ。その相手に溝呂木を選んだ。自分が成し遂げたパーフェクトな犯罪に、誰より強い関心を抱き続けてくれた担当刑事の溝呂木に――。

今となっては繰り言に過ぎない。あの日から、もう十五年もの歳月が流れたのだ。

――いや、待てよ。

溝呂木は足を止め、腕時計に目を落とした。父親の形見でかなり古い物だが、錆《さび》の浮いた小窓には今も正確に日付が出る。

「9」――十二月九日だ。

溝呂木は軽い衝撃を覚えた。十五年前のあの日なのだ。喫茶ルパンから内海を連行したあの日。内海を取調室から見送ったあの十二月九日だ。

そして、嶺舞子殺人は今夜零時が丸十五年目の時効……。ならば、喜多ら三人は三億円事件の時効が完成した時分に学校へ忍び込み、女教諭の死に絡んだ。そういうことになりはしまいか。

溝呂木は眉間を絞った。

そうだった。勢い勇んで喫茶ルパンに踏み込み、内海に任意同行を迫った時、確かに高校生らしき若者が店の奥に数人いた。

「そうか、そうだったのか。あの時の連中が……」

確信の思いが口を突いて出た。

三億円事件という一つの犯罪に決着をつけるべく店に飛び込んだが、その同じ場所で新たな犯罪の準備が進んでいたのだ。喜多ら三人は喫茶ルパンにいた。そこで学校へ忍び込むまでの時間潰しをしていた。そういうことだったのだ。

――妙なことになりやがったな。

溝呂木は多分に因縁めいたものを感じながら刑事課のドアを押し開いた。

大部屋の喧騒は、否応なしに溝呂木を本庁きっての凄腕係長に引き戻す。自分に言い聞かすまでもない。三億円事件は過去の遺物であり、嶺舞子殺害事件は今現実に動いているのだ。

溝呂木は大きく腕を開き、一号取調室から飛び出してきた若い刑事を捕まえた。

「中の按配はどんなだ?」

「はい、順調にウタってます」

「殺しのほうの感触は?」

「最初に否認したままです」

「わかった、ご苦労」と溝呂木は背中を押し出し、だが、おっと、と再び刑事の肩を引き寄せ、「婦警はどうだ?」と小声で聞いた。

若い刑事は質問の意味を図りかねて怪訝《けげん》そうな表情を見せた。

「ほれ、交通課の凄い美人だよ」

「ああ、はい、ちゃんと調書を巻いてるようですが……」

溝呂木は大きく頷いて、今度こそ刑事が前につんのめるほど強く背中を押し出すと、内勤デスクに歩み寄った。書類の山から歌舞伎の女形《おやま》のような男が顔を上げ、溝呂木に黙礼した。

大友稔《おおともみのる》――取調官の寺尾と肩を並べる「溝呂木班」のサブキャップだ。ナイーブで口数も少なく取り調べの腕はやや劣るものの、実直で裏方の事務能力に長《た》けている。今事件では内勤デスクの取りまとめ役を命じた。寺尾への対抗心はおくびにも出さず、淡々と自分の職務の中にいる。

「大友――竜見譲二郎は見つかったか」

溝呂木が声を掛けると、大友は隣のデスクを指さした。内勤の巡査部長が首で挟んだ受話器の口を押さえ、「たったいま川越の知人宅にいるのがわかりました。徹夜麻雀明けで寝込んでるようです」と住所を書き込んだメモを差し出した。

溝呂木はメモを頭上に翳《かざ》し、「おーい、何人か飛んで大至急引っ張ってこい！」と声を上げ、その格好のまま大友に「橘宗一の方はどうだ？」と聞いた。

「いまだに所在不明です」大友はいつも通りの落ちつき払った声で答えた。「実家は留守なので、十人ほど出して立ち回り先をやってます」

「二十人に増やせ」

「わかりました――で、係長、竜見も橋もここに引っ張ってくるわけですか」

大友は記者対策のことを言っている。複数犯の際には目立たぬよう近場の署に分散して調べを行う習わしだ。

「構わんからみんなこっちへ連れてこい。電話なんぞでやりとりしてるうちに時効になっちまうからな」

半分笑いながら言って溝呂木は部屋の中を見渡し、あ、と小さく発して大友に視線を戻した。その大友はもう捜査員のリストを捲りながら、橘捜索の増員メンバーの選定を始めていた。

「おい、大友」

「はい？」

「生まれたか」

「いえ、まだです」

大友の女房は一昨日から入院している。初産のせいもあるのだろうが、予定日を十日過ぎ陣痛促進剤も一向に効かず、いよいよ帝王切開という話になっていた。遅い結婚でもあるし、さぞかし心配だろうと溝呂木は気にかけているのだが、当の大友は表情すら変えず、それ以上答えも話しもしない。

溝呂木は「病院に電話を入れてみろ」と言い、返答は期待せずに取調室の方へ足を向けた。一号に使用中を告げる赤ランプが点いている。

ふと、その赤ランプがぼやけて膨らんだ。

――どうかしちまってる。

溝呂木は両手でピシャリと自分の頬を叩いた。取調室の中に内海がいるような気がしたのだ。

時報が鳴った時の、あの顔、あの言葉が消えてくれない。悠々と引き上げる内海の背中。それを見送る自分の姿が、まるで映画のワンシーンのようにはっきりと浮かんでくる。

――あんな時報はもう真っ平だ。

溝呂木は両手をメガホンにして声を張り上げた。

「ちっと気張ってくれやあ、時効まであと十七時間だぞぅ」

部屋のあちこちから一斉に気の入った声が上がった。溝呂木は力強く頷き、と、背後から「係長」と呼ばれた。刑事課と四階の対策室を結ぶ伝令役の新米刑事である。

「なんだ?」

「あの……」新米は困り果てた表情だ。「本庁から藤原《ふじわら》刑事部長がおみえです」

「上にか?」

「ええ」

「どういう風の吹き回しだ。お偉方にウロウロされたらブン屋に気づかれちまうじゃねえか」

新米の手前呆れてみせたが、溝呂木は内心、やはり来たか、と思っていた。捜査一課長から厳重に口止めされたが、この事件のタレ込みを受けたのは、その藤原巌《いわお》なのだ。課長の口ぶりから察するに、情報入手のいきさつは刑事部長の役職とは関係のない、藤原一個人の極めてプライベートなところにありそうだった。不可解な話ではあるが、不可解なことならば他にもあった。藤原がこの所轄に勤務する例の美人婦警を名指しで捜査スタッフに加えたことだ。

婦警が藤原の知人の娘であることは承知していたが、それにしても本庁最高幹部の一人として君臨する藤原が一線の捜査態勢に口を挟むなど異例中の異例のことだ。課長も「とにかくそういう事で頼む」と言いつつ、盛んに首をひねっていた。

――因縁って奴だな、きっと。

溝呂木と内海の関係ではないが、捜査畑を長く歩いてきた者が避けて通れぬ、向こう傷にも似た因縁の一つ。そんなふうに溝呂木は漠然と理解した。逃れるに逃れられない因縁であるからこそ、藤原ともあろう者が、記者に察知される危険を冒してまで所轄署へと足を運んできた。そんな気がしたのだ。

その藤原は恐縮する署の面々を尻目に、捜査対策室のパイプ椅子にどっかり腰を据えてしまっていた。皺とシミだらけの赤ら顔をやや上方に向けて固く目を閉じ、スピーカーから流れ出てくる喜多の供述に神経を集めている。

「竜見も橘もすごく乗り気でした。これは本当にテストを盗めるかもしれないと思い、夢中で計画を練ったんです」

喜多の供述は、第二段階へ入ったようだった。

3

かくして、ルパン作戦はスタートした。

三人は連日喫茶ルパンに集まり、コーヒーをちびちびやりながら実行計画を練った。それは胸躍る計画には違いなかったが、しかし、実際やるとなると解決せねばならない問題が山とあった。

まず、どうやって学校へ忍び込むか。仮に入れたとしても職員室のドアは施錠されている。その奥の校長室もまたしかりだ。晴れてテストを手にするには都合、三重の囲いを破らねばならない。喜多が目撃した金庫に関する情報は、校長室に辿《たど》り着いて初めて生きるのだ。

「職員室まで行ければ、校長室にはなんとか入れると思う。教頭か教務主任が鍵を持ってるはずだからな」と橘。

「そんじゃあさ」竜見が口を開いた。「忍び込むんじゃなくって、最初から職員室に隠れて夜を待つってのはどう?」

「センコーどもがウヨウヨいるんだぜ」頬杖をついた喜多が呆れ顔で言う。「どこにどうやって隠れんだジョージ?」

「そ、そりゃアまあ、例えば壁と同じ色の風呂敷かなんか垂らして、その裏に……とか」

「忍者かお前?」

「だったらキタローもなんかアイディア出しなよオ」と竜見が口を尖らせ、山盛りの吸殻が燻《くすぶ》る灰皿にコップの水をかけた。ジュッと音がして嫌な臭いが漂う。それを竜見の前へ突き押しながら喜多が言った。

「やっぱ昼間、一階の窓の内鍵をぶっ壊しといて、そこから校舎に忍び込むってのが一番いいんじゃねえかな」

「ダメダメ、だってハイドが戸締まりを見て回るんだよ。壊したのがバレちゃったらすべてパーじゃん」

「そっか、ハイド茂吉《もきち》が……」

そう呟《つぶや》いて喜多は舌打ちした。

金古《かねこ》茂吉は古くから学校にいる嘱託の化学教師である。驚くほど背が低く、本の挿絵を見たわけではないが、目も口もつり上がり、ぼさぼさの白髪とよれよれの白衣を靡《なび》かせて校内をうろつく様はおそらく「ジキルとハイド」のハイドに似ている。容貌に劣らず性格もかなり変わっていて、こういうのも別居というのだろうか、荻窪の実家に妻を残して自分は学校の守衛室に住み着いてしまっている。そこで三百六十五日寝起きし、昼間はクラスの秀才も解読できないミミズ文字を黒板にただ綿々と書き連ね、夜は夜で「お楽しみ、お楽しみ」と薄気味悪い笑みを浮かべながら警備員よろしく懐中電灯を下げて校内を巡回する。なにしろ学校一の古株だから、校長もその茂吉の趣味を無下に取り上げることもできず、機械警備の導入をうるさく要請してくる教育委員会に頭を下げ続けているという話だ。

いってみれば、機械警備導入を妨げてくれている茂吉がいてこそのルパン作戦なのだが、しかし、いざ実行するとなると、校内を熟知していて抜け目のない茂吉がひどく邪魔になる。竜見の言う通り、窓の鍵を壊したりすれば立ちどころに気づかれ、その窓の下で一晩中でも張り込みされそうだ。

「やっぱさア」と竜見。「校舎の中のどっかに隠れて夜を待つしかないじゃん。でしょ?」

「どっかって、どこだよ?」と喜多がイラつき、お前と話していても無駄だとばかり、黙りこくっている橋に視線を移した。

橋が一つ、二つと頷き、口を割った。

「こうしよう——四階の地理室の奥に資料室があるだろ。あそこに隠れて夜中まで待つんだ。ハイドもあそこまでは見ないだろうし、万一開けられても地図や模型なんかに隠れられる」

「そっか、あそこなら……」と喜多が頷き、竜見も自分の意見が部分採用されたのがよほど嬉しかったらしく、「それそれ! それで決まりィ!」と叫んで二人の手を揺すった。

その直後だった。カウンターでコップを洗っていたマスターがゴホゴホとわざとらしく咳込んだ。

六つの瞳が向く。

長身の若い女——音楽教師の日高鮎美《ひだかあゆみ》が店に入ってきたところだった。

「やべえ」と煙草をもみ消す竜見。舌打ちする喜多。

橘は不貞腐《ふてくさ》れたように目を閉じてソファに沈んだ。

ルパンは学校から地下鉄の一駅先で、教師の見回りなど滅多に入らない。なのに、鮎美の登場は先月に続いて二度目だった。その時は、たまたまコーヒーを飲みに入って三人と出くわしたようだったが、今日は様子が違う。明らかに盛り場巡回の当番教師として三人に目星をつけて乗り込んできた顔だ。マスターは鮎美の顔を記憶していて危険信号を送ってくれたらしい。が、手遅れだった。

「あなたたち！」鮎美が叫んだ。「学校さぼって何してるの！　煙草なんか吸ってえ、早く学校に戻りなさい！」

キンキン甲高い声が店内に反響し、カウンターにいたサラリーマンが、自分が叱られたように首を竦《すく》めた。

あっさり顔の鮎美は、だが美形の部類だ。体つきは華奢《きゃしゃ》でやや色気には欠けるが、色白で、すらりと伸びた手足はモデル並だし、だからこの日のベージュのトレンチコートもよく似合っていた。ただ、音大を出たてで融通が利かず、というより、根っからの生真面目すぎる性格が災いして校内の人気は散々だった。生徒の嫌がらせが高じると、なめられまいとヒステリックにわめきたて、それで益々疎《うと》んじられる悪循環に陥っていた。

「返事をなさい！」

三人は無視を決め込んだ。いや、竜見は違う。何か言い返したくてウズウズしている顔だ。

「聞こえないの？　だいいちもうすぐ期末試験でしょ！」

「だから、期末テスト対策を考えてるとこ」

際どいジョークを飛ばした竜見が、喜多に睨まれてペロッと舌を出した。

「次の授業は何？」

何を今更の思いで喜多と竜見が顔を見合せ、竜見が「さあ」と両手を開く。

「もう！」

鮎美の視線は、もっぱら橘に向けられている。というのも、音楽は選択科目で、三人のうちとっているのは橘だけだからだ。喜多と竜見は、授業に出たことはないが、一応美術だ。

橘は目を閉じたまま返事もしない。喜多は貧乏揺すりをしながら上目遣いで鮎美を睨みつけ、竜見は竜見で次はどうしてからかってやろうかと思案を巡らしている。

「まったく……」

鮎美は呆れたといったふうに天井を見上げ、だが、実際のところ校内きっての札付き生徒を前にして後に続く言葉が浮かばずにいる。そこに竜見がつけ込んだ。

「あのう……よろしかったらセンセもお茶飲んでいきませんかア」

「なんですって……？」

鮎美の顔がみるみる赤みを帯びる。

「なんなら夜までおつき合いしてもいいですけど。ボク、ヒマですから」

「た、竜見君、あなたって人は……」

喜多が竜見の脛《すね》を蹴った。が、ヘラクレス竜見はびくともしない。半分は本気で誘っているのだ。竜見はＯＬやら女子大生やら、とにかく年上の女に目がない。

「ボボボ僕、鮎美センセのことが前から好きだったんです」

竜見は目をパチクリさせて言い、床スレスレのところからスカートを覗き込むような仕種をした。鮎美は一歩、二歩と後ずさりした。もう首まで真っ赤になってわなわな体を震わせている。

「知りませんからね！」

言うなり鮎美は踵《きびす》を返した。その背中に竜見がちょっぴり残念そうな視線を投げ、だが、まあいいかといった感じでヒャッヒャッと下品な笑い声を浴びせた。万事、後先のことはお構いなしの男だ。

「バッカ野郎が」と吐き出すように言って、喜多は竜見の脛を今度こそ思いっきり蹴りつけた。

「い、痛えじゃんかア！」

「神経通ってんなら通ってるらしくしろや。先週だって鮎美にバイト見つかったG組の女が謹慎くらったばっかりだろうが」

「だってえ……」

「ヒステリーをからかうんじゃねえって言ってんだよ。停学でもくらえばテストもクソもねえんだぞ」

竜見をやり込めながら、だが、喜多は橋の様子が気になりだしていた。鮎美がいた時のまま、腕を組み目を固く閉じている。

――また始まりやがった。

時折橋は貝のように口を閉ざし、うんともすんとも言わなくなる。まさに今がその状態なのだが、ただ単に機嫌が悪いのかというと必ずしもそうでないから始末に負えない。忘れたころぽっと口を開き、「アポロの月面着陸を見た時ほどがっかりしたことはなかったな。もう世の中が行きつく所まで行っちまったって感じでさ……」などと溜め息をついたりする。喜多と竜見は「憮然病《ぶぜん》」と名づけ、構わないことにしている。大抵は何が原因でそうなるのかわからないから機嫌のとりようもないのだ。

が、この日に限っていえば、鮎美の急襲が憮然病のきっかけをつくったのは明白だった。よほど腹を立てたのか、それとも鮎美の登場が何かの具合で深い瞑想《めいそう》への導入効果をもたらしたのか、ともかく橋が次に言葉を発するまでに小一時間を要した。

ちなみに、この日憮然病から脱した橋は「男と女のほかに、あと二つ三つ種類があれば世の中面白くなるだろうな」と言った。喜多と竜見は、ああ、とだけ答えた。

それはともかく、この日の授業エスケープ、喫茶店出入り、喫煙のトリプル違反は表沙汰にならずに済んだ。

喜多は「あいつが見逃すはずねえよ」と繰り返し言っていたが、三日、四日と経っても呼び出しはなかった。竜見は「今さら俺たちに何を言っても無駄だと思ってんじゃないのオ。前に来た時だって呼び出しなかったじゃん」と能天気に言っていた。喜多も、そんなもんかな、とやがて気に懸けなくなった。

4

十一月も最後の週に入り、大学受験を控えたクラスの連中の顔つきが変わってきた。義務教育でもない高校に進学し、なのにその権利を自ら放棄してしまっている喜多たちにとって、彼らが初めて見せる闘争心がどこか可笑《おか》しく、それでいて無視と無言に満ちた空気が煙たく感じられる季節でもあった。

そんな居心地の悪い教室を抜け出し、喜多は喫茶ルパンの指定席で半分体を転がしショートホープをふかしていた。学校での疎外感は何も今に始まったことではないから容易にうっちゃれるが、散々盛り上がったルパン作戦の準備が思うように進まず、その苛立ちが顔と煙草の吸い方にはっきり出ている。

「なんかいいことでもあったかい？」

音もなくコーヒーを運んできたマスターが声を掛けてきた。麻の生地の前掛けが、よせばいいのに洗濯機で洗ったりするものだから、ものの見事に縮んでいる。三十を過ぎているが独身なのだ。

「そう見えます？」

喜多はブスッと返した。

「ああ」と言ってマスターは丸眼鏡を外し、それを拭きながら「腹が立つってのはいいことだ」と小さく笑った。

「へっ？」

「この歳になるとさ、もう何があろうが腹も立たないんだ」

「そういうもんスか」

「そっ」マスターは眼鏡を掛け直し、ミルクピッチャーを引き取ると、「羨《うらや》ましいね」と言ってくるりと背中を向けた。

喜多はニヤリとして「マスター」と声を掛けた。

「ん？」

「でも刑事にやられた時はアタマにきたでしょ？」

マスターはぼんやりとした目を壁に向け、「いいや」と首を横に振った。

「だって、ド突かれたりしたんでしょ？」

「最近はそういうことあんまりしないみたいね。みんな優しくなっちゃってるんだよ。どこもかしこもみんなさ。つまらないよな、そういうのって……」

最後の方は独り言のように言って、マスターは縮んだ前掛けをグッ、グッと下に引っ張った。

「ふーん」喜多は拍子抜けした。

「それより今日はどうしたの？」マスターが首を傾げる。「ジョージは朝ちょっと顔出したけど、橘君は一回も見ないね」

「えーと、音楽だからフケてくると思うけど……」

噂をすればのタイミングで、その橘が店に駆け込んできた。駆け込んだ、といっても橘のことだから竜見のように賑《にぎ》やかではない。小走りで寄って来ると、カウンターへ消えるマスターに一瞥をくれ、喜多の耳元で囁いた。

「わかったぜ。校長室の鍵は教頭の机の引き出しの中だ。『12』の番号札がついてる」

「ホントか！」

橘は唇に人さし指を当てて頷いた。

「よーし」喜多の顔が上気した。「いけるな。ルパン作戦」

「ああ。取り敢えず一歩前進ってことはいえる」

この一週間というもの、三人は職員室内部の偵察に明け暮れ、しかし、これといった収穫もなくジリジリと焦っていたころだった。高校の校舎は西棟と東棟があり、バスケットボールコートを挟んで平行して建っている。職員室は西棟の二階の奥、喜多ら三年生の教室は東棟の三階と四階に集中している。二つの校舎は二十メートルと離れていないので、双眼鏡を使うと職員室は窓際から中ほどまで丸見えだった。三人は「問題生徒の分散指導」とかいう学校方針で別々のクラスに振り分けられているが、おのおの窓際の生徒を脅して席を替わり、カーテンを目隠しにしながら交代で偵察を続けていたのだ。

「ちょっと組み立ててみようぜ最初から」喜多が勢い込み、「ああ」と橘も身を乗り出した。竜見は昼過ぎから例の相馬と組んで雀荘で打ってるらしい。二人の方が話が早いとばかり、喜多と橘は頭を突き合わせた。

計画はこうだ。

まず、一人が放課後、東棟四階の地理室奥の資料室に身を潜める。喜多たちの高校は夜間部があるから、その生徒に紛れて午後八時過ぎに資料室に入り込む。

その潜伏役がハイド茂吉の深夜巡回をやり過ごした後、寝たのを確認して一階に下りる。裏庭に面した東棟の窓の内鍵を開け、外で待機の二人を招き入れる。三人で西棟に回って茂吉が自宅代わりにしている守衛室に忍び込み、鍵箱から職員室の鍵を盗みだして――。

「問題はそこだ」と橘が話を遮《さえぎ》った。「守衛室へ忍び込むってヤツ、やっぱり危険過ぎないか」

「じゃアどうするんだよ?」喜多は不満そうに言い返した。「合鍵でも作るのか? そっちの方がよっぽど大ごとだぜ」

鍵箱にも鍵が掛かっていて、その鍵は茂吉が肌身離さず持っている。だが、頻繁に教師が借りにくるからだろう、職員室の鍵だけは、鍵箱の横のフックに掛けてあるのだ。

職員室に入ってさえしまえば、後はこっちのものだ。橘が双眼鏡で見た通り、教頭の引き出しにある「12」の鍵で校長室に侵入する。校長の机の一番上の引き出しから鍵を取って下の引き出しを開ける。中には二つ金庫の鍵があり、どちらかが試験問題の詰まった新しい金庫にピタリ合うはずだ。

逃走だってたやすい。校長室と職員室に鍵を掛け、そのまま侵入した窓へ走り、暗闇の校外へ逃れる。その逃走用の窓の内鍵が開いたまま残るのが唯一の痕跡といえばいえるが、茂吉だって朝起きてから学校中の窓の鍵を点検するようなことはすまい。朝七時には運動部の朝練の連中が登校してくるが、茂吉は連中に合わせて渋々起きだしてくるフシがある。とうに六十を超えているが、決して朝は強くないのだ。

計画は完璧に思える。しかし、橘は首を縦に振らない。

「やっぱり危険だ。ハイドは鍵箱の真下で寝てるんだぜ」

「だからどうした？　あんなモウロク爺《じじい》、起きやしねえって」

「いや。守衛室は狭いし、引き戸はガタガタ音がする」

「橘、ビビってんのかお前？」

例によって喜多が苛立ち、例によって橘は冷静そのものだ。

「キタロー、俺はな、感謝してんだお前に。せっかくこんな面白い計画に誘ってもらったろ。だからとことん確実にやりたい。それだけだ」

「ん……」

「なっ、もう少し考えてみようぜ」

「わかったよ。わかったけどよ、じゃあ、他にいい手があるか」

不貞腐れた喜多をどこかに放っておいて、橘はしばらく思案を巡らしていた。マッチの小箱をテーブルの上に置き、縦にしたり横にしたり弄《もてあそ》ぶ。

「橘ァ……」

議論にも沈黙にも弱い喜多が言いかけた時、橘が口を開いた。

「こういうのはどうだ」橘はマッチ箱の角を指先で器用につついてピタリと垂直に立てた。「三階の窓から縄梯子《なわばしご》を垂らして二階の職員室の窓から侵入するんだ」

喜多は呆気《あっけ》にとられた。

縄梯子？

そんな映画みたいなこと——喉まで出かかり、が、橘の真剣な表情を見て危うく呑み込んだ。

「どうだキタロー？」

「だ、だけどよ、職員室の窓にだって鍵が掛かってるんだぜ」

「そこさ」と橘がニヤリとする。「職員室の窓際に背の高いロッカーが幾つか置いてあるだろ。鍵の場所がロッカーに隠れちまってるから、元から〝開かずの窓〟なんだ。その鍵の一つをあらかじめぶっ壊しとけばいい」

「壊すって、いつ？　センコーどもがウヨウヨいるじゃねえか」

「月曜の全体集会の時さ。みんな体育館に行って職員室はカラッポになる。俺は前にたまたま行ったことがあるんだ」

そこまで聞いて、喜多は大きく息を吐き出した。

無謀なようでいて、なるほど手堅い作戦だ。確かにロッカーの裏側の窓の鍵なら壊しても誰も気がつくまい。橘の言うように、ロッカーが邪魔してもともと施錠の確認など難しい場所なのだ。

縄梯子を使うのも妙案だ。校舎に普通の木梯子を掛けて下から攻める手もあるが、ロッカー側の窓の下は中庭のど真ん中で校長自慢のツツジがびっしりと生えているから足場がとりづらい。それに木梯子ではおそらく運び込みや隠し場所に手こずるだろう。ところが、縄梯子なら「避難はしご」と称してそれこそ校内にいくらでもあるのだ。

橘は静かに喜多の返答を待っている。

「よし、それでいこう」

喜多は歯切れのいい言葉を放って、橘が校舎に見立てたマッチ箱をパチンと指で弾いた。

5

二人はいったん別れて、それぞれのバイト先に向かった。喜多は週刊誌の製本、橘は内幸町のビル掃除だ。どっちも結構長続きしている。

懐に週給を抱いた喜多がRD三五〇を飛ばしてルパンに戻ると、もう午後九時を回っていた。

店の前に単車はなかった。

——ジョージの野郎まだ打ってんのか。

舌打ちしつつ店に入ると、マガジンボックスの雑誌を抜いている焦げ茶の背中が覗いた。橘もダックス五〇を持ってはいるが、単車嫌いでほとんど乗ってきたことがない。

「鼻の差ってとこか」と喜多は出来立てホヤホヤの週刊誌を橘に放った。

「おっ、サンキュー」

「ジョージ、まだみてえだな」

「ああ」と橘は生返事をして、もう週刊誌のグラビアを捲り始めた。

「さっき電話があったよ」とカウンターから声がし

た。マスターが縮んだ前掛けの裾を引っ張りながら首を伸ばしている。

「ジョージから？」と喜多。

「うん。そろそろ終わるから待っててね、ってさ」

「奴、ジェントルランドでしょ？」

「そうだったみたいね」

「じゃ、こっちから行ってみるか」と橘。

「いいけど、一杯だけコーヒー飲ましてくれ。製本屋のヤツ、埃っぽくってさア」

橘もそうしたかったらしく、二人はコーヒーを啜《すす》りながらマスター相手に三十分ほど喋り、そういう決まりだから、バイト代の入った喜多が二杯分払って店を出た。

竜見は今、相馬と一緒に麻雀を打っているはずだ。

――相馬もルパン作戦にまぜてやるか。

心境の変化というほどのことではないが、昼間感じたちっぽけな疎外感が喜多をそんな気分にさせていた。相馬にしたって疎外される側には違いない。路面の落ち葉が次々と車に轢かれる信号待ちで、喜多は寛容な台詞を吐いた。もとより橘は、作戦を発案した喜多がいいと言えば、相馬を加えることに異存はなかった。

『ジェントルランド』は廃《すた》れたボウリング場跡にできた横広の四階建てビルで、一階がパチンコ、二階がビリヤード、三階ゲームセンター、四階雀荘と溜り場の要素をすべて備えている。近くにある大学の学生を当て込んだのだろうが、喜多たちも結構重宝していた。

店の脇の自転車置場に、竜見のマッハ五〇〇が大威張りで留まっていた。二人はそれに代わる代わる軽い蹴りを見舞い、地下の軽食スタンドでカレーライスをかき込むとエレベーターで四階に上った。

広いフロアに、四十近く麻雀卓が並んださまは壮観だ。

卓の間を縫いながら進むと、もうもうと渦巻く紫煙に霞《かす》んだ竜見の顔がのぞいた。やはり同じ卓に相馬もいた。他の二人は初めて見る顔だ。大方、好青年顔をつくった竜見に「二人足りないんです、遊んでもらえませんか」と誘い込まれた大学生だろう。

その竜見が上気した顔で盛んに何か喋っている。実はそれが曲者《くせもの》なのだ。

竜見と相馬は会話で互いの持ち牌《パイ》や当たり牌を教え合うイカサマ麻雀をしている。いわゆる「トウシ」と呼ばれる手口で、この種の情報はもっぱら相馬が入手してくる。いま二人が使っているトウシのノウハウも、相馬が大塚のプロから聞き出し、それを相馬なりにアレンジして仲間に伝授したものだ。

「真っ最中って感じじゃねえか」と喜多がムッとして言った。

「勝ってるんだろ、きっと」と橘。

「散々人待たせてあの野郎――」

腹立たしさと悪戯《いたずら》心が重なり、喜多はこっそり竜見の背後に回り込んで大声を出した。

「どうだ調子は、どぐされ野郎オ」

よほど驚いたのか、竜見は椅子から転げ落ちそうになった。それもそのはず、台詞の頭に「ど」がつくのはイカサマがバレた時に使う「逃げろ!」のトウシだ。聞き慣れた喜多の声でその究極の台詞を吹き込まれた竜見はひとたまりもない。

〝ポエムスペシャル〟と相馬が名付けたこのトウシは、若山牧水の詩ではないが「幾山河越えて」の九文字を下敷きにしている。一から九までの数牌にそれぞれ、「い」は「1」、「く」は「2」、「や」は「3」、「ま」が「4」と順番に詩を充《あ》ててあって、これを会話の頭につける。そして、語尾を「……よ」「……ね」「……さ」と変化させて、マンズ、ピンズ、ソウズを区別し、持ち牌や自分の意志を卓の仲間に伝えるからくりだ。ほかにも様々なキーワードがあって、例えば語頭に「き」がつけば「点棒をごまかせ」、「み」なら「牌を交換しよう」となる。これらを自然な会話に盛り込み、聞き取り、実行するのは、かなりの集中力と高度なコンビネーションが必要だ。ましてや麻雀という瞬時の判断力を要求されるゲームをしながら、である。

その緊張のさなかに、喜多の「どうだ調子は、どぐされ野郎オ」が飛び込んでしまった。

竜見は真っ赤になって喜多を睨みつけた。

「な、なにしに来たん！」

「もう終わるか」

「まだトン場だよオ」

ぶっきらぼうに言って、竜見は卓に顔を戻した。完全にペースを乱され、もううまいことトウシの台詞が出てこない。たちまち大学生にマンガンを振り込み、イラついた膝頭が雀卓を十センチほども持ち上げた。

喜多はというと、少しやりすぎたか、と苦笑いを浮かべ、そうしているうちにもまた竜見が振り込んだりするものだから、仕方なく大学生の裏側に回って彼らの手牌を次々とトウシで伝えてやった。途端に竜見が息を吹き返す。相手の手の内を知って負ける勝負事は世の中にない。

「ロン、ロ〜ン！　すんません、それハネマンで〜す！」

お祭り麻雀の竜見を尻目に、相馬は相変わらず涼しい顔で淡々と打っている。七三分けに銀縁メガネの風貌は、いかにも神経質そうでひ弱な印象だが、場慣れというか、落ち着き払っている分、卓を囲んでいる地方出の大学生より大人びて見える。相馬が雀荘に入りびたりなのは、無論麻雀好きだからに違いないが、もう一つ、経済的な理由もあるらしい。家が貧しくて、遊ぶ金はおろか、三度の食事から授業料に至るまで麻雀の稼ぎで賄《まかな》っているのだと竜見はいう。学校の方は、クラスの優等生に代返を頼んで出席数を稼いでるが、何人かの教師にはとっくに見抜かれていて出席簿には欠席マークがズラリと並んでいるはずだった。なのに、二年、三年と難なく進級し、こうして毎日〝課外授業〟を続けている。案外、頭の出来はいいのかもしれなかった。

喜多が当初、ルパン作戦に相馬を入れないと突っぱねたのは、相馬にそうした謎というか、壁というか、ともかく見えない部分が多過ぎるからだった。

トウシのお陰で竜見の点棒がみるみる増え、喜多と橘が、しばらくかかりそうだなと目配せして立ち去ろうとした時だった。ふっと鼻を突く嫌な臭いがして、小さな体が二人の間を走り抜けた。

——えっ？

少女だった。驚く間もなくその少女は意外な行動に出た。牌を握った相馬の右腕に飛びつき袖《そで》を引っ張ったのだ。相馬はそれをはねのけ構わず卓の中央に牌を打ち込んだが、明らかな動揺が顔にあった。

「おにいちゃん、おなかすいたァ……」

蚊の鳴くような少女のひとことが、その場の張り詰めた勝負の空気を一瞬にして葬り去った。

相馬のこめかみに青筋が立っていた。

「来るなって言ったろう！」

唸った相馬は荒々しく少女の腹を押しやったが、少女はその手をかいくぐってまた相馬にへばりつく。視線が視線を呼び、辺りの卓も手が止まる。

「おにいちゃん……おなか……」

「うるさい、帰れ！」

橘は以前にも同じ場面に出くわしたことがあったが、初めての喜多は面食らった。

小学校の一、二年生ぐらいだろうか。よれよれのスカートに汚れ放題のブラウス。ズックは素足のまま履いている。髪もぼさぼさで所々毛玉のようになってしまっている。目鼻立ちははっきりしていて、おちょぼ口の可愛らしい娘なのだが、その顔に少女らしい表情というものがなかった。

喜多はふっと目眩を感じた。妹の初子もこんな顔で母親に手を引かれていった――。

膝を折って少女を見つめたが、目を合わせようとしない。小わきに絵本を抱えている。サンドイッチを頬張る子熊の絵が覗く。

喜多は少女の肩に手を置いた。

「どうしたん?」

橘と竜見がビクッとして喜多を見据《みす》えた。かつて、喜多の猫なで声というものを聞いたことがない。

「お兄ちゃんはいま忙しいんだと」喜多は同じ声で続けた。「こっちのお兄ちゃんたちと何か食べに行こうか」

次の瞬間、相馬が立ち上がった。

「ふざけんなこの野郎!」

叫んだ相馬は振り返りざま、力任せに諸手で喜多を突き飛ばした。

周囲からどよめきが上がり、遠くの視線も一斉に集まる。喜多はというと、予想だにしなかった急襲に感情が追いつかず、薄っぺらい絨毯《じゅうたん》に腰を落としたまま呆然と相馬の顔を見上げていた。相馬は相馬で自分のした事に驚いてしまったふうで、追撃を加えるでもなくわなわな全身を震わせながら立ちすくんでいる。顔は怒るというより泣き顔に近い。

「キタローよせよ」

押し殺した声で橘が二人の間に入り、喜多の右腕をがっちり摑んだ。ここで喜多が襲いかかれば修羅場になる。先手を食った時の喜多の恐ろしさは比類がない。

が、喜多は沸騰しなかった。兆しもない。戦意がこれっぱかりもないのだ。

「キタロー……」橘は言葉に詰まり、「とにかく立てよ」とだけ言った。

竜見も背後から相馬の肩を押さえていたが、ばつが悪そうにその手を放し、おずおずと自分のポケットに差し込んだ。

喧嘩はあっさり幕を引いた。安堵と気抜けが辺りに広がる。

相馬は我に返ったとばかり大きくかぶりを振り、ポケットからくしゃくしゃくしゃの千円札を取り出すと、妹の手に荒々しく握らせた。

「これで何か食え」

相馬は卓に戻り、何事もなかったかのように牌を動かし始めた。二人の大学生も相馬に気圧《けお》されるようにしてゲームを再開した。竜見も気遣いの視線で喜多と相馬を盗み見ながら、やはり神妙な顔で牌を拾い始めた。

橘は小さく息を吐き、「行こうぜキタロー」と腕を引いた。喜多はゆっくり腰を上げ、ズボンの埃を払った。そうしながら、視線はまだ少女を追っていた。

少女は相馬の背をじっと見つめながら、一歩、二歩と後ずさりしていく。卓の陰に隠れて見えなくなったと思うとまた隙間から顔を出し、感情の乏しい視線を相馬に向ける。そんな事を繰り返しながら、いつかドアまで辿り着きフロアから姿を消した。

「キタロー、よく手を出さなかったな」

下りのエレベーターの中で橘が言った。

ペッと唾を吐き出し、喜多は「2」から「1」へと移る階表示を睨みつけていた。

この一件があって、相馬をルパン作戦に入れる話は立ち消えになった。醜態を晒したと思ったか、以来、相馬はジェントルランドに顔を見せなくなった。喜多の手前、橘と竜見は相馬の話題を避けていたが、しばらくたって、地元大塚の雀荘で打ってるらしいという噂を竜見がちょろっと喋った。

6

十二月の声を聞いた。めっきり寒さがまし、空もはっきりしない。

期末試験を目前に控えた月曜の朝、三人は密かに学校の屋上に集まった。橘の発案通り、教師が全体集会へ行っている隙に職員室へ侵入し、ロッカー裏の窓の鍵を壊しておこう、との算段だ。

屋上の給水タンクに上り、腹這いになって下を見下ろすと、校舎脇の「ふれあい小径」を生徒がぞろぞろ移動中だった。体育館に向かうのだ。

「蟻《あり》の行列だア」

竜見が嬉しそうに言い、唾を垂らす真似をして喜多に頭を叩かれた。

やがて行列は疎《まば》らになり、あらかた体育館に吸い込まれた。ガラガラガッシャンと鉄扉の閉まる音。

続いて、驚くほど張りのある声が体育館の採光窓から聞こえてきた。校長の三ツ寺《みでら》である。のっけから、校則を守れ、きちんと挨拶をしろ、と決まりきった説教を始めた。

「相変わらずでっけえ声だな」と喜多が呆れ、竜見が「馬鹿の大声ってヤツね」と軽く受ける。

その大声をマイクを使わずに体育館中に響かすのが校長の自慢の一つだ。高校、大学と器械体操の選手で鳴らしたとかで、いまだに若さの面でも生徒と張り合おうとしているようなところがある。今朝も説教に続いて得意の健全肉体論をぶち上げ、すっかりいい気持ちになっているようだ。

二人、三人と、遅れてきた教師が体育館の中に消え、「ふれあい小径」にもう人影はなかった。

「よし、行くぞ」と喜多が立ち上がった。

「ん」「あいよ」の声が続く。

素早くタンクの鉄梯子を下りると、三人は屋上のドアを抜け、足音を忍ばせて階段を下った。喜多は見張り役だ。手筈通り途中で二人と別れ、東棟三階の教室に駆け込み、カーテンの陰から二十メートル先の西棟二階の職員室に目を凝《こ》らす。

教師の姿は一つも見えない。全員、体育館の中とみていい。

まもなく二階の廊下に竜見と橋が現れた。腰を屈《かが》めてぎこちなく職員室へ接近し、そうしながら喜多の方へ視線を向ける。迷わず喜多は右手を横に開いて「突撃」の合図を送った。橋が大きく頷いた。小走りで職員室のドアを通過し、一直線にロッカーへ向かう。窓の鍵を壊す実行犯だ。竜見は職員室の入口にとどまり、大きな体を懸命に小さくして辺りに気を配っている。

実行役を志願した橋に躊躇はなかった。懐から特大のスパナを取り出すや、ロッカーと窓の僅かな隙間に腕を滑り込ませ、鍵の金具を叩き始めた。腕の進入角が悪く思うように力が入らないのか、何度も繰り返し叩く。真剣そのものに違いないが、距離のある喜多のいる場所からだと、橋が呑気《のんき》に手を振っているように見えて気が気でない。

――どうした、早くしろって。

腹の中で急かすうち、喜多は異変に気づいた。視界の隅に突如ジャージ姿の男が飛び込んできたのだ。職員室の真上の三階の廊下だ。一瞬の事で見落としたが、近くの教室から出てきたらしく、肩をいからせ恐竜のようにのしのし歩くごつい体は、まさしく体育の坂東健一《ばんどうけんいち》だった。

――や、やべえ！

喜多は慌てた。このまま坂東が三階の廊下を突っ切り、階段を下りて職員室へ向かえば、それこそ橋と竜見は袋の鼠《ねずみ》だ。職員室は西棟二階フロアの一番奥で、入り口は一カ所しかないのだ。

坂東は恐ろしく乱暴で、しかも鼻の利く男だ。すぐにでも二人に「撤退」の合図を送りたいが、しかし、坂東は喜多と同じ三階にいる。バスケットボールのコートを隔てているとはいえ、目立った動きをして喜多が発見されては元も子もない。いや、却って自分が囮《おとり》となって坂東をこちらに引きつけてしまった方が得策か――。

判断がつかぬまま、喜多は金縛り状態に陥り、そうするうち坂東は喜多の正面を通り過ぎていった。竜見と坂東の体が擦れ違う。階を違えてであるが、喜多の目には際どいニヤミスに映る。坂東はやはり階段へ向かう。下りるのか、上るのか。

坂東の体が階段に沈んだ。下りたのだ。

喜多はカーテンをはねのけ、窓から身を乗り出して両腕を頭上に突き上げた。「撤退」の合図だ。即座に竜見が反応した。橘の方に顔を向け懸命に口をパクパクさせる。坂東の姿は階段に消えた。下りてくれば一巻の終わりだ。竜見は逃げ腰でいるが、橘はまだスパナの手を動かしている。

――モタモタすんな！　逃げろ！

ようやく橘が隙間から手を引き抜いた。だが、手遅れだ。撤退は遅すぎた。橘と竜見がもつれ合うようにして職員室を飛び出す。喜多の脳裏に鉢合わせの光景が浮かんだ。最悪の光景――。

が、飛び出した二人は廊下を走らなかった。職員室を出てすぐ右手にある小部屋に転がり込んだのだ。以前、竜見がのぞきにチャレンジした女教師用の更衣室だ。

見事な機転といってよかった。コンマ何秒の差で坂東が二階の廊下に姿を現し、その更衣室の前を大股で行き過ぎる。職員室に入る。ドアが閉まる。バタン――。

まんまとやり過ごしたのだ。

二人の完全な逃走を見送ると、喜多は浮き立つ心で階段を二段抜かしに駆け上がり、屋上の給水タンクの鉄梯子を上った。二人は一足先に戻っていて、大の字で荒い息を吐いていた。

　喜多の息も荒かった。声が掠《かす》れる。

「橘——鍵は？」

　橘はポケットをごそごそ探り、耳のような形をした金具を取り出した。それはまさしくクレセント錠の残骸《ざんがい》だった。

「よっしゃア！」と喜多が躍り上がり、拳を天に突き上げた。

「それ、やめてよオ！」

「撤退」の合図に懲《こ》りた竜見が甲高い声を上げ、どこで覚えたのか器用に十字をきってみせた。三人は顔を見合わせてドッと笑い、「お祝い、お祝い」と煙草を回し、肺の奥まで煙を吸い込んだ。

「だけどよ、メチャクチャヤバかったんだぜ」

　喜多は危機一髪の緊迫感をどうして二人に伝えようかと言葉を探し、が、そのとき思いがけない顔を二つの笑顔の後ろに見つけて絶句した。

　スポーツ刈りの浅黒い鬼面——坂東だ。

「正座！」

　ドスの利いた声が響いた。

　三人が膝を整えるや、坂東の激しい張り手が飛んだ。四発、五発と容赦なく頬を打ち、橘の唇が切れ、竜見も鼻血を出すが、そんなことで坂東の手は止まらない。

　叩かれながら喜多は自分の迂闊さを悔いた。坂東は全体集会を抜け出し、サボっている生徒がいないか教室を見回っていたのだ。無論この給水タンクも最初から見回り場所の一つに入っていた。なにしろ三人がここで坂東にしてやられたのは二度や三度ではない。その〝重点地区〟に戻ってくつろいでいたのでは、どうぞ殴って下さい、と言っているようなものではないか。

「ありがとうございましたア！」

竜見が勝手に体罰終了を決めつけたが、まだ〝デザート〟が残っていた。

「そらア歯を食いしばれえ！」

坂東がデザートと呼ぶ最後の一発は平手ではなく、石のような拳だ。まず橋が鼻柱に食らって吹っ飛んだ。続いて喜多──殺されるかもしれない。そんな思いがふっと頭を過るほど坂東は殺気立っていた。喜多は頬骨に食らい、竜見は顎に叩き込まれて差し歯が欠けた。

教育委員会もＰＴＡも、この鬼軍曹のごとき暴力教師の存在を露ほども知らない。もっぱら殴られるべき生徒が殴られ続けているから、表沙汰にならないのだ。

ただ、坂東は恐ろしい半面、その場限りの制裁が常で後腐れがない。この日もデザートを放り込んでしまうともうケロッとしていて「お前ら相変わらず安い煙草吸ってんな」とピンクの歯茎を見せて笑い出した。橋の懐に潜むスパナと鍵の残骸が気がかりだが、坂東は満足しきった様子で、もともとチマチマしたことを毛嫌いする性格だから、所持品検査など頭にないようだ。

「そりゃアお前らの気持ちも分かるよ。大学受験も関係ないし、学校が面白いわけないもんな。俺も出来が悪くてよ、昔は随分と暴れたもんだ」

坂東が得意の話を始めた。三人は殴られるたび坂東の高校時代の大立ち回りにつき合わされる。スナックでチンピラやくざ五人を血祭りにあげた武勇伝で、竜見などは最初から終わりまで空で言えるほどだ。

調子を合わせながら最後まで聞き終わると、竜見が悲しげな顔を作っていつもの質問をした。

「それで、先生に惚れてたスナックの娘はどうしたの？」

「ああ、なんでも俺に迷惑を掛けたくないとかで姿を消しちまったんだ。どこかで幸せになってくれてるといいんだが……」

これでようやく坂東の話は終わってくれる。毎回ここまで言わないと気が済まないのだ。

溜め息をつく坂東の目を盗み、竜見が二人に向けてウインクした。何か面白いことを思いついたらしい。

「ね、先生、スナックの件はまあいいいとしてさ」

「まあいいとは何だ?」と坂東が睨む。

「あっ、違うって、先生は偉いって俺は言ってんの」

「偉い?」

「そうさ。スナックの娘のことを今でも心配しててさ。いないよ、そういう人って」

「まあな、自分でもつくづく損な性分だと思う」

すっかり竜見のペースだ。

「だけどね、そろそろ先生も自分のことを考えた方がいいよ。若いんだし、新しい恋を見つけなくっちゃア」

喜多と橋は内心吹き出した。

が、坂東は真顔で頷く。

「お前の言う通りかもしれん」

「で、どうなのさア?」竜見が懸命に笑いを堪えて言う。「好きな人とかいるの?」

「そりゃアまあ……俺だって好きな女ぐらいいるけどな」

「当ててみようか」と竜見が目をキラキラさせる。

「おいおい、よせよ」

「音楽の鮎美先生!——ピンポン?」

「よせって竜見。大人をからかうな」

「違うかア……」竜見はわざとらしく言って、わざとらしく考え込んだ。そして、わざとらしくポンと手を打つ。

「わかったア! 英語のグラマー先生だ!」

坂東の浅黒い顔に赤みが射し、全体として海老茶色の印象になった。

「グラマー」は英語の嶺舞子を指す。はち切れんばかりのバストがあだ名の由来だが、教えているのも英文法《グラマー》だから、これ以上の嵌《は》まり名はなさそうだ。顔立ちは恐ろしく派手で、多分に化粧のせいもあるが目は大きく、鼻もツンと高くて悪くない。歳は三十近いらしいが、髪も栗毛色に染めていて、どこからどうみても五つは若く見える。ミニスカートや胸の大きく開いたブラウスを好んで身につけ、その格好のまま平気で「三時の体操」をしたりするものだから、生徒はもちろん、坂東ら若い教師の多くも舞子を追う視線にかなりのエネルギーを消費している。

しかも、竜見が舞子の名をぶつけたのは、単なる当てずっぽうではなかった。

二カ月ほど前だったか、坂東と舞子が連れ立って池袋を歩いているのを喜多が目撃した。連れ立ってといえば聞こえがいいが、舞子は一人颯爽《さっそう》とショッピングを楽しんでいる感じで、一方の坂東は日頃の傲慢《ごうまん》さもどこへやら、買い物袋を両手におずおずと舞子の後を追っていた。

この場の反応からみても、坂東はかなり舞子に入れ上げているとみてよさそうだった。

「ねえねえ、どうなのオ、先方さんは？」

竜見が坂東の手を握って揺する。

坂東はそうされながら怒るでもなく「舞子女史には誰かいるんじゃないかな……」とポツリ言った。

――フラれちまったか。

三人は顔を見合わせ、たったいま嫌というほど叩かれたことも忘れて、ちょっぴり坂東に同情した。

7

シュシュウ――。

取調室の石油ストーブに薬罐《やかん》の湯が吹きこぼれた。

喜多はギョッとして視線を向けたが、すぐに戻して屋上の一件を早口で締め括《くく》った。

「というわけです――坂東先生には散々殴られましたが、鍵を壊したことはバレずに済み、あとはルパン作戦の決行日を待つばかりってことになりました」

伝令係の若い刑事が別の薬罐を下げて入室してきた。忙しく走っていた婦警のペンも止まる。

寺尾は、喜多の胸の辺りを見つめ、無言のまま鉛筆の尻でコン、コンと机を叩いた。そうしながら、次第に広がっていく失望感を表情に出さぬよう苦心していた。

失望の理由は二つある。

第一に、ルパン作戦は、少なくとも「嶺舞子殺害計画」ではなかったことだ。あれほど入り組んだ計画をスラスラ話せたのだ、テストを盗もうとしたという喜多の供述は信用してよかった。

もう一つの失望、というより、寺尾に微かな焦りを感じさせたのは、喜多の話から三人が舞子を殺す動機がこれっぽっちも浮かんでこないことだった。

嶺舞子は、ただ単にセクシーな女教師として登場したに過ぎない。供述を聞く限り、三人との関係でいえば度々ルパンを巡回していた音楽教師の日高鮎美の方が密度が濃いし、肝心の舞子の関係なら、想いを寄せていた体育の坂東の方がより多くの接点を持っていそうだ。

――いや。

最初の慌てぶりからして、喜多が舞子の死を殺しだと知っていたことは確かだ。新聞には自殺と載ったにもかかわらず真相を知っていたのだ。それは、とりもなおさず、喜多が実行犯人、共犯者、目撃者のいずれかであることを物語っている。おのおの独立して見える嶺舞子殺しとルパン作戦は、必ずどこかで繋《つな》がってくるはずだ。

——もっと喋らせてみないと、か。

その内面を寺尾は別の言葉に置き換えた。

「休んでいいと誰が言った?」

冷やかな声が取調室に響いた。

「えっ……」と喜多が鈍く反応する。

「話を休んでいいと誰が言ったんだ?」

喜多は身を竦めた。相向かいの席に青白い炎を見た気がした。

もうその顔には一片の笑みもない。寺尾は予告もなく、そして予定通り、冷徹な裏の顔をくるりと表に回していた。

「嶺舞子の話をするんだ」

寺尾は命じた。ここで一気に舞子と三人の距離を縮める。

「聞こえないのか」

「い、いいえ……」

「最後に嶺舞子を見たのはいつだ」

「最後……」

喜多は戸惑った。

生きている舞子のことか、それとも、死体になってしまった舞子か——。

微かに残存していた防衛本能が働いたようだった。気まずい沈黙を破って言葉になったのは、生身の舞子の方だった。

8

いよいよあさってから期末試験という日、三人は玉虫色に光るショールカラーのスーツを揃いで着込み、赤坂のディスコに繰り出した。

「ねっ、ルパン作戦の前祝いをしようよ」

遊びの提案はいつも竜見だ。

外国人やタレントが頻繁に出入りすることで知ら

れる老舗《しにせ》のディスコだが、チケット係の黒服はそれを鼻にかけて無愛想極まりない。坂東にやられた顔の腫《は》れがどうにも気に食わないようで、三人の顔をジロジロ見回した挙げ句「暴れたらすぐ帰ってもらうぞ」と釘を刺して渋々ドアを開いた。

まだ時間が早く、人影は疎らだった。

三人は螺旋《らせん》階段を上って三階のボックス席を確保した。店内はテーブルとボックスがホールをコの字型に囲み、二階、三階からもホールの踊り手を見渡せる造りだ。敢えてガラガラの三階席を取ったのは、ルパン作戦の詰めの話をしとこう、との含みもあったからだった。

なのに竜見はもう店に足を踏み入れた時から浮かれていて、なんとしても尻が落ち着かない。お気に入りの『ハッスル』がかかると、いよいよ我慢ならないといったふうにピョンと立ち上がった。

「ちょっと行ってくらア、ジンフィズ頼んどいてね」

「話はどうすんだよ」と喜多。

「あ〜ん、意地悪言わないでよオ。ちょっと踊ったら戻るからさア」

「ホントにすぐだぞ」

「はいはい、了解しましたア。そんじゃ行ってきま〜す」

へんてこな敬礼を残し、竜見は跳びはねるようにして階段を駆け下りると、大きな体を器用に揺らしながら踊りの列に加わった。

「一時間は戻らないぜ」橘が小さく笑い、「わかってらア」と喜多も笑い返した。

ドリンクとつまみが届き、しばらく二人で計画の細部を点検していたが、それも一通り済ませて、さて俺たちもひと踊りと喜多が思ったころだった。

橘が神妙な顔で何か言った。東洋一というふれ込みの音響にすっかり鼓膜をやられた喜多が「何?」

と顔を寄せる。

「その後会ったか？」

「どの女のことだよ」と喜多はニヤリとしたが、橘は真顔のままだ。

「おふくろさんと妹さ。会ったか？」

　喜多の顔から笑みが引いた。

　すぐさま橘が「話したくなけりゃいい」と顔の前で手を振った。

「なんでそんな話持ち出すんだ？」と喜多が上目遣いで橘を見る。

「いや……例の雀荘の騒ぎでちょっと思い出したんだ」

「雀荘？」

「相馬とやりあったろ」

「ああ、あれか」つまらなそうに言って、喜多はショートホープを抜き出しテーブルのキャンドルで火を点けた。「それがどうした？」

「あん時のキタロー、普通じゃなかったぜ」

「やり返さなかった、ってことか？」

「それもあるけどな」橘はコークハイのカップを傾けた。「相馬の妹にやけにこだわったろ」

「……」

「妹の前で叩きのめしちゃ可哀相だ。そう思って手が止まったのか」

「そんなんじゃねえよ」

「そう見えたけどな」

　喜多は一拍置いて「そうかよ」と答え、煙草を揉み消した。

　両親が離婚したのは、喜多が中学三年の春だった。母に原因があったように思う。生活が苦しいのも子供の出来が悪いのも親戚や近所の顔ぶれが悪いのも、何もかも父のせいだった。そうやって口下手で気弱な父を詰《なじ》り続け、それでも気が晴れるときがない女だった。

喜多はしょぼくれた父との生活を選んだ。ママっ子だった小学一年の初子は母に連れられていった。工場勤めの父は前にもまして無口になり、脱け殻のような男になった。二人の消息を聞いてみようと喉まで出かかったこともあったが、酒にも遊びにも逃げ込めない、そんな父のガラスの部分を壊してしまいそうでためらわれた。

その後、一度も母と初子に会っていない。最後の日は雨だった。母に手を引かれた初子は、事情を知ってか知らずか、人形のように無表情な顔で言った。

「お兄ちゃん、毎日遊びに来てね」——。

喜多はコークハイを呷《あお》り、そのカップに苛立った眼差しを向けて言った。

「相馬の妹、こ汚いナリしてたろ。なんか俺、驚いちまってよ」

「ああ……」

「それでやる気もなにもなくなった」

「戦意喪失ってわけか」

「ああ。けどな、相馬が俺をド突いたのは仕方ねえよ。テメエらに何がわかるかって、そう言いたかったんだ奴は」

橋は黙って頷いた。

会話が途絶え、殺人的な音響が鼓膜をビンビン叩いてくる。喜多はピーナッツを口に放り込み、しかし、嚙まずにペッと床に吐き出した。

あの時の臭いを嗅いだような気がしたのだ。

中学の卒業間際だったか、初めて酒で吐いた。裏通りの電柱にしがみつき、吐瀉物《としゃぶつ》にまみれ、その臭いでまた吐いた。吐いても吐いてもやまない突き上げにのたうち、そこから逃れたい一心で喜多は叫んだ。体を支える仲間を突き飛ばして叫び続けた。

「馬鹿野郎！　あんな女、死んじまえ！」——。

叫びながら泣いた。笑いもした。心のどこかに肉親の離散を嘆いている自分がいる。胸にポッカリ大きな穴が空いている。それが悔しくてならなかった。よろける勢いで体をコンクリに叩きつけ、仲間を殴り、またコンクリに体当たりして道に体を投げ出した。血まみれになっても叫んでいた。ひとり路上に取り残されてもずっと、チクショウ、チクショウと叫び続けていた。

その一度きりだ。家のことで飲んだり吐いたりしたのは。

親だ親だと力んでみたって、ただの弱っちい人間じゃねえか――。

今ならそんなふうにやけくそ気味に突き放せもするが、それを知るのが早過ぎた。頭で理解できない苛立ちが、空虚な思いをはったりの金看板に仕立て直して喜多をとことん突っ張らせた。

竜見にも同じようなことが言えるかもしれない。小学校に上がる前に父親と死に別れ、母親が場末の小料理屋を切り盛りして細々と生計を立てている。客との噂も二度や三度ではなかったらしい。帰りはいつも深夜で、竜見は幼いころ毎晩泣きながら一人布団にもぐっていたという。あの突拍子もない明るさは、天性のものではないのだ。

二人に比べれば、橘は申し分のない家庭に育ったということになる。父親は区役所勤め、母親はピアノの講師をしていて、何不自由ない。

だが、そういう比較は誰がするのだろう、と喜多は思う。どうであれば幸せで、どうなら不幸だというのだ。どこかに線でも引いてあるというのか。

裕福で両親揃った家庭に育った橘の言動にこそ、赤々と裂けた傷口や深く暗い穴を見ることが多い。それはむしろ喜多や竜見のものより生々しく痛々しい現実に思える。底の見えない救い難い穴、いってみれば過激で容赦のない自己破壊願望のようなものか。子供染《じ》みた薄幸への憧れならば、いずれ「お坊ちゃん」に後戻りもできようが、橘という男には遊びの部分がなかった。

そんなところまで考えてしまうと、いつものことながら橘に対して微かな恐れを抱く。恐れと同時に不幸の金看板もなしにとことん突っ張りきる橘への疑念だか、嫉妬だか、ともかく屈折した感情が胸に沸き上がってくる。

「橘——お前、卒業したらどうすんだ?」

喜多は薄暗い気持ちになった。これから言おうとしていることはみえている。

「どうする……って?」と橘は首を傾げた。

「大学受けるのか」

「まさか」と橘が笑った。「今更受かるとこなんかないだろ」

「浪人って手があるだろうが」

「そんな気はねえよ」

「親が許さねえだろ、お前んとこはよ」

結局そこまで言ってしまい、喜多は自己嫌悪を膨らませた。

「関係ねえよ」橘はセブンスターを振り出して火を点けた。「もうとっくに諦めてるさ」

まともな家の不良は大抵そう言う。喜多はまた屈折した思いにとらわれた。

「じゃあどうすんだお前? どっかに就職でもするのか」

「いや」と橘は首を振った。「今のビル掃除を続けようと思ってる」

「なに?」喜多は唖然《あぜん》とした。「バイトのまんまでか?」

「ああ」と橘は簡単に頷き、「お前は?」と切り返してきた。

「俺か——」喜多はムスッとした。「俺はまだ決めてねえよ」

「キタローは大学行った方がいいかもな」

喜多は耳を疑った。

「なんだと?」

まさかの台詞だった。橘に言われたのが腹立たしかった。

「どういう意味だ? なんで俺が?」

「なんとなく、な」

「半ヅッパリ野郎がふざけたことぬかすんじゃねえよ!」喜多は尖った顎を突き出した。「だったらテメエが行きゃアいいじゃねえか。もともと金持ちのお坊ちゃまクンなんだからよ!」

橘は黙った。ふっと寂しそうな笑みを浮かべ、一階のホールへ視線を逃がした。

喜多も黙ってホールに目を落とした。怒りは収まらないが、元をただせば自分が火種を作った話だ。

竜見は二曲、三曲と踊りまくっていた。いつの間にかホールは人であふれ、竜見はその黒人ばりのノリのよさで一団の主導権を握っているようだった。

ところが、竜見にとっては不運なことに本物の黒人と白人の二人組がホールに現れ、エネルギッシュなダンスを披露しはじめた。身なりから察するに、横須賀辺りから上ってきた米兵だ。正直なもので、踊りの流れは瞬く間に二人を中心に回り出し、竜見も難破船のようにその渦に巻き込まれていく。

五分もしないうち、竜見がすごすごと三階のボックスに引き揚げてきた。

「汚ねえよなア、あっちはソウルの本場だもん」

取り敢えず泣きを入れ、それから竜見は二人の顔を見比べた。

「どうしちゃったん? 二人とも冴えない顔しちゃって」

「なんでもねえよ」と橘が空いた椅子をポンポンと叩く。「まあ座れって、夜は長いぜ」

「そうそう、連中もそのうち帰るさ」

喜多が橘の話に乗る。言い過ぎたのはわかっているから、竜見を使って元の空気を取り戻したい。

が、竜見はスターの座を奪われたのがよほど悔しかったらしく、立ったまま額の汗を袖口で拭い、忌ま忌ましそうにホールを睨みつけている。

焦《じ》れた喜多が「いいから座れって」と竜見の足を蹴ると、その竜見が「ああっ！」と大声を上げた。

「オーバーなんだよ、お前は」

「そうじゃないよオ！」と血相を変えた竜見がホールを指さす。「見て見てあれ！」

喜多と橘がホールに目を落とす。

竜見のライバルとおぼしき二人組の米兵が、一階のテーブル席の女をホールに引っ張り出そうとしている。女も二人だ。

「悪ノリしやがって」と喜多が舌打ちし、橘も不快そうに頷く。

「ああん、よく見てよオ」と竜見が地団駄を踏む。

「ほらアあの女、ウチのグラマー！」

「なにィ？」と喜多が目を凝らす。「ホントだ、マジでグラマーだぜ！」

「みたいだな」と橘も身を乗り出す。

「ああ！　もうかたっぽのは音楽の鮎美じゃんか！」

「なんで鮎美が」と喜多は目を丸くし、だが、すぐにその目をギラつかせた。「おい、嫌がってるじゃねえか」

「ウチの学校の女狙うたア上等じゃん！」

こういう時だけは愛校精神のようなものがムクムク頭をもたげる。厭味《いやみ》な生徒でも他校に叩かれれば勇んで仕返しに行く。教師だって「ウチの女」になってしまったりするのだ。

「ぶっ潰せえ！」と喜多が叫び、三人はウォータースライダーのように螺旋階段を下ってホールに躍り出た。

間違いない。やはり舞子と鮎美だ。

「ノー！　ノー！　アイセイ……もういやア！　や

めてったらア！」

舞子は執拗《しつよう》に絡みつく黒人の手を振りほどくのに必死で、日頃の流暢《りゅうちょう》な英語も無力化していた。鮎美のほうは、すっかり怯えて声も出ない。金髪の白人に手首を摑まれ、半べそをかきながらイヤイヤをしている。二十歳前後の米兵コンビは傍目にもかなり酔っていて容赦ない。甲高い奇声を発しながら誘いの手を強め、とうとう鮎美の腰が椅子から浮いてその毛深い腕に巻き込まれた。

「い、いやア」

切り裂く悲鳴の中、先陣を切ったのは珍しく橘だった。

「ヘイ、ユー！」

叫ぶが早いか、鮎美を抱える金髪の脇に駆け寄り、その勢いのままガラ空きの脇腹めがけて角度のいい回し蹴りを見舞った。

「アオッ！」

金髪が呻いて鮎美を放り出す。

「いってまえ！」

数歩遅れた喜多は、俺もとばかり、よろけた金髪の顔面に全体重を乗せた右拳を叩き込んだ。そこに再び橘の肘《ひじ》打ち、喜多の蹴り上げと見事なコンビネーションが決まり、あっという間に床に沈めた。

竜見はさらに豪快だった。

舞子と黒人の間にスルリと体を潜らしたかと思うと、ニヤッと笑って黒人の首に両手を回し、おもむろに鋭い角度の膝蹴りを入れた。続けて二発、三発と食らわした後、胸倉と股間を鷲摑《わしづか》みにして「ファック、ユー！」の掛け声もろとも頭上に担ぎ上げ、そのままコンクリート打ちっ放しの壁に叩きつけた。さしもの黒人米兵もこれにはひとたまりもなかった。頭をしこたま打って、二メートル近い長身をだらしなく床に伸ばしてしまった。

「チェ、弱っちいのオ」と竜見が爪先でチョンチョン黒人の腹をつつく。

黒服の一団が飛んできた。入場の時「暴れるな」と釘を刺したチケット係もいたが、誰もがヘラクレス竜見に恐れをなし、文句を言うでもなく米兵コンビを担いであたふたと消えた。

遠巻きにしていた客の中から舞子が飛び出してきた。そのまま加速をつけ、「ありがとう！」と竜見の首に抱きつく。

「あっ、いやア、お安い御用ですよオ」

「ううん。凄かったもん竜見君、サイコー！」

「生徒として当たり前のことをしただけですから」

例の好青年顔をつくって、だが、竜見の視線は舞子のバストの谷間にしっかり落ちている。

「お礼に奢《おご》っちゃう。ねっ、こっちこっち」

舞子が竜見の手を取りテーブル席に引きずり込む。

「ほらア、喜多君と橘君もオ」と舞子が盛んに手招きする。「好きなもん頼んで。何でも奢っちゃうからア」

舞子はとんでもなくハイだ。真っ赤なウールのワンピースが起伏の激しい肢体に絡みつき、おまけに足を組むからもともと短い裾《すそ》がたくし上がって紫色のパンストに包まれた太腿《ふともも》の大半が露出してしまっている。校内だって教師らしい素振りは微塵《みじん》もないが、ここにいる舞子はまさに男漁りの体《てい》だ。しかも辺りのテーブルの女たちに比べ、かなり上玉に仕上がっている。米兵コンビが、遊ぶのにもってこいと目をつけたのも無理はなかった。

舞子は竜見にピッタリ寄り添い、楊枝《ようじ》に刺したリンゴを口に運んでやる。

「はい、あ～ん」

「あっ、あっ……オイチイ」

「嶺センセ！」喜多も悪ノリした。「竜見は一年の時からセンセに憧れてて、毎晩センセの写真でマスかいてたんです」

「ウッソオ！」と舞子が嬉しそうに叫ぶ。

「ホ、ホントです」と竜見が大真面目と寂しげな伏せ目を機敏につくった。「ボボボ僕、センセがずっと好きだったんです」

半分は本当だ。竜見は年上の女なら誰でもいい。

「それじゃ今夜辺り、三年越しの恋を叶《かな》えてあげようかなア」と舞子が艶《つや》っぽい声を出し、竜見が反射的に自分の股間を押さえてテーブルは笑いに包まれた。

可哀相なのは鮎美である。

舞子に引っ張られてきたのだろうが、ともかくディスコに繰り出してきたのだ。いつもより化粧は濃いし、服だって露出度が高い。それを今、こうして最も見られたくない三人組に目撃されてしまった。それだけならまだしも暴漢から救ってもらうという情けない立場に立たされ、教師のプライドも何もあったものではない。目の前の三人はディスコ出入りの明らかな校則違反だが、それを咎《とが》めることもできず、身を固くしてただただ悪夢が過ぎ去るのを待っている。そんな顔だった。

「鮎美さんもお礼言いなさい」

舞子が無頓着に言い、そのひと言を恐れていたに違いない鮎美が顔を強張らせてうつむいた。

「やだア、どうしちゃったのオ」と舞子が追い打ちをかける。「だって、ねえカッコ良かったわよオ橘君。ヘイ、ユー！　って――だけどちょっと発音がねえ、アタシの授業聞いてないのかなア」

どこまでもくだけていく舞子に、竜見と喜多は乗りまくったが、鮎美は伏し目がちに時折相槌《あいづち》を打つだけだ。橘はといえば、いつの間にか「憮然病」に陥《おちい》り、テーブルの隅で貝になっていた。まったくもって橘の精神構造はわからない。

『メリージェーン』の妖しいイントロが流れると店内の照明が落ち、チークタイムが始まった。

「センセ、お願いします」

竜見が待ってましたとばかり立ち上がった。また股間に手を当てている。

「もうその先生ってのやめてよ、授業中でもあるまいし……。ん～とね、そっ、舞ちゃんでいいわ」

舞子はかなり酔っていていて呂律《ろれつ》も怪しい。

「ＯＫ！　レッツラゴー舞子」

「あ～、いま呼び捨てにしたア」

舞子は悪戯っぽく笑いながら竜見の腕にもたれて立ち上がった。竜見はそのキュッと締まった腰に手を回し、喜多に「俺さ、今夜別行動とるかもよオ」と耳打ちして暗いホールに消えた。

途端に喜多は興ざめした。なにしろテーブルは憮然病の橘と、固く目を閉じた鮎美がいるだけだ。まるで通夜の晩である。

「鮎美センセ」喜多は焦れったそうに言った。「センセも踊ろうよ」

鮎美は目を開いたが、視線は合わせず無言で首を横に振る。

「けどさ、センセだって男が欲しくてここに来たんだろ」

米兵を叩きのめした興奮の余韻と二杯目のコークハイがそんな台詞を平気で吐かせた。

「そ、そんなんじゃありません。変なことというと承知しませんよ！」

「こんなとこで教師風吹かすんじゃねえよ」喜多は苛立った。「どこが違うんだよ、俺らとあんたたち。ええ？」

「あなたたちは生徒でしょ？　勉強するのが仕事なのよ。そうでしょ？」

「小学生にでも言えよ」

「だって、生徒なのよ、生徒は生徒だもの」

鮎美は自分でも言ってることがわからなくなっているようだった。

「生徒は勉強で、先生は遊ぶのが仕事ってわけかよ」

「違うわ。私、私は……」

鮎美の瞳がみるみる濡れる。

「あっ、な、なんで泣《おお》くんだよオ」

鮎美は両手で顔を覆ってしまった。これでは本当に通夜の晩だ。

喜多は大きく溜め息をつき、くわえた煙草をキャンドルの炎に突き出し、スパスパと吸って顔を上げた。

「鮎美センセ——カレシとかは?」

「……」

鮎美は肩を小刻みに震わせている。

「これマジな話だけどさ、いい男見つけて早く結婚した方がいいよ。センコーなんて似合わねえや」

喜多なりに気遣ったつもりだった。ワルばかりか、真面目な生徒にまでそっぽを向かれ、抵抗力も押さえ込む力も持ち合わせない鮎美が、喜多の知る中でもっとも惨めで哀れな存在に思えたのだ。

鮎美はシクシク泣き続けた。そんな客の事情などお構いなしにチークタイムが最高潮に達した、と、その時、暗がりからカッカッカッとヒールの音が戻ってきた。

舞子だった。パートナーの姿はない。

「鮎美さん、帰るわよ!」

打って変わって怒り心頭といったふうだ。鮎美も面食らったようだが、この機を逃すまい、と素早く立ち上がる。

少し遅れて竜見が頭を掻きながらおずおずと戻った。舞子はその竜見には目もくれず一段と高いヒールの音を立てて真っ直ぐ出口へ向かう。小走りの鮎美がその背を追う。

呆気にとられた喜多が竜見の肩を突く。

「どうしたんだグラマーのヤツ」

「どうもこうもないよオ」竜見も呆れ顔だ。「う～んといい調子だったんだけどさア、突然……」

「突然、なんだよ？」

「いやね、グイグイ体くっつけてくるんで、こっちもお尻撫《な》でたりオッパイ揉んだりしたんさ」

喜多が仰《の》け反《ぞ》った。どうしてこうも後先を考えないのだろう。

「そんな顔しないでよオ。グラマーだって結構気持ちよさそうにしてたんだぜ」

「じゃあ、なんであんなに怒ったんだ？」

「それがさ、キスしようとして……」

「キス？」

「そうなんだよオ。ねっ、ねっ？　オッパイより大したことないでしょオ？　なのに唇が触れた途端パーンさ」

「パーンって？　おい、はたかれたのか」

「そう、パーーーン、ね」

竜見は平手打ちを食わされた場面を再現しながら、パーンを強調した。

「ハハハハッ！」

憮然病だったはずの橋が突如大声で笑い出した。

「そ、そんなにおかしい？」

思いがけず話がウケたものだから、竜見はますます調子に乗ってパーン、パーンと繰り返し、左右に体を飛ばす。

「お前の口、臭かったんじゃねえの」

「針みてえな髭が刺さったんだよ」

喜多と橋は次々と寸評をくわえ、腹を抱えて笑った。

「だけど、おととい坂東にバーンで、今夜はグラマーにパーンでしょ。もう顔の形が変わっちゃうよオ」

「しょうがねえだろオ、いい思いしたんだから」

「そうそう、すげえオッパイだったもんね。あァ～

ん、いや〜ん」

竜見は自分の胸を揉みしごきながら腰をくねくね振って見せる。そこに喜多と橘の蹴りが飛ぶ。

店を出ると、街は霧雨に霞んでいた。犬のようにブルルッと身震いした竜見が、しかし、大声で寒さを吹き飛ばした。

「ジャ〜ン！　ルパン作戦、あす決行オ！」

第三章　決行

1

　喜多の供述が、ディスコの騒ぎからルパン作戦の決行日に移ろうとしたところ、別の取調室に竜見譲二郎が連行されてきた。

　川越の知人宅で徹夜麻雀をして、そのまま寝込んでいたところを踏み込まれたのだが、喜多のように易々《やすやす》と引っ張られてくる竜見ではなかった。起き抜けの機嫌の悪さも災いし、一人の刑事は強烈なパンチを見舞われて前歯が欠け、別の刑事はワイシャツのボタンを三つも飛ばされた。結果、竜見は傷害と公務執行妨害の現行犯で逮捕され、手錠を掛けられての連行となった。

　――こりゃあ、先が思いやられる。

　その手錠さえ引きちぎってしまいそうな竜見の剣幕に捜査陣の誰もがそう思った。

　が、幸いにも予想は外れた。取調室に入った途端、竜見の関心は両脇の刑事から、窓際に立つ初老の男にコロッと移ったのだ。

「あれ……トクさん？　やっぱりそうだ！　トクさんじゃねえかア！」

　竜見は屈強な男たちを難なく振り切って駆け寄り、刑事の両手をがっちり握ってゆさゆさ揺すった。十五年前と変わらない。竜見は嬉しいことがあると人を握手攻めにする。

「生きてたのかア、トクさん！」

「勝手に殺すな」

所轄署の徳丸三雄《とくまるみつお》は鼻で笑った。

竜見が高校時代、レコードの万引きを警備員に見つかり、丁度いまのように大暴れしながら署に突き出されてきたことがあった。その折、レコード店にポケットマネーで弁償し、小言だけで無罪放免にしたのが徳丸だ。もっとも、竜見を特別扱いしたわけではなく、徳丸は初犯の少年なら誰にもそうしていたのだが、警察を学校の手先と決めつけていた竜見は「メチャクチャいい人だ」といたく感激し、見かけによらず義理堅いところもあるから、用もないのにちょくちょく署に顔を出しては徳丸の機嫌を伺っていた。

卒業後も時折竜見は菓子折りをぶら下げ徳丸を訪ねたが、それも途絶えておよそ十年ぶりの再会だった。当時少年係だった徳丸は幾つかの署を回り、昨年、古巣のこの署に戻って刑事課に配属されていた。

溝呂木が敢えて強行犯係の部下を使わず、竜見の取り調べを所轄の刑事に託したのは、そんないきさつを踏まえてのことだった。

「相変わらず元気そうだな」

徳丸は連行してきた刑事の顔の傷に、眩しそうな視線を向けた。

「そりゃア元気にもなるさア。なんの事件かも言わねえで無理やり引っ張ろうとするんだぜ。悪徳警官の見本だよこいつら」

憮然とする刑事たちに下がるよう命じて、徳丸は竜見を座らせた。

「ところでお前、地上げ屋みたいなことやってるんだって？　年寄りを立ち退《の》かそうと家に放火したとかしないとかで新宿で調べられたっていうじゃないか」

「冗談よしてよトクさん！　俺じゃねえよ。俺はね、チンピラを立ち退かす役目なの。タチの悪いのが一杯いるんだよ。連中、住む気もないのにボロ屋にどっかり居座ってよ、値が釣り上がるのを待ってやがるんだ」

竜見は自分のことを棚に上げて悪《あ》しざまに言った。「まあいい」と徳丸は椅子を前に引いた。「今日はその話じゃないんだ。お前、ルパン作戦というの覚えているだろ?」

「ルパン作戦……」竜見は一寸考え、が、すぐに素《す》っ頓狂《とんきょう》な声を上げた。「ああっ、あれかい、高校の時にやった――えっ、あれ、とうとうバレちゃったの?」

「バレたよ、すっかりな。ついでに嶺舞子殺しのこともだ」

「殺し?」竜見が目を丸くする。「違うだろ。あれは確か自殺だったぜ」

「誤魔化すんじゃない。嶺舞子は殺されたんだ。お前、知ってるんだろう?」

「なによそれ」竜見は好戦的な瞳で徳丸を見据えた。「それって俺を疑ってるってことかよ」

四階の捜査対策室に二つ目のスピーカーが設置され、徳丸と竜見のやり取りが流れ始めた。

溝呂木は片耳でそれを聞きながら、頭は先ほどから別のことを考えていた。

内海一矢の聴取だ。嶺舞子殺害事件の参考人として内海を署に呼ぶべきか否か――。

舞子が殺された夜、三人は内海の経営する喫茶ルパンにいた。いや、その晩だけではない、三人はルパンに入り浸り、奥のソファで連日計画を練っていたのだ。ならば大義名分は立つ。三人の計画を知っていたかどうか問いただすだけでも、十分内海をここへ呼ぶ理由となりうる。だが――。

不純物が混じっている。

溝呂木は、三億円事件の内海に会いたい、との思

いが勝ってしまっている自らの内面にこだわってい
た。指揮官たる自分がそうした雑念を胸に秘めてい
ることが、寝ずの態勢で舞子事件に臨んだ捜査員に
対してどこか後ろめたく、捜査の筋道として当然行
うべき「内海聴取」の指示を出しあぐねていた。

――奴になんと声を掛ける？

そう自問した時、けたたましい怒鳴り声がスピー
カーの黒いカバーを震わせた。

「冗談じゃねえって！　俺は殺しなんかしてねえ
ぞ！　いくらトクさんだからってなア、ふざけたこ
とぬかすと――」

竜見が徳丸に向けて速射砲のように罵声を浴びせ
かけている。その圧倒的な音量にかき消されながら、
だが、もう片方のスピーカーからも時折打ちひしが
れた声がボソボソ漏れてくる。喜多の声だ。

――地上げ屋に……サラリーマンか。

溝呂木は溜め息を漏らした。

かけ離れた二つの声。決して和音となりえないそ
の二つの響きに、家庭人としてちょこんと納まった
喜多と、無軌道だった高校時代そのままに荒っぽい
地上げをやっている竜見との生き方の違いを見てい
た。いや、生き方などという大それたものではない。
こう生きようなどといった人間の意思とは無関係に
時は過ぎていくものだ。ある時、はたと気づいたら
それぞれ別の道にいた、そういった程度のことでし
かない。

徳丸があれやこれや言ってどうにか竜見をなだめ、
橘の消息に話を振った。

「橘？――ああ、奴はもうダメ、ホームレスになっ
ちゃったんだから。上野駅でボロ雑巾みたいになっ
てさ……。俺、声掛けたけど、腐った魚みたいな目
してて、返事もしなかったんだぜ」

「ホームレスか……最近じゃそんなふうに呼ぶらし
いな。で、なんで橘がそうなった？」

「理由は知らねえな、とにかく俺ア、キタローにも橘にも卒業してからほとんど会ってねえんだ。キタローの野郎はせこせこ予備校なんか行っててよ、次の年に三流大学に滑り込んじまったんだぜ、つき合いきれねえよ……。橘はね、あいつは考え過ぎちゃったんだと思うよ。昔から思い詰めるタイプだったんだ。だって、就職もしないでビル掃除のバイト続けてたらしいんだぜ。けど、その後は知らねえ。すっかり縁が切れちまったからなア」

溝呂木はゆっくりとスピーカーのそばを離れた。なぜだか胸が重苦しい。

橘も別の道にいた。それも道の端に……。

三人は同じ道で出会った。同じものを眺め、同じ出来事に出くわし、あたかも運命共同体のように一つの時を共有しながら、今となってはその名残すらない。それこそ今度のように当時の因縁で警察にでも呼び集められない限り、三人がともに歩いた青い道は永久に浮かび上がらなかっただろう。

溝呂木と内海の関係もそれに似ている。

三億円事件という道で偶然出会い、今は互いの消息を知る術《すべ》もない。昨春退官した先輩刑事が、手錠を掛け損ねた容疑者はつき合いが途絶えた古い友に通ずるとしみじみ言っていた。そうしたものなのかもしれない。時としてその顔が懐かしく浮かび、だが、途絶えたのち過ぎ去った膨大な時間に気づいて慄然《りつぜん》とし、そして、胸の辺りが微かに苦しくなるのだ。

カラーン。

ステンレスの灰皿が机から転がり落ち、止まり際のコマのように床で大きくぶれて唸り音をたてた。

「すみません」と慌てて灰皿を拾い上げた、その若い刑事の疲労の色濃い横顔が視界を過った。

突かれた思いが溝呂木にあった。

——違うんだ。

友とは違う。友であるはずがない。手錠を掛け損ねた容疑者は、その後の膨大な時間、昔を懐かしんで過ごしていたわけではないのだ。次の獲物を求めて野を走っていた。そしておそらく仕留めた。一匹か、二匹か、それ以上か。すべては手錠を掛け損ねたがために——。

「内海一矢を探してこい」

溝呂木は言った。

床の吸殻を拾っていた若い刑事は聞き逃したし、他の捜査員は誰もがそれぞれの持ち場でそれぞれの仕事の音の中に埋まっていた。

が、一人反応した者がいた。

「内海を呼ぶのか」

お忍びで対策室に居座っている藤原刑事部長だった。眠るように目を閉じているが、ひく、ひく、とつれる頰が張り詰めた内面を伝えてくる。

「ええ。呼びます」と溝呂木は答えた。

「それもいい」とだけ言って藤原は沈黙した。

そう。溝呂木ばかりがこだわっているわけではないのだ。警察史に黒々と屈辱の痕跡を残す三億円事件。その〝最後の容疑者〟であった内海一矢の名は、脳の皺の一部と化して藤原の意識の奥深くに今も留まっているはずだ。

溝呂木は、改めて内海の聴取を声にした。たちまち、周りに勢い込んだ顔が並んだ。

「三億円の内海ですね?」

「そうだ——だがな、今回のは単なる嶺舞子事件の参考人だ。そこんとこ間違えるなよ」

溝呂木は軽い調子で言い、だが、気持ちが高ぶった時の癖で右手は盛んに口髭を撫で回していた。

刑事たちはその口髭に関心が強い。規律の厳しい警察組織の中にあって、その組織の〝顔〟である本庁の中堅どころが髭を蓄えたままいるのには、それなりの度胸というか、反骨精神のようなものが必要だ。口先だけとはいえ、「市民に愛される警察」を標榜《ひょうぼう》しているわけだから、上層部の歴々はことあるごとに「剃《そ》ってはどうか」と進言する。進言すなわち命令であり、多くは昇進がちらつく辺りで陥落してしまうものなのだが、溝呂木は「顔が殺風景なもんで」などと受け流し、ようとしてカミソリをあてない。それがヒラの刑事には小気味よく、また、何とか剃らずに済んでいる現実を溝呂木の捜査の力量ゆえと看破し、その象徴ともいえる口髭に内心敬意を表しているのだ。

　ましてや溝呂木が口髭を撫で回し始めた時には決まって捜査が大きく動く。内海の任意同行を命じられた刑事は誰もが色めき立っていた。

「行け」

　掛け声もろとも内海へのこだわりも部下の背中に投げつけ、溝呂木は今度こそ嶺舞子殺害事件にしっかり向き合った。

「喜多のボリュームを上げろ」

　竜見の声にかき消され、供述の聞き取りもままならなくなっている。

「ディスコで散々飲んだ後、明け方までゲームセンターで遊んだものですから、みんな死んだように眠って……。起きたのは昼前です。いよいよ今夜だぜって気合をいれました。水をガブ飲みして――」

2

　十二月五日――。

　ルパン作戦決行の日がきた。

　期末試験は明日が初日で、日曜を挟み四日間の予定だ。三人は十二教科すべてのテストを盗み出す腹を決めていた。喜多の高校では、各日行うテストをその前日に校内の印刷室で刷り、校長室の金庫に一晩保管する。ルパン作戦はそのタイムラグを狙うが、二日目以降のテストは、それぞれ前の日にならないと刷らないわけだから、犯行は一回きりでは済まない。今夜を含め都合四回学校へ忍び込む計画だ。

一応昼過ぎに三人は学校に顔を出し、時間差で授業を抜け出してルパンに集まった。指定席に早くも緊張感がある。

「いよいよだな」と橘が切り出した。

「ああ」と喜多が頷く。

「ホントにかっぱらえるかなァ」

竜見が弱気の虫をのぞかせ、だが、「ビビってんのかお前？」と喜多に睨まれ、ウニャウニャと妙な声を出して首を横に振った。

「それよりキタロー」橘が言った。「初日の先乗り部隊のメンバーを決めよう」

「ああ。どうすっか」

「アミダ、アミダ」と竜見が嬉しそうに言い、ノートを一枚引きちぎって鉛筆で長い縦線を引っ張り始めた。

〝先乗り部隊〟は予《あらかじ》め校内に潜む手引役だ。部隊、メンバーといっても実際は一人きりである。潜伏場所の資料室は狭くて一人隠れるのがやっとなのだ。

竜見が大袈裟《おおげさ》なアミダ籤《くじ》を作り上げ、「一本ずつ線入れて」と差し出したが、喜多と橘はそれを無視して右、真ん中と選んだ。

「ジャジャジャジャーン！」

竜見はイカれた第五を口で奏で、隠してあった折り返しを戻すと、線に沿って極太の指先を下降させた。

「はい、橘君に決まりぃ〜」竜見は声を張り上げ、「一本入れときゃよかったのにねえ」と厭味ったらしくつけ加えた。

橘は舌打ちし、だが「光栄だ」と言って小さく笑った。

「気張れよ」と喜多が橘の肩を叩く。「先乗りがミスったら後続部隊は入れねえからな」

事前調査は万全だ。ハイド茂吉は、午後十時と午前零時の二回、校内を隈無く巡回する。ひと回りするのに約一時間、寝つくまでが三十分とみて〝後続部隊〟、つまり喜多と竜見の二人の乗り込みは午前一時半――そう決めてある。

ジェントルランドのパチンコで時間を潰し、地下軽食でピラフをかき込み、再びルパンに戻ってコーヒーを頼むと、もう八時を回っていた。

「さてと、行ってみるか」

橘の始動に喜多と竜見は身を固くした。いよいよルパン作戦がスタートする。この瞬間をどれほど待ち焦がれていたことか。しかし、初日の先乗りの大役を任された当の橘は、ぶらりバイトにでも出掛ける、といった感じで気負いがない。そういう男なのだ。

「頼んだぜ」と喜多が言い、「寝ちゃダメだよ」と竜見が珍しく真顔で言った。

「機会があったらまた会おうぜ」

用意していたような台詞を残して橘が店を出た。夜間部の生徒に紛れて校舎に入り、そのまま四階の地理室の奥にある資料室に潜り込む。そこで一人、五時間を超える待機の時間を過ごす。

ルパンに残った二人はなんとも落ちつかなかった。喜多は週刊誌に目を落とすが、同じ行を何度も行ったり来たりするばかりで文脈は一向に脳へ届かない。竜見は竜見でカウンターのマスター相手にディスコの一件を喋くっているが、オーバーな身振りも下品な笑いも鳴りを潜め、時折虚《うつ》ろになってマスターに話の先を催促されている。

――橘はちゃんともぐり込めたろうか。

時計の針は遅々として進まない。苛々もピークに達したころ、喜多と同じクラスの太田《おおた》ケイが、ひょっこりルパンに現れた。

「こんばんは」

「ありゃりゃ、おケイ、珍しいじゃん」と竜見が甲高い声を上げた。

「なんだァ、ジョージもいたの」

「いて悪うござんしたね」

「別に悪くはないけど……」

ケイの目当ては週刊誌から顔を上げない喜多だ。

三人組が小遣い稼ぎに主催した去年のクリスマスパーティーで、ケイは少しばかり目立った存在だった。スタイルは抜群だし、化粧だってもう何年もしているように垢抜《あかぬ》けていた。もともとパッチリした瞳に泣きぼくろのアクセントが利いたキュートな顔立ちで、踊りのステップもまずまずだったから、余興のパーティークイーンに万票で選ばれた。

パーティーがハネた後、喜多はケイをホテルに誘った。

ケイがいい女に映ったのは確かだったし、以前にルパンで何度か話をしていて、その危っかしい雰囲気に惹《ひ》かれていた。パー券が思いがけず大量にさばけ、上機嫌で深酒したのも大きかった。竜見、橘と山分けしても一万円どこの稼ぎになったから、ホテル代も気にならず酔いにまかせて強引にケイの手を引いた。

遊んでいると評判だったケイの、うぶな仕種と従順さが意外だった。肩透かしを食った思いが喜多には心地よく、ケイの肌に不思議なほど安らいだ。もっと早くこうなっていればよかった。喜多はそう思ったものだった。

互いの体を貪るような日々が続いた。それがケイの中でどう蓄積され、どんな変化をもたらしたのか、ともかく、ひと月もしないうちにケイはひどく粘着質で嫉妬深い顔をさらけ出した。

なにしろ喜多がいなければ夜も日も明けない。どこへ行くにも一緒に連れていけとせがむ。バイトで会えないと言えば、親掛かりの札びらを切り、バイトなんか辞めてと無茶をいう。喜多に近づく女がいれば所構わず罵声を浴びせ、挙げ句は竜見や橘までも喜多から遠ざけようとする。

喜多は辟易《へきえき》としてケイをふった。悪いことに三年で同じクラスになり嫌でも毎日顔を突き合わす羽目になったが、喜多はもう口もきかなかったし、とことんやり尽くして消耗したのか、ケイの方も近づくのを避けている様子だった。そうするうち、なんでもB組のギター部の色男がケイに交際を申し込み、つき合ってるとかいないとか、喜多にしてみればホッとするような、それでいてどこか神経に障《さわ》る噂が流れていた。

そのケイが突然ルパンに現れた。

「キタロー元気?」

これまでのいきさつなどなかったように、ケイが明るく声を掛けてきた。

「気安く呼ぶんじゃねえよ」

喜多は下を向いたまま、苛立ちを込めて煙を吐き出した。

「じゃあいい、喜多クン――今夜ヒマ?」

「なんだってんだ?」

「今夜一緒に勉強しないかなアと思って」ケイは屈託ない。「だって明日から試験でしょ」

「それって、セックスしようってこと?」

よせばいいのに竜見が茶々を入れ、喜多に火の点いた煙草を投げつけられた。

「黙ってて。キタローに言ってるんだから」ケイも竜見を睨んだ。そのケイを今度は喜多が睨みつけて怒鳴った。

「気安く呼ぶなって言ってんだろうが」

「だって……」ケイの声が沈む。

「お勉強なら、あのソバみてえな頭したギター野郎とすりゃアいいだろうが」

「もう別れたもん」ケイが開き直るように言った。

「あんな人、最初から好きじゃなかったし」

「だからまた俺か?――ざけんなよ」

ケイは黙ってうつむいた。痛いところを突かれた顔だが、あなたが冷たくしたからじゃない、と訴えてるようにも見える。

「だいいちな、今夜は先約があるんだ。お勉強してるヒマなんかねえよ」

「だけど……」ケイは心配そうな顔を上げた。「キタローこのままで卒業できるの? 成績ひどいし授業だってちっとも出てないし……」

喜多は週刊誌を床に叩きつけた。

「だったらどうした? テメエに心配される覚えはねえよ」

「でもね――」ケイは早口で言った。「今度の期末テストの成績良ければ卒業できるかもしれないって」

小さな間があった。

「……って、誰が言ったんだ?」

喜多は低い声で問い返した。

「……」

「誰が言ったんだよ!」

「……叔父さんが」と消え入りそうな声。

「ケッ!」喜多がソファに転がった。「じゃアあれホントの話かよ」

喜多は笑いだし、もう取り合わない、といったふうに手を振った。

それでもケイは、一緒に勉強しよう、卒業した方がいいよ、としばらく粘っていたが、喜多が眠ったふりを決め込むと、「バカ!」と一声ぶつけて店を出ていった。

「おケイも変わったよな」竜見がケイの消えたドアを見ながら言った。「中学の頃はほんわかしててさア、可愛かったんだアイツ」

竜見はケイと中学が一緒で、一時期惚れたこともあったらしい。そのケイにあっさりフラれ、それで年上の女に開眼したのだと、訳のわからない説明を聞かされたことがある。

「あっ、それよりさ」竜見がポンと手を合わせた。

「やっぱりホントだったじゃん、例の噂！」

「ああ」

ケイはあの恐ろしくでかい声を出す三ツ寺校長の姪《めい》っ子らしい、と以前竜見が言ったことがあった。ケイの家で働いていた家政婦が竜見の母親の小料理屋の常連とかで、確かそんなところから聞こえてきた話だった。

「やっぱりなア」

竜見はうんうんとしきりに頷く。中学の時に「中の下」だったケイの成績が高校で急に伸びたのはそのせいだ、と言いたいのだ。確かにやれディスコだコンサートだショッピングだとあれだけ遊び回っていながらケイの成績は常にトップクラスで、既に大学の推薦入学まで決まっている。校長との関係で成績が上がったと勘ぐられても仕方なかった。

「そうそう、それで思い出したけどさア」と竜見が身を乗り出した。「例の家政婦のオバンがまた店に来てね、校長は叔父じゃなくてケイのホントのオヤジかも、って言ってたんだって。なんかドロドロゲロゲロの家系らしいよ。けどさ、それってヤバいよねえ。ルパン作戦なんかしなくてもテストの答えとか聞けちゃうんじゃない？　親子だもん、ねっ、ねえキタロー、どう思う？」

それは大したスキャンダルには違いなかったが、喜多はもうケイを話題にするのも嫌で、竜見の一方的なおしゃべりもひどく耳障りだった。

――クソったれ！

初日を迎えたルパン作戦にケチをつけられたようで、喜多は気まぐれなケイの来店がどうにも許せなかった。

3

喜多と竜見が腰を上げたのは、午前一時を少し回っていた。竜見なりに気を遣ったようで、ケイの来店ですっかりへそを曲げた喜多を閉店間際のパチンコに連れ出した。だが持ち金すっかり負けて舞い戻り、コーヒーを二杯、三杯とお代わりすると、そろそろルパンもカンバンの時間だった。

「サンオクさん、また明日ね〜」

あくびを咬《か》み殺しながらコップを洗っているマスターに、竜見が明るく一声掛けた。

「ああ毎度——。気をつけてね」

喜多と竜見は、その「気をつけて」に苦笑しつつ店を出た。冷気が身を切る。

学校までは歩いて二十分ほどだが、二人は国道に出てタクシーを拾った。ジャンパーとズボンのポケットには懐中電灯、革手袋、切り出しナイフといった〝七つ道具〟が潜ませてある。万一警察官の職務質問でも受けようものなら言い訳が立たない。いや、例えうまく切り抜けてもそこで時間を食ってしまえば、ひと月かけて調べ上げ練り上げた計画が台無しになってしまう。パチンコに負けたのは誤算だったが、タクシー代はしっかりマスターに借りていた。

西巣鴨でタクシーを捨てると、竜見が「何時?」と聞いた。もう声を殺している。

「一時十七分」

「ちょうどいいじゃん」

二人は分担するように背中合わせで四方を見回し、さり気なくクリーニング店の角を折れて路地に入った。そこからは早足になり、墓地の脇を通って学校の裏門に回り込んだ。辺りは民家がひしめいているが、時間が時間だ、とうに明かりは消えて路地にも人の気配はない。

校庭の向こうに校舎のシルエットが浮かび上がった。いつか見た映画の巨大要塞《ようさい》を連想させる。

二人は目配せを交わした。竜見が頷き、軽く助走をつけて鉄柵の門に飛びついた。音を立てぬよう、足は掛けずに腕だけで体を持ち上げ、腹で回転するようにして向こう側に着地した。竜見ほどの力感はないが、喜多も素早く続いて校庭に降り立ち、闇に同化しそうな逆三角形の大きな背中を追う。

塀の内側を伝ってしばらく進むと、東棟の裏手に出る。まもなく家庭科室の前の廊下に面した〝侵入口〟の窓だ。二人の胸は高鳴った。

「何時？」と竜見。

「二十八分……」

〝ランデブー〟まで二分。校舎の灯は全て消えている。ハイド茂吉が寝泊まりする守衛室は西棟の一階、職員室の真下にあたる。その守衛室も真っ暗だ。すべては予定通り。二人は侵入口の窓の下に張りつき、あとはひたすら橘の登場を待った。

が、その気配がない。ランデブー時間を過ぎた。なのに橘は姿を現さない。

――橘の奴、遅えな。

暗闇の中で待つ時間は途方もなく長く、その長い時間が、とっくに封じ込めたはずの脅えを喜多に気づかせた。ひょっとして俺たちはえらくヤバイことを……。

ランデブー時間を五分回った。文字盤を刻む秒針が完璧であるはずの計画を侵食していく。

「キ、キタロー……」

弱気になった竜見の声。

「うるせえ、黙ってろ」

「見つかっちゃったとか……」

「そんなわけねえだろ」

言ってはみたものの、喜多もまた、教師に小突かれながら少年課に突き出される橘の姿を闇の先に見ていた。

──頼むぜ橘ア。

そう念じた時だった。頭上でガタンと小さな音がした。喜多は身をすくめた。竜見は地面に体を伏せてしまっている。

窓ガラスに黒い影が映った。

ゴロゴロゴロ。窓が開き、囁く声。

「退屈したぜ」

橋の第一声だった。

喜多と竜見がヒューッと大きく息を吐き出した。

一方の橘は二人が呆れるほどだらだら笑顔を続けている。たった一人、真っ暗な小部屋に五時間以上も缶詰になっていた。退屈したぜ、は腹の底から出た台詞だろうし、さぞかし心細かったにも違いない。

お疲れ、といったふうに喜多が橘の背中をポンと叩き、だが、すぐに真顔に戻って「ハイドは?」と囁いた。

「大丈夫だ。もう寝ちまった」

二人を招き入れると、橘はまたゴロゴロと窓を閉めた。喜多と竜見は素早く靴を脱いでジャンパーのポケットにねじ込み、代わりに取り出した革の手袋を両手に嵌めた。指紋と靴音は確実に消す。

「レッツラゴー……」竜見が精一杯おどけてみせたが、その声は見事にかすれた。

昼間の賑《にぎ》わいが遠い昔の出来事に思えるほど、校内の静寂は徹底していた。闇があらゆる喧騒を呑み込み、食いつくし、消化しきってしまった。そんな錯覚を強制してくる。廊下や壁や扉に距離感も質感もなく、消火栓の滲《にじ》む赤灯だけが闇を支配する得体の知れない生き物の眼だか心臓だかとして存在し、その鼓動ではあるまいが、風でバーンと窓が鳴った時には見合わす互いの顔に血の気もなかった。真冬だというのに汗が靴下を抜け、廊下、階段、そしてまた廊下と湿った丸い指跡を残していく。

西棟三階の廊下に辿り着くまで、誰も口をきかなかった。いよいよ真下が目指す職員室だ。

「急げ」

「ああ」

「早く」

「うん」

竜見が廊下の窓を開けた。首を突き出し、鍵を壊した位置を確認する。喜多と橘は近くの教室に足を踏み入れた。「避難はしご」と朱書きされた木箱から縄梯子を引きずり出し、担いで窓際に運び、そして、喜多が先端を少しずつ繰り出して階下に梯子を垂らし、その間に橘が紐の一端を窓の桟にきつく結びつける。イメージトレーニング通り、およそ八十秒の作業——。

三人は、よし、と小さく頷き合った。

いよいよ降下だ。

段取りは完璧のはずだが、いざやるとなるとこの作業は冷や汗ものだった。

〝スティーブ・マックウィーン班〟と命名した降下役は竜見だ。鍵を壊してあるとはいえ、日頃開け閉めをしていないロッカー裏の窓がそう簡単に開くとは思えない。揺れる梯子の上から片手でこれを開けるには竜見の怪力が必要——とのヨミだった。

「いってくらア」竜見が窓枠に足を掛けた。

喜多が「気をつけてな」と囁き、橘が「ゆっくりだぞ」と念を押す。

竜見が窓枠を越え、梯子に手を掛け、静かに降下を始めた、と、その時——。

カラ一ンンンンン。

絶望的な音が響いた。竜見の体重で縄梯子の下半分が大きく揺れ、モルタルの外壁に梯子板が二度、三度と当たったのだ。

喜多と橘、いや、宙ぶらりんの竜見もすべての動きを停止した。

が、それだけのことだった。接触音はそのまま闇に吸い込まれ、後はまた耳に痛いほどの静寂が辺りを包み込んだ。

情けない顔のまま固まった竜見に「大丈夫だ、行け」と橋が命じた。

竜見が降下を再開した。おっかなびっくり三段、四段……六段ほど降りたところで、竜見は左手を縄から放し窓に手を伸ばした。梯子はかなり揺れていて、竜見の手が窓に触れては離れてを繰り返す。横揺れが縦揺れに変わり、それが捩じれてでたらめに揺れる。

「おい大丈夫か」

たまらず喜多が声を掛けたが、返事はなく、直後にゴトンと鉄滑車の動く音が突き上げてきた。上の二人はまた身をすくめた。だが下の竜見はどうだ。暗がりの中から盛んにVサインを繰り出しているではないか。

――窓が開いた！

喜多と橋は小躍りした。

竜見の巨体が梯子から徐々に建物の中へと消えていく。完全に消えたのを見届けて二人はあたふたと縄梯子を引き上げた。教室の木箱にそれを押し込むと、競い合うようにして階段を下り、廊下を突っ切って職員室の扉の外側に張りついた。

それを待っていたのだろう、ノブが回転して扉がスッと開き、今にも大声で笑いだしそうな竜見の顔が現れた。

「楽勝でしたア」

「お見事」と橋が握手を求め、喜多は「さすがマックウィーン」とおだてて竜見の固い腹に軽いパンチを見舞った。

最大の難関を突破し、三人はもうルパン作戦の成功を疑わなかった。

職員室は奥深い。その突き当たりに三つの部屋が設えてあり、左から国語準備室、英語準備室、そして、目指す校長室の順に並んでいる。

三人はそろりそろりと足を進めた。成功は疑わなかったが、緊張は極にあった。なにより真下の守衛室で寝ているハイド茂吉が気掛かりだ。この静けさの中、足音がどれほど階下に伝わるものかさっぱり見当がつかないし、いま本当に茂吉は眠っているのか、その眠りは果たして深いのか、見えない敵への不安は膨らむ一方だった。仄《ほの》かな月明かりもひどく気になる。職員室の左手の窓は運動部の部室棟に面していて、そこからなら三人の行動は丸見えだ。この時間に部員がいるはずもない。いるはずなどないのだが、しかし、現にこうして誰もいるはずのない深夜の職員室に自分たちがいる。

誰言うともなく、背を丸め、腰を落とし、最後は四つん這いになって進んだ。

呼び出しを食った回数も回数だから職員室は慣れっこのはずだが、真夜中、しかもハイハイ前進の不自然な視界は部屋の様子を一変させていた。机の下にはボロボロのサンダルや空気の抜けたサッカーボールが無造作に突っ込まれ、五年も前の職員研修資料の束が崩れて散乱している。埃をかぶった椅子から座布団がずり落ち、半開きの引き出しからはカビ臭いタオルがのぞく。ついには床で煙草を踏み消した跡まで見つけて、三人の緊張は幾分和らいだ。

「センコーだって動物さ」橘がクールに笑い、竜見が「とくに坂東はね」と軽口を返した。

先頭を這っていた喜多がようやく教頭の机に辿り着いた。膝立ちになって表に回り込み、そうっと中央の引き出しを開けた。

「ある?」と竜見のかすれた声。

喜多はくるっと振り向き、心配そうな顔を寄せ合う二人の眼前に銀色の鍵をぶら下げ、催眠術よろしくゆらりゆらりと左右に振った。鍵に結んだビニール札に「12」の番号。校長室の鍵だ。

「わおぅ」

「シッ！」

三人は校長室のドアに張りついた。

「開けるぞ」

鍵穴に確かな手応えがあった。ドアが開く。三人は団子になって真っ暗な校長室へ転がり込んだ。静止していた空気がフワッと巻いた。分厚い絨毯の感触が脳に伝わる。

別世界へ足を踏み入れた。そんな感慨があった。とうとうここまで来た。学校という要塞の最深部へ侵入を果たしたのだ。

喜多が懐中電灯を取り出してスイッチを入れた。壁にポッカリと光の輪ができる。窓には厚手のカーテンが引かれていて、外から見られる心配はなさそうだ。

光の輪を移動させる。大きな灰色の金庫が浮かび上がった。この中に明日のテストがごっそり詰まっているはずだ。金庫といってもロッカーを多少頑丈にしたような造りでダイヤルはない。

その右側にひと回り小さな深緑色の金庫。こちらは本格的な造りだが、かなり古めかしい。「第一期生寄贈」と書かれた白い文字も微かに読み取れるだけで、把手の付近などは塗装が剝《は》がれ、所々に月面クレーターを思わす丸い錆がブツブツ浮いている。

灯をさらに回すと、優勝カップや賞状類の収まったリビングボード、背の高い本棚、豪華な革張りのソファがあり、最後に奥行きのある立派な机が照らし出された。校長の机だ。

引き出しに金庫の鍵がある――。

三人同時に息を呑み、同時に吐き出し、同じ息づかいで机に歩み寄った。肩を寄せて一番上の引き出しを開ける。あった。細いアルミパイプを中途でスパッと切り落としたような粗末な鍵が目に飛び込んだ。喜多がニヤリと笑い、それを一番下の引き出しの鍵穴に差し込む。ゴクリとカチャリが重なった。竜見が生唾を呑み、鍵が回転したのだ。喜多が手前に引き開けると、そこに二本の鍵が隠すでもなく無造作に置いてあった。また竜見のゴクリ。

片方は銀色に鈍く光っている。もう片方は黒ずんだ真鍮《しんちゆう》製で光沢もない。迷わず銀色の鍵を摑み、三人は取って返して新しい金庫の前に顔を並べた。

これほど胸の高鳴る瞬間がかつてあったろうか。ことあるごとに人を選別し、無力感を迫り、親を嘆かせ、教師を高慢にさせてきたテストという化け物が、この金庫の中にある。

竜見が喜多の袖を引いた。

「やっぱキタローが開けなよ。なんてったってルパン作戦の総指揮官だもん」

「そうだ、開けろよキタロー」

「ああ、それじゃァ御開帳といくか」

喜多は鍵にハーッと息を掛け、鍵穴に差し込んでグイと回転させた。痺れる手応え。

扉を開く。

ガシャ、ガシャン。

それは三人が思い描いていたのとはおよそ懸け離れた、安っぽく、軽薄な金属音だった。が、それがなんだというのだ、次の瞬間、三人はインクの匂いにむせ返りながら、「オゥ！」と感嘆の声を上げていた。

藁半紙《わらばんし》の束がびっしり詰まっている。

「あったあった！　英語に古文！」竜見が叫び、

「見ろ！　物理だってちゃんとあるぞ！」と喜多が竜見のお株を奪って二人の腕を揺する。シッ！　と橘がいさめるが、その橘にしたっていつもの橘ではない。上気した歓喜の表情が、床に転がった懐中電灯の僅かな反射の中でも十分に読み取れる。

金庫の中は仕切り板で三つの段に分けられ、上から「一年」「二年」「三年」と張り紙が垂れている。テストの束はさらに教科ごと、クラスごとに仕分けされ、あとはそれぞれの教師がそのまま教室へ運べばいいようになっていた。

三人は競ってテストの束を引き出した。と、竜見の素っ頓狂な声。

「現国がないじゃん」

「あれえ?」と喜多も首を傾げる。

確かに現国のテスト用紙が見当たらない。

明日は四教科のテストが組まれていたはずだ。一時限目が英語、そのあと古文、物理と続き、最後に現国——。

その現国がない。

「古い方の金庫じゃないのか」橋がいつもの橋らしく言った。「見てみろ。上の一、二年に比べて三年用のスペースが少し狭いだろ」

橋のヨミは的中した。真鍋の鍵を持ち出して古い金庫を開けると、真ん中よりかなり上方に仕切り板が組まれ、そこに現国のテストの束がのっていた。仕切り板の下は空っぽだから、やはり新しい金庫に入りきらなかった分を古い金庫に回したらしかった。

「これで完璧じゃん」

「そんじゃ、作業開始だ」

喜多が懐からノートを取り出した。手分けして問題を書き写す。ルパン作戦はいよいよ佳境に入った。

ところが、この段になってまさかの落とし穴があった。まず第一に手元が暗い。部屋の電気を点けて堂々というわけにはいかないから、頼りは懐中電灯の灯だけだ。しかし、その橙《だいだい》色の光は、くすんだ藁半紙にびっしり書き込まれた文字の判別にはひどく不向きなのだ。しかも、現国、英語、古文と、どれをとっても出題例文が長い。英語を選んだ竜見は意味がチンプンカンプンなこともあって、一問も書き写せないまま泣きを入れて橘に回してしまった。喜多は物理に苦戦していた。細かい図や数字やアルファベットがやたら多くて時間ばかり食う。つまりは、この至極単純に思える書き写し作業にも、そこそこの学力が要求されるのだ。

予想外の関門だった。気持ちばかりが焦って、作業は一向にはかどらない。

「いま何時よオ」竜見が情けない声を出す。

「二時二十分」橘の事務的な声。

「やべえな」喜多の声は苛立っていた。

竜見が、ええい、とばかりボールペンを投げ出した。

「ねえ、いっそのこと持って帰っちゃえば」

「なにィ?」と喜多。

「問題をウチへ持って帰った方が楽じゃん」

「馬鹿かお前は!」

「いや」と思案顔の橘が制した。「テストに余分があればその方がいいかもしれないぞ」

「あるのか?」

「おそらくな……」

なるほど、数えてみると、一クラス分のテストの枚数はどの教科も生徒の数より五、六枚多い。教師が予備として余分に刷っておく。考えてみればありそうなことだ。

「ねっ、ねっ、問題も解答用紙もどっちも余りがあるじゃん」

そう言いながら竜見は今にも懐にテストを突っ込みそうだ。

「でもよ」喜多が言った。「余分の枚数を控えてねえかな」

「そこまで知恵の回るセンコーいるかよウチの学校に」橘は皮肉っぽく言い、竜見は「そうだよォ」と喜多の腕を引っ張る。

喜多もすぐに頷いた。一刻も早く学校から逃げだしたい気持ちは一緒だ。

「どうせなら」と橘が言った。「解答用紙も持って帰ろう、三枚ずつ」

「なんでだ?」

「夜中のうちに答えを書き込んで明日学校に持っていくのさ。試験が始まる前に机の中に隠しておいてな、終わった時にすり替えて提出すればいい」

「そうか――そうすりゃ完璧だ」

喜多は内心舌を巻いた。状況が悪化すればしたなりに、いや、悪化すればするほど橘の頭は冴えてくる。確かにこれから戻って問題を解くのも大ごとだが、その答えをちゃんと覚えて本番でスラスラ書き込めるか、となるとまったく自信がない。ましてや明日はかなりの寝不足になる。試験中に居眠りでもしてしまったら――いや、竜見なら九十パーセント以上の確率でそうなる。

各教科ごとに問題用紙を一枚、解答用紙を三枚ずつ抜き出し懐に入れた。

終わった。三人は目で同時に言い、同時に動いた。

校長室を出て鍵を掛け、施錠を確認し、鍵を教頭の机に戻す。四つん這いで職員室を抜け、ノブのボタンロックを押してドアを閉め、そこでまた施錠を確認。廊下をヒタヒタ進み、階段を下り、一階の侵入口の窓から外に出た。校庭の隅を一列になって歩き、鉄柵の門を次々と乗り越えて校外に逃れ、時計を見た。

二時四十二分――。

走り出したい気持ちを抑え、何事もなかったかのように来た道を戻る。表通りに出た。街は深い眠りについている。歩道に半ば乗り上げているタクシーがあった。窓を叩くと、シートをすっかり倒して仮眠していた運転手が弾かれたように体を起こし、よほど寝起きがいいのか訓練の賜物《たまもの》か、ともかく「あいよ」と愛想よく三人を招き入れた。

タクシーは赤灯の滲む交番の脇をかすめるようにして同業の車ばかりが目立つ国道に走り出た。

「あの国士無双で決まっちゃったよね」竜見が唐突に切り出した。

「でもあの一発だけさ」と橘が受ける。

――ああ、そうだった。

「最後のバイマンもきつかったぜ」

喜多が話に加わり、竜見と橘がうんうんと満足そうに頷く。

「学生さんはいいやな」運転手が笑いながら言った。

「毎晩麻雀ぶっててオマンマ食えるんだから」

その台詞こそが、三人が待ちわびていた作戦終了のゴングだった。ルパン作戦は成功したのだ。

4

朝の雑多な音と空気が取調室にも伝わってきた。

午前八時五分――。

集団で学校へ向かうのだろう、子供たちの甲高いはしゃぎ声が遠くに重なり、十五年前の話にのめり込んでいた喜多をふっと窓へ誘った。

「作戦は成功して――」引き戻すように寺尾が言った。「それからどうした?」

少々疲れの見えた喜多が、だが、従順な態度は崩さず口を開いた。

「タクシーで私の家へ戻り、三人でビールで乾杯しました」

「テストは?」

「一応、教科書を見て答えを書き込んだりしたんですが、なにしろ眠くて――竜見が比較的元気だったので、彼に任せて私と橘は寝てしまいました」

「任せた?」

「解答用紙に適当に答えを書き込んでおいてくれって頼んだんです。もともとルパン作戦はいい点数を採りたくて考えた計画じゃなかったわけですから」

「なるほどな……。で、次の日のテストはどうなった」

「竜見の作った解答用紙を教室に持ち込んで、集める時にすり替えました」

「うまくいったのか」

「ええ、バレなかったですね。まさか解答用紙を最初から持ってるなんて先生も思わないでしょう」

そう言った喜多の口の端に微かな笑いが浮かんだ。ルパン作戦を成功させた時の、あのふつふつ沸き上がるような喜びが時を超えて胸に広がり、一瞬ではあるが、いま自分が置かれている鉄格子の拘束さえ忘れさせたのだ。

寺尾にしても内心唸っていた。計画の緻密《ちみつ》さといい、手際の良さといい、プロの犯罪者も顔負けの仕事である。しかし、本筋はどうだ。依然三人が嶺舞子を殺すべき理由は浮上してこない。〝事件臭〟というやつが毛ほどもないのだ。喜多の記憶を辿るしか当面打つべき手がないとはいえ、こうして一方的に供述を聞いているだけで果たして事件の核心に迫れるかどうか。その保証はどこにもなかった。

寺尾は取調官としての計算を許さないこの一件に対する興味を急速に失いつつあった。だからといって、いったん爪をかけた眼前の獲物を解き放つ絵など浮かぶはずもなく、だから寺尾の内面で生じた小さな自己矛盾は喜多にわずかばかりの休息を与えたに過ぎなかった。

「自慢話はもういい」

「えっ……？」

「嶺舞子の死体の話をしろ」

打たれたように喜多がうつむく。

「見たんだろう？」

「……」

「一つでも嘘を吐いたら、お前は終わりだぞ」

「……」

膠着《こうちゃく》を破ったのは伝令係だった。

「主任、ちょっと……」

伝令は半開きのドアから、「外へ」の顔をしたが、
寺尾は「入れ」と中に呼びつけた。

「なんだ?」

「それが……」伝令は喜多に一瞥をくれると、声が漏れぬよう両手でしっかりガードして寺尾に耳打ちした。

「竜見の方の供述なんですが——嶺舞子の死体が動いた、と言っています」

「動いた?」寺尾は真っ直ぐ喜多を見ながら言った。

「どういうことだ?」

伝令がヒソヒソ続ける。

「死体は校舎の脇で発見されましたが……」

「が?」

「しかし、竜見は舞子の死体が別の場所にあったというようなことをチョロッと喋ったそうです」

「どこだ?」

「それはまだ喋ってません。ただ、死体は喜多や橘と一緒に見たようです」

「わかった、ご苦労」

伝令を帰すと、寺尾は改めて喜多の瞳をジッと見据えた。刑事同士の密談を見せつけられた喜多の顔に新たな不安が張りついている。その心理状態を分析しつつ、しかし、寺尾の心中は怒りに波立っていた。伝令がもたらした報告は、竜見の供述が喜多の供述を追い越してしまったことを告げていた。つまりは徳丸の調べが寺尾の調べに先行した。

——所轄の能無しが、出過ぎやがって。

所轄に先を越されるなどあってはならない。長い本庁暮らしで肥大化した所轄蔑視のエネルギーが、寺尾の裡《うち》から取調官としての計算や容疑者とのかけ引きといった〝遊び〟の部分を完全に追い払った。

ゆっくりと口が動く。

「嶺舞子の死体をどこで見た」

ハッとした喜多の視線が定まらない。

「見たんだろう？」

「……」

喜多は苦しそうに顎を引き、その喉に手を当ててゴクリと唾を呑んだ。寺尾が湯飲み茶碗を押しやる。

「あのう……」

「なんだ？」

「家に電話させてもらえないでしょうか」喜多は恐る恐る言った。「女房が心配してるだろうし、会社にも遅れると連絡を入れておかないと……」

聞き慣れた学校のチャイムが風に乗って届いていた。

寺尾は一つ頷いた。

「奥さん、名前は？」

「和代です」

寺尾は首を回すと、ドアに寄り掛かっていた若い刑事に命じた。

「おい、カズヨ夫人に電話を入れろ――旦那は話すことをすべて話したら帰ります、御心配なく、とな」

喜多は部屋を出る若い刑事をすがる視線で見送り、その姿が消えると、大きな溜め息を漏らして寺尾と向き合った。

話すことをすべて話したら――寺尾はそう言ったのだ。

喜多は今度こそ心底観念して口を割った。

「二日目、三日目も同じようにうまくテストを盗み出しました。死体を見たのは最後の夜です」

5

十二月九日夜。雨だった。

期末試験は明日が最終日で、ルパン作戦もいよいよ大詰めを迎えていた。

四階の資料室に潜む〝先乗り部隊〟は喜多の順番だった。初日は橘、二日目、三日目はバイトのなかった竜見が続けて引き受け、だから喜多はこの晩が初めての先乗りだった。

午後八時、小型ポットに濃いコーヒーを仕込み、ちょっとした探検気分で学校へ乗り込んだが、橘と竜見から聞かされていた通り、それはおそろしく退屈で辛い役だった。

何度腕時計に目を落としても針はちっとも進んでくれない。資料室はわずか二畳ほどの息苦しいスペースで、そのカビ臭さといったらないし、床は氷のように冷たかった。足踏みをしようが懸命に摩《さす》ろうが体は冷えきる一方で、尻や足の裏などはジンジン痛みを覚える。

――校内パトロールでもしてみっか。

寒さと退屈さに加え、連夜大胆な犯行を成功させた余裕が喜多をそんな気にさせた。ハイド茂吉が最初に回ってくるのは十時半ごろだ。まだ二時間ほどある。

尿意をきっかけに喜多は行動を起こした。忍び足で資料室を抜け出し、出てすぐの流しで用を足すと、地理室の暗がりを手探りで歩き、窓際に体を寄せた。おっかなびっくり外の様子を窺う。

雪だった。

ちらちらと頼りなく舞っている。

――どうりで寒いわけだ。

喜多はマフラーを巻き直し、革ジャンのジッパーを胸元まで引き上げた。

夜間照明の点いた校庭では、雪も寒さもお構いなしに夜間部の生徒が歓声を上げながらラグビーに興じている。年配者も数多くいて、喜多には生徒と教師の見分けがつかなかった。しばらくぼんやりゲームを眺めていたが、それにも飽き、またしても退屈しのぎの探検気分が頭をもたげて階下へ足を向けた。

三階には喜多の教室がある。

そろそろと教室の扉を開けた。途端、喜多の神経に警戒警報が流れた。窓の外が仄かに明るい。照明のある校庭は校舎の裏手でこちら側には届かない。なのに教室の外が妙に明るいのだ。

喜多は腰を屈《かが》めて窓際へ行き、カーテンで身を隠しながら外に目をやった。明るさの正体を見た。バスケットコートを隔てた西棟二階の職員室に皓々《こうこう》と灯が点いている。そこを人影が過った。

──まだ誰かいやがる。

喜多は竦めた首をいま一度慎重に伸ばした。三階から二階を斜めに見下ろすのは前々からの偵察で慣れている。

女の足が見えた。赤いハイヒール。

──グラマーだ。

女は職員室の奥の方にいて、だから角度が悪く上半身が切れてしまっているが、あの下半身、というより、体にぴったりと巻きつくピンクのスカート、肉感的な足の線、真っ赤なハイヒールは明らかに英語の嶺舞子のものだった。

──一人でなに突っ立ってんだ。

だが、一人でないことはすぐにわかった。

舞子の足元に別の白い靴が近づいてきたのだ。ただ、舞子よりさらに部屋の奥を歩いているので喜多からはその靴と足首しか見えない。

靴の踵《かかと》は低いが、くるぶしが覗いているのだから女には違いなかった。

──あれは……。

咄嗟《とっさ》に鮎美の名が頭を過った。二人一緒だったディスコの光景が浮かんだのだ。確証はなかった。学校には女教師も大勢いるし、もとより、この日鮎美が白い靴だったかどうかも定かでない。靴下は履いていないようだが、その足首は細く、舞子のそれと並んでいるせいか、どこか未成熟な持ち主を連想させた。生徒かもしれないと思った。試験期間中、生徒は職員室に入れない規則だが、なにせ舞子のことだ、他の教師が帰ってしまったのをいいことに「ちょっとお手伝いしてね」ぐらいは言いかねない。

――センコーか……生徒か……。

喜多は気が騒いだ。何とか白い靴の主を確かめようと目を凝らし、精一杯目線の位置を下げてみるが、なんとしても距離があるし、ちらつく雪が視界をより不確かにして埒《らち》が明かない。いっそのこと二階へ下りて真正面から見てやろうか、と視線を逸らしたその先に揺れる光を見た。

職員室の左手二十メートルほどの階段だ。光はゆらゆら二階に上がってきて、上がりきった所を左に折れた。

――やべえ。

ハイド茂吉だ。懐中電灯を手にした茂吉が、喜多のいる東棟へ通じる渡り廊下を歩いているのだ。

喜多は弾かれるように教室を飛び出し、階段を二段抜かしで上って地理室を駆け抜け、カビ臭い資料室に逃げ込んだ。膝を抱え、息を殺し、耳にすべての神経を集中させる。

音はない。静寂が校舎を支配している。何事も起こらない。

五分、十分と過ぎたが、茂吉の足音は聞こえてこなかった。やがて午後九時を回った。物音はしない。

――巡回じゃなかった。

結論は出たが、しかし、喜多はすっかり萎《な》えていた。もう外へ出歩く気力も失っていた。しょぼくれた茂吉が、立場が立場とはいえ、これほどの脅威になるとは考えてもみないことだった。

コーヒーを啜って落ち着くと、喜多は古地図の束に寄り掛かって目を閉じた。

瞼の裏に職員室の残像があった。

グラマーは何をしていたのか。もう一人の女は……。鮎美か、別の女教師か、あるいは生徒か。そもそもなぜこんな時間に——。

考えを巡らすうち、喜多はいつか睡魔に襲われた。連日の深夜行が祟り、コーヒーの効き目もこの辺が限界らしい。慌てて走って体が温まったのも喜多を夢の中へ引き込む手助けをした。

眠った自覚はなかった。跳ね起きた喜多がすぐさま自分の居場所を認識できたのは、気が緩んだようでいて、やはり神経のどこかが起きていたからだろう。

音が聞こえる。

音……。音楽……。いや、歌だ。誰かが歌謡曲を歌っている。男の声、それが次第に近づいてくる。

「あれか……」と喜多は口の中で言った。

二人の経験談を思い出したのだ。茂吉は歌いながら巡回する。竜見は「八代亜紀だもん」と高笑いをしていた。

腕時計を見るとぴたり十時半だった。

茂吉が巡回に出るのが十時で、資料室通過が十時半。これも二人から聞いていた。

——ドンピシャだ。

喜多はガラクタの陰で身を縮めた。

歌はどんどん近づいてくる。音程は外れているが、大ヒットしたキャンディーズの『年下の男の子』であることはわかった。

——いい歳しやがって。

腹の中で罵倒しつつ、だが、喜多は茂吉の別の顔を垣間見た気がした。黒板にミミズ文字を並べるのと深夜巡回ばかりが趣味かと思っていたが、なるほど、確かに茂吉の寝泊まりする守衛室には軍隊の無線機のようなごついラジカセが鎮座していた。

その茂吉はますます気分を出して声を張り上げる。

「～あいつはあいつは可愛い～年下の男の子オ～」

バタン。

地理室に入ってくる気配。その一角に喜多の潜む資料室がある。足音が近づく。ドアの隙間から懐中電灯の光が二度、三度と差し込んだ。

「～淋しがりやで生意気で～憎らしいけど好きなの～」

ドアのノブがガチャガチャと乱暴に回転し、次いで目も眩む大光量が室内を舐めた。が、それは一瞬のことで、バンとドアが閉じられ、もとの闇が戻った。

歌が遠ざかっていく。

喜多はヒューと音を鳴らして息を吐き出し、手足を伸ばした。

――寿命が縮まったぜ。

あとは零時半の巡回をやり過ごせばいい。一時半には後続部隊の橘と竜見が来る手筈だ。落ちつきを取り戻した喜多は空気を吸いに資料室から出た。夜間照明は消え、校庭は真っ暗だった。裏手の窓に回る。職員室の灯も消えていた。舞子と、そしてもう一人の女も帰ってしまったのだろう。雪はもう今にもやみそうだった。

喜多が後続部隊を招き入れたのは、ランデブー予定時間から大きく遅れた午前二時半だった。

「どうしたのよキタロー」竜見が情けない顔を突き出し、橘も「何かあったのか」と真顔を寄せる。

「まいったぜ」喜多は吐き出した。「ハイドの野郎が二回目の巡回に来なくってさ。一時を回ったんで様子を見に下りてみたら守衛室に電気が点いてたんだ」

「それで？」と心配そうな竜見。

「十五分ぐらい前にやっとこ電気が消えた。寝ちまったんだろう」

「ジジイめ、巡回さぼりやがったなア」

一転竜見が愉快そうに言ったが、橘の表情は硬いままだった。

時間が押しているので、三人はすぐさま行動に移った。試験は明日で終了、残りは漢文と倫理の二教科だけだ。さっさと盗み出して、ゆっくり眠りたい。

三人は手順通りに関門を突破し、二十分ほどで校長室に滑り込んだ。最短記録の更新だ。先頭の橘が金庫の鍵を持ち出し、真っ直ぐ古い方の金庫に向かった。慣れた手つきで鍵を差し込みグイッと回す。

扉が開いた。すかさず喜多が懐中電灯を当てる。

「ああっ!」と三人は同時に叫んだ。

信じられない光景が浮かび上がった。

女だ——金庫の中に女が詰まっていたのだ。

ズッズズッ……。

扉の支えを失った女の体が動きだし、膝立ちの橘にしなだれ掛かってきた。

「ウワアアア!」橘が叫んだ。

「ヒィー!」

竜見は悲鳴を上げると、手足でバタバタ床を掻き、喜多の体を突き飛ばして校長室から転げ出た。飛ばされた喜多はそのまま腰が抜けてしまって声もない。

土気色の顔。半開きの目は濁り、だらしなく開いた口の周りに幾筋もの唾液の線が走っている。喜多はガクガク震え、だが、魅入られたように女から視線を外せずにいた。

もがきながら、ようやく橘が女の体を跳ねのけた。グニャリと体が折れ、頭がドンと床を突き、白い手がだらしなく伸びた。

ピンクのワンピースに赤いハイヒール、栗毛色の髪、つんと高い鼻——。

「グラマーだア……」

喜多が呆《ほう》けたように言った。

「し、死んでる……」

橋の声はかすれて消え入った。

二人は顔を見合わせた。互いの表情がその恐怖の大きさを映し合っている。

「ヤダよオ、こんなのオ！」

部屋の外で錯乱したような竜見の声がした。ドアの隙間から顔を覗かせ、「早くぅ！」と激しく手招きをしている。

「に、逃げようぜ橋」

言いながら喜多はあたふたと腰を上げた。

だが橋は動かない。

「おい、橋ア」

「よし……」

橋は自分に言いきかすように呟き、すっくと立ち上がった。大きく息を吸うとまた膝をつき、顔を背《そむ》けつつ舞子の腋《わき》の下に両手を回した。

喜多は目を見開いた。

「た、橋ア、お前……」

「元通りにしといた方がいい」

「けど……」

「何でも元通りにしておくのがルパン作戦のルールだろうが」

そう言って橋は舞子の体を抱え起こした。土気色の顔が橋の肩にぶつかり、ガクンと首を振る。

——なんて奴なんだ……。

喜多は、死体を見た恐怖とはまた別の恐れを目の前の男に抱いた。

その橋は、低く唸りながら舞子の体を懸命に金庫に押し込んでいる。そうするうち、舞子の服から薄っぺらい茶封筒がハラリと落ちた。橋はそれには気付かず、はみ出た足を曲げて押さえつけ、片方の手で金庫の扉を摑むと、悪魔を封印するかのごとく激しく閉めた。その音で我に返った喜多は床の封筒を指差し、だが、もう二度と金庫を開けるのは御免だとばかりサッと拾ってジャンパーのポケットにねじ込んだ。

　橘はどこまでも冷静だった。金庫の鍵を校長の引き出しに戻し、その引き出しに鍵を掛け、そして、辺りをぐるりと見回す。

「どうでもいいじゃん、どうでも！」竜見の悲痛な声。

「おい！」喜多も急《せ》かす。

　橘が一つ頷き「行こう」と言った、その時だった。

ガラガラガラ。

　職員室に雷のような音が響いた。

　三人は、それこそ銃弾をかわすように瞬時に身を伏せた。脳が「窓ガラスを開ける音」と判断した。だが、方向感覚が闇に呑み込まれ、どこの窓が開いたのか見当がつかない。見渡せる範囲の窓には人影もない。

――誰なんだ！

　息を止めて床に張りついていると、今度は外でドサッと重い物が落ちるような音がした。闇に全神経を集中させていたから、今度は音の方向も絞り込めた。奥の国語準備室か、いや、すぐ隣の英語準備室だ。それほど音は近かった。

タッタッタッタッ。

　走り去る靴音。誰かが二階の窓から外に飛び降り、そして逃げ出したのだ。

　三人は顔を見合わせ、同時に意を決して英語準備室に足を向けた。

　雑然とした小部屋。その正面奥の窓が開け放たれていた。三人は先を競って窓から体を乗りだし、走り去った音の方を目で追った。人の背中を見た気がした。だが、それは一瞬のことで、瞬く間に漆黒の闇に吸い込まれていった。

「見えたか？」と橘。

「ぜんぜん」と竜見が首を振る。

「誰なんだ……いったい？」と喜多。

遠くから、シャン、シャンと金属の震える音が聞こえた。正門を乗り越えて校外に逃れたのだ。もう正体を確かめる術もない。

「奴がグラマーを……ってことか?」

喜多が震える声で言った。

言ってみて気付いた。死体は自分で金庫に入れない。誰かが舞子を殺して金庫に押しこんだ——。

「わからん」と橘。

「いいから逃げようよオ」

嬉しいわけでもないのに竜見が二人の腕を激しく揺すった。

二人も即座に頷いた。

逃げた黒い影が舞子を殺した犯人かもしれない。確かにそうなのかもしれないが、三人にしたってテスト泥棒の立派な犯罪者なのだ。逃亡者の飛び降りた派手な音で茂吉が起き出してくるかもしれない。死体が発見されたらどうなる。人殺しの疑いを掛けられる可能性だってある。とにかく逃げるのだ、一刻も早く——。

喜多が英語準備室の窓を閉めた。その音を合図に三人はダッと駆けだした。手探りで机を避け、椅子を退け、だが職員室を出る寸前、橘がつんのめって転んだ。

廊下に駆け出た二人が懸命に手招きし、橘がよろよろ続き、だが、橘は足を止め内側のドアノブに手を回している。

——鍵か。

橘の冷静さに心底呆れつつ、喜多は前を行く竜見の背中を追った。

明日の朝、舞子の死体が発見される。いったいどういうことになるのだろう。もつれる足を懸命に繰り出し、喜多は深夜の廊下を駆け抜けた。

侵入口で竜見がせわしく足踏みをしながら待っていた。喜多が窓枠を乗り越え、すぐに拝むポーズで橋も追いついた。

ルパン作戦最終日、三人は手ぶらで学校を出た。タクシーに揺られ、だが、誰も麻雀の話はしなかった。

午前三時を回り、空は雨に変わっていた。

6

嶺舞子の死体は金庫の中にあった。そして、職員室に潜んでいた何者かが窓から飛び降りて逃げた――。

喜多の供述は驚愕に値した。自分で金庫に入ることはできても、その金庫を施錠することは不可能だ。いまや捜査に携わる全てのスタッフがはっきりと認識した。これは、まさしく殺人事件である、と。

取調室の寺尾は無論、「犯人」を追っていた。

「逃げていく奴を見たのか」

「いえ、背中が一瞬見えたぐらいで、すぐに闇に紛れてしまいました」

「男か女か」

「あ、いや、二階から飛び降りたでしょう、女だなんて考えたこともなかったですけど……。実際はどっちかわかりません」

「背丈とかは？」

「全然わからないんです。とにかく一瞬のことで……」

寺尾は無駄な突っ込みをやめ、喜多のトイレを許可した。その背を見送り、ゆっくり煙草を振りだした。

意外な展開ではある。

舞子は殺されたのち一旦金庫に入れられ、それから校舎脇の茂みに運ばれた。そして犯人は舞子の遺書を用意し、飛び降り自殺の偽装工作をした――わかったことを単純に繋ぎ合わせると、そういうことになる。

しかし、疑問は山ほどある。

どこで、いつ、なぜ殺されたか。舞子の筆跡の「遺書」をどうやって犯人が手に入れたか。そして、忘れてならないのが当時作成された死体検案書との整合性だ。

監察医は舞子の直接の死因を頸椎骨折と脳挫傷、つまりは首の骨が折れ、頭を強烈に打ったと断定したが、他にも全身打撲の所見を記録に残している。頸椎骨折と脳挫傷は犯人の殺害手段と見るとして、全身打撲はどう考えたらいいものか。「四階建ての屋上から落下してできた」と監察医が見立てたほど強く、おびただしい数の打撲の痕跡を死体に残すのはたやすい事ではない。

頭と首を狙って殺し、金庫に隠し、それから屋上に運んで投げ捨てた——そういう順序だろうか。

——いや。

死後についた傷には生活反応がない。死体にはそれがあった。監察医の所見は、あくまで頸椎骨折と脳挫傷で絶命する前、若《も》しくは同時についた打撲傷であることを示している。殺した後、時間を置いて投げ捨てたという推論は成り立たないのだ。

——投げ落とされた時の傷でないとすると、いったいなんだ？

ふと寺尾は以前耳にした初動捜査の大失態を思い出した。犯人に何十回も踏みつけられて死亡した被害者を、大型トラックによる轢き逃げ事件と断定してしまったのだ。事件発生から一カ月間も見当違いの車当《しゃあ》たり捜査が行われ、犯人の自首で初めて捜査ミスがわかったということだった。

舞子も散々踏みつけられたか。鈍器でなぶり殺しにされるような目に遭ったか。とすれば、かなり強い怨恨を考えなくてはならない。さらに進めて、飛び降り自殺でできるであろう傷を作為的に舞子の体に与えたのだとすれば、完全犯罪を狙った高度な知能犯、しかも相当屈折した手ごわい犯人を想定してかかる必要がでてくる。

そこまで考えてみて、しかし、寺尾は最も素朴な疑問に立ち返った。

なぜ舞子の死体が金庫の中にあったのか。

まずこの謎を解かねばならない。いや、この謎を解くことがすべての疑問に答えを出す一番の近道に思える。それこそが「嶺舞子教諭殺害事件」の真の解決者として調書の隅に名を残す必須の条件だと言い換えてもいい。

取調室のドアが開いた。喜多がもうすっかり罪人らしくおずおずと席に進む。その喜多が朝方「地蔵」と決めつけた二人の刑事が駄目押しのようにバンとドアを閉め、再び密室は完成された。

寺尾は、不確かな事件の骨組みを頭の隅にずらし、幾つかの事実確認を始めた。

「お前が職員室をのぞいて、嶺舞子の足というか、下半身というか、それを見たのは何時だった」

喜多は一寸考え、「八時半ごろだったと思います」と答えた。

「しばらく見てたんだったな」

「ええ。ハイド茂吉を見て資料室へ逃げるまで、十分ぐらいは見てたと思います」

「八時四十分ごろまで確かに先生は生きていた。嶺舞子に間違いなかったんだな」

「だと思います」

「金庫で死体を発見したのは？」

「午前二時半……。いや四十分ごろです」

「すると、舞子は午後八時四十分から午前二時四十分までの六時間の間に殺されたということになる」

同意を求められた喜多は、一呼吸置いて首を横に振った。

「そうじゃないんです」

寺尾は内心穏やかざるものを感じ、だが抑揚のない声で「どういう事だ？」と返した。

「それが……」喜多は思い出し思い出し話すといった口調に変わった。「竜見と橘が……確か午前一時ごろだったか、ルパンからグラマーの住むアパートに電話を掛けたそうなんです。そしたら本人がでたって……」

「嶺舞子が自宅にいたってことか」

「眠たそうな声で本人が電話にでた。竜見はそう言ってました」

——舞子が一旦帰宅していた？

寺尾の思考が乱された。脳が、すぐさま骨組みの修正に動く。

舞子は午後八時四十分に職員室にいた。午前一時には自宅で電話にでて、二時四十分には金庫の中で死んでいた。そして、夜明けまでに植え込みの中に捨てられた——修正を施した骨組みはそうだった。

だが、新たに織り込まれた「一旦帰宅」の情報は相当に座りが悪かった。確かにそれは「茂吉の十時半の巡回のあと職員室の電気が消えていた」という喜多の供述に符合はする。だが一方で、事件の連続性という観点からみると、「一旦帰宅」はかなり乱暴なことなのだ。

職員室に遅くまでいた舞子が校長室の金庫で発見されたのだから、殺害現場はまず校内であろう、と寺尾は踏んでいた。ところが、舞子が一旦自宅に帰り、しかも寝支度に入っていたとなると途端に話はややこしくなる。学校を殺害現場とするには、再び舞子を外出させねばならない。呼び出されたか、自ら出掛けたか、いずれにしても不可解な動きだ。風呂を浴び、ベッドに入った女が滅多な事で外出などしないことを寺尾は数多い取り調べの経験で知っている。しかも午前零時を回ってからの用事など女教師の身にそうそうあるとも思えない。

つまるところ、舞子の奔放さを差し引いても、一旦帰宅は事件の連続性からひどく逸脱した、〝浮いた〟情報だと考えざるをえない。

寺尾は思考を中断し、別の質問を向けた。

「先生の服から封筒が落ちたと言ったろう、何だったんだ？」

喜多は声を潜めた。

「それが……テストの答えだったんです」

「テストの答え？　解答ってことか」

「そうなんです。こっちも帰ってから三人で見てびっくりしまして……。封筒の中に藁半紙が一枚入っていて、そこに次の日やる漢文と倫理の答えが書き込んであったんです」

「一枚の紙に両方の答え……」

寺尾の頭に合点のいく説明は浮かばなかった。眼前の喜多が遠くに感じられる。

――こいつは取り調べじゃない。ただの会話になっちまってる。

喜多は〝完落ち〟だ。叩けば叩いただけ情報が出てくる。だが、その有り余る情報のどれもがすぐさま壁に突き当たり、一つの平面上に並んでこない。それがもどかしく、予想を遥かに超えた難事件の臭いを嗅いだ思いでもある。果たして散り散りの情報の点を過不足なく取り出し、それらの点を繋いで事件の全貌を描き切ることができるか――。

不安の影が寺尾の心に落ちた。それは別の取調室に座っている、徳丸という惚《とぼ》け顔の所轄刑事の力量に対する漠然とした不安に違いなかった。

同じ頃、伝令係の若手が竜見の取調室に走っていた。寺尾の思いをよそに、捜査の常道として取調室相互のキャッチボールが続いている。

伝令の耳打ちにふんふんと頷いた徳丸は、ゆっくりと竜見に向き直った。

「事件の晩、先生の家に電話したんだと？」

「おっとウ、そんないいネタどこから聞いてくるわけ」

コーラの差し入れですっかり機嫌を直した竜見は、調べを楽しんでいるかのようだ。

「したのか」

「したした、しましたよ――あのさア、ちゃんと話すから、トクさんあんまり青筋立てないでよ」

「前置きはいい。早く言え」

「はい、はい、っと」

竜見はペラペラいきさつを話した。

電話を掛けるきっかけはルパン作戦三日目の晩にあった。連夜の成功で余裕がでた三人は、テストを盗み出した後、校長の机の中を面白半分でかき回してみた。事務書類の下に革カバーの分厚い手帳があった。パラパラ捲るうち、アドレス欄に「ＭＭ」とイニシャルのついた電話番号を見つけた。他はすべて普通に名前が記入してあったから、竜見が「校長の二号さんかもよオ」とはしゃぎ、橘が電話番号を控えたのだという。

「それでさ、ＭＭってのは誰だって事になったわけよ」竜見が喋りまくる。「真っ先に浮かんだのが嶺舞子さ」

「確かにＭＭだな」徳丸が頷く。

「ああ。何しろ色っぽかったからなアあの女、校長とデキてたってちっとも不思議じゃねえだろ。それに校長の家系は女にドロドロゲロゲロだって聞いてたしさ」

「調べはついたのか」

「それがさア、職員録がなくてわかんなかったの。だから次の夜、直接そのダイヤルを回して確かめてみたってわけ」

「お前が掛けたのか」

「そう、ルパンの公衆電話からね」

「何時ごろだ」

「う－んと、最初はね、キタローが先乗りで出掛けたすぐ後だったから……八時ごろだったかな。でも、いなくってさ。グラマーは独り暮らしだったからね。とにかくそん時は誰もでなかったんだ」

「で、また掛けたのか」

「そうそう、一旦橋と別れて、また十一時ごろルパンで落ち合って、え－と、後続部隊で店を出る直前だったから、午前一時少し前かな」

「いたのか」徳丸の声がやや緊張した。

「いたよ。『嶺ですぅ』って眠そうな声で出やがった。俺が、もしもしって言ったらすぐ『竜見君でしょう』ってバレちまったんで慌てて切ったんだ。ヤバかったよなアあれ」

笑いかけた竜見が、しかし突如不機嫌そうな顔になり、「まったくなア」と意味ありげに言ってチラリと徳丸を盗み見た。

「何がまったくなんだ？」

「何でもねえよ。この話は終わりだ」

――まだ何か隠してやがる。

徳丸はそう直感した。

午前一時過ぎに舞子は自宅にいた。

校長は舞子の電話番号をイニシャルで手帳に書き込んでいた。

二つの情報は大きな収穫だった。だが、悪タレ小僧の顔に戻って徳丸の煙草を失敬しようとしている目の前の竜見は、さらに重要な何かを知っている。胸騒ぎを覚えつつ、徳丸は次なる調べの切り口を探していた。

7

喜多と竜見の供述が一気に核心部分に入ったことで、四階の捜査対策室は慌しさを増した。記者の目を眩ますため、刑事課にいた捜査員もあらかた四階に招集したから、都合三十人がすし詰め状態で押し合いへしあいの作業となっている。

スピーカーの前に居座っていた藤原刑事部長の姿はもうなかった。水面下で進められていた連続保険金殺人の容疑者逮捕にゴーサインを出すか否かで検察庁との最終打ち合わせをするため本庁に戻ったのだ。

藤原は帰りしな、捜査指揮を執る溝呂木にこう言った。

「必ず挙げてくれ」

溝呂木は当惑した。「挙げろ」でなく「挙げてくれ」だったからだ。〝捜査の鬼神〟と恐れられ、今もなお現場の畏敬《いけい》をほしいままにしている藤原が、そうした言葉を吐いたのをかつて聞いたことがなかった。

無論のこと、溝呂木はひたすら「挙げる」ための指示を出し続けていた。

まず、当時校長だった三ツ寺修《おさむ》の所在確認と人物調査を行うよう数人の捜査員を送りだした。三ツ寺がなぜ嶺舞子の電話番号を「ＭＭ」とイニシャルで書き込んでいたか。これはどうしても突き止めねばならない。竜見が勘繰ったように万一舞子と愛人関係にあったのなら、三ツ寺は単なる関係者から一気に容疑者へと昇格することになる。

ただ、そうはいっても、仮にも高校の校長にまで上り詰めた社会的地位のある男が相手だ。街のチンピラ地上げ屋が供述した「ＭＭ」のネタだけで、おいそれと署に引っ張ってくるわけにはいかない。昨日今日の事件ならばラブホテルにローラー捜査をかけて不倫の証拠でも探すところだが、何しろ十五年前の話だ。胸を張って三ツ寺を引っ張るには、喜多と竜見の供述からあと一つ、いや二つか三つは筋のいい補強材料が出てこないと難しい。

溝呂木は三ツ寺の件を保留して頭を切り替えた。

個々の情報分析も重要には違いないが、捜査指揮官の職務は一つの事件にいかに多くの切り口を与えるかに尽きる。言い換えれば、どれだけ広く、しかも俯瞰《ふかん》して事件を見られるか、である。

第一にするべきことは、死体の状況と鑑識の見直しだった。一方通行的に進む喜多と竜見の供述を物証面から点検し、決定的な供述を引き出すための有効な情報を取調室に送りたい。そう溝呂木は考えた。

しかし、期待はあっさり裏切られた。当時の捜査報告書は予想以上に出来が悪かった。

「死亡推定時刻が絞れてないってのが致命的だな」

溝呂木は報告書の埃を払いながら呆れ顔で言った。傍らで、撫《な》で肩の小柄な男が白髪頭をぼりぼり掻きながら頷く。

この所轄の鑑識の古株、簗瀬次作《やなせじさく》である。だらしなく着た制服の両腕にテカテカ光る黒い腕カバーをしている。鑑識一筋の気難しい男だが、ブツを〝読む〟目の確かさは本庁も一目置いている。

その簗瀬がやれやれといった顔で言う。

「こりゃア、初めっから自殺と思い込んじまって捜査らしい捜査をしてませんな。だいいち現場に検視官が来てねえ」

「そこだ」と溝呂木は呆れ顔を膨らませた。「いったいどうなってんだこれ」

「なんせ十五年前ですからなア。警察だって今とは違うや」

「おいおいヤナさん、こいつは昭和も昭和、五十年を過ぎての事件なんだぜ。部屋の中で首吊ったっていうならともかく、仮にも教師が学校の敷地内で変死したんだ、検視官が臨場してないなんてありえんだろう」

「その日に限ってヤバい死体が都内にゴロゴロして大繁盛だったとか……」簗瀬が惚けた顔で言う。

「三億円事件が時効になった直後で警視庁全員がふて寝してたとか……」

「勘弁してくれ」

「おそらく遺書があったから自殺に間違いないって踏んで呼ばなかったんでしょうや。昔はちょくちょくあったんでさア。つまらない自殺で検視官の手を煩わしちゃ悪いってんで敢えて呼ばないなんてことが」

「しかしな……」

「それに検視官は臨場してないが、ほれ、一応所轄の警部が死体を見てる。法的にも問題はねえでしょうが」

「警部にもいろいろいる」

溝呂木は荒い息を吐き出した。

管内で変死体が出れば本庁へ連絡がいく。検視官は現場に出向いて死体を調べ、監察医の意見を参考に自他殺を判別する。検視官が「他殺」と見立てれば百人からの捜査員が一斉に動き出す。仮に検視官が自殺を他殺に見誤れば全く無駄な〝幽霊捜査〟が展開されることになるわけだが、その逆、つまり他殺死体を自殺や事故死と見誤ると、それこそ事件は発生即迷宮入りの末路を辿ってしまう。事件を起こすも眠らすも、ひとえに検視官の眼力にかかっていると言っていい。

嶺舞子事件は、その検視官を初めから呼んでいない。自他殺判定の機会を放棄したうえで「自殺」と決めてしまったのだから、捜査資料に「他殺」を類推させる痕跡が残っているはずもなかった。

「司法解剖も駄目か……」

そう言って溝呂木は報告書を机の上に放り出した。

「ですな……。医学の進歩にはちっとは貢献したかもしれませんがね」

口ぶりは皮肉っぽいが、その簗瀬の顔には悔しさが滲んでいる。

「ちょっといいかい」

いつの間にか背後に現れた署長の後閑が、二人のやり取りを聞きながらムズムズしていたのだろう、ひょいと口を挟んできた。

「指紋はどうなんだい？　飛び降り自殺と思ったんだから屋上の手すりとか調べてるんじゃないのか」

「死体の指からは採ってるのに、他からは一つも採ってませんな」簗瀬は両手を開いて呆れて見せ「零点ですわ、この鑑識は」と苦々しくつけ加えた。

「ってことは、喜多や竜見の供述内容を法医学や鑑識面から揺さぶる材料はないということかい？」

捜査に疎《うと》い後閑が耳に痛いことを言う。しかめっ面の溝呂木が、だがうるさがる様子も見せず後閑に顔を向けた。

「署長、まあそう結論を急がずにもう少し考えてみましょう」

後閑は思わず目尻を下げた。一緒に考えよう、というのだ。そんな溝呂木という男に後閑は前々から好感を抱いていた。未明に本庁から「溝呂木班を送ります」と電話を受けた時には、咄嗟に「ありがたい」と答えたものだ。主任の寺尾には閉口したが、少なくとも溝呂木と話している限り、刑事コンプレックスを逆撫でされずに済む。

簗瀬はというと、続きはお二人でどうぞ、といったふうに、下唇を突き出して再度報告書を捲り始めた。刑事コンプレックスならば、この簗瀬にも別の意味で近いものがあるのかもしれない。事件を解決に導くのは刑事のカンや腕などではない、精選された確かな物的証拠だけだ、という鑑識マンの秘めたプライドが胸にある。それだけに、この一件のようないい加減な鑑識に出くわすとひどく腹を立てるし、来春の定年退官が嘘のように、日々若い鑑識課員をつかまえては「刑事にナメられたら鑑識などやめてしまえ」と発破《はっぱ》を掛け続けている。

思案顔でいた後閑が、まあ簗瀬君も聞いてくれ、といった顔の向きで口を割った。

「死亡推定時刻の絞り込みは諦めるとして、全身打撲の所見はどう見たらいいのかね」

「打撲傷は背面全般で――」溝呂木が簗瀬の資料を覗き込みながら答えた。「舞子は仰向けで死んでいたわけですから、屋上から落ちた際の傷ということで特別疑問な点はないでしょう」

「だが溝呂木君、二人の供述が本当なら、死体は金庫の中にあったわけだ。屋上から突き落とされたとみるより、校舎の中のどこかで殺されたと考える方が自然だろう。踏みつけるかどうかしたのを、現場に惑わされて転落時の全身打撲と見誤った可能性もあるんじゃないのかね」

後閑なりの素人考えが、取調室の寺尾に近い推理の線を引いた。

「いや――」簗瀬が資料から顔を上げて言った。

「監察医っていえば検視官の先生ですわ。そりゃア自他殺の判断ってことなら別だが、死体そのものを見る目は検視官なんぞ比じゃねえ。他の方法で作られた打撲傷と、四階から落ちた全身打撲の区別がつかないなんて、まあ、ありえんことです」

後閑が落胆するでもなく、うんうんと頷く。捜査への参加を実感している顔だ。

溝呂木は一つ唸って口を開いた。

「だとすると、舞子は屋上から突き落とされ、その後金庫に入れられたことになる。そしてまた、犯人は突き落とした場所に舞子の死体を運ぶ……。まったく脈絡のない犯行になっちまうような」

「ですな」と簗瀬があっさり受けた。

後閑はまたうんうんと、しかし今度は少し困ったように頷き、会話は途絶えた。結局のところ、この三人も寺尾と同じジレンマに陥ってしまった。

後閑が決裁の用で階下へ下りたのをきっかけに、

溝呂木はまた頭を切り替えた。現段階で事件の一細胞に近づき過ぎるのは危険だ、しばらく俯瞰《ふかん》せよ。内なるその声に従う。

「大友――」

「はい」と書類の山の向こうから返事がして、なよっとした大友の上半身がのぞいた。赤ん坊が生まれたのか、そうでないのか、判別不能な相変わらずのポーカーフェイスだ。どうせ病院に電話もしていないだろうから、女房の出産話はさておき、溝呂木は容疑者リストの作成を大友に命じた。

容疑者といっても、それは喜多の供述に出てきた人物の書き出しに過ぎない。溝呂木の指示で、若い刑事二人が壁に模造紙をあて四隅に画鋲《がびょう》の手を伸ばす。

準備が整った。大友が「喜多調書」のコピーから拾いだした名前を次々読み上げ、若手がそれをキュッ、キュッとマジックで書き込んでいく。

喜多、竜見、橋の三人のすぐ下に名前を書かれたのは体育教師の坂東健一だった。舞子に惚れていたが敢え無くフラれたという。殺人の動機になるかもしれない。続いて校長の三ツ寺修。無論「ＭＭ」の イニシャルの件が引っ掛かる。一段下がって、化学教諭のハイドこと金古茂吉の名が書き込まれた。茂吉は事件当夜も学校に寝泊まりしていたわけで、いうなれば、朝まで死体の一番近くにいた人間だ。しかも事件当夜、零時の巡回をすっぽかしたと喜多は言っている。いったい何をしていたのか。

さらに、氏名不詳ではあるが、窓から飛び降りて逃げ出した人物。八時四十分ごろ舞子と一緒にいた白い靴の女。それは音楽教師の日高鮎美かもしれない。括弧《かっこ》して鮎美の名前も書き込まれた。その他参考人として、サンオクさんこと内海一矢、麻雀好きの相馬弘、喜多と関係の深い太田ケイ……などなど供述の中の登場人物が一人残らず書き出されていった。

「係長——」大友が溝呂木に顔を向けた。「当時の教職員名簿を取りにやらせていますので、届き次第、すべての同僚教師を書き加えます」

「うん」と溝呂木。「校長以外の連中もいつでも署に呼べるよう全員の所在を確認しておいてくれ」

「わかりました」

「それとだ——」溝呂木は思い立ったように言った。「嶺舞子の若いころの輪郭《りんかく》、少し人を出してやってみてくれ」

「教師時代より前、ということですか」

大友の顔に控えめながら抵抗の色がのぞいた。被害者の経歴を遡《さかのぼ》るのは捜査の常道に違いないが、本件は今夜が時効の特殊なケースだ。悠長に経歴捜査などやっている時間的余裕などないし、それに割ける人手もない。舞子は教職に就いて八年近くも経っていたのだから、捜査対象は教職時代に絞るべきではないのか——そんな顔である。

溝呂木はポンと大友の肩を叩いた。

「一人か二人でいい。どうにかやりくりしてくれ」

「わかりました」大友は吐く息で言った。「上からでいいですね？」

「ああ、大学の友人から始めて、できれば高校まで下ろしてくれ。男関係はもちろんだが、当時の舞子の性格とか生活とか細々したエピソードも拾わせてくれ」

無理強いに確たる理由はなかった。

ただ、溝呂木は供述から浮かび上がった嶺舞子という女教師の存在に違和感を感じていた。喜多の供述は十五年前のこととは思えぬ生々しさだ。喜多、竜見、橘の悪童ぶりは呆れるほど活き活きしているし、暴力教師の坂東、教職の悩みに揺れる鮎美など、どこの学校にもいそうで存在感がある。溝呂木自身の遥か遠い記憶の中にもそんな教師たちがいた。

しかし、舞子はどうだ。

およそ教師とも思えぬ奔放さだ。露出狂的な出で立ちで学校、ディスコとお構いなしに出没し、深酒をし、挙げ句は自分の学校の生徒とチークダンスまで踊ってしまう。娼婦のようにしなをつくり、勝手気ままに馬鹿笑いし、そして通り雨のように激昂する。

時代がどう変わろうとも、溝呂木がどう想像力を膨らまそうとも、そうした教師像は浮かんでこない。釈然としないのはそこだ。活き活きとした喜多の過去の世界で、しかし、舞子はあまりに活き活きしすぎている。脈絡もなく過激さばかりが際立っているから、却って掴み所がなく、実際にそこを生きた人間としての存在が希薄なのだ。

それ以上考えるのは避けた。事件の重要な部分かもしれないし、まったくの溝呂木の個人的な興味に終わるかもしれない。ともかく手は打った。それでいい。

溝呂木は壁の模造紙に目を上げた。ずらり並んだ名前の中から犯人を特定せねばならない。無論、犯人は学校とは無縁の人間かも知れないが、この段になってさらなる大網を打てば捜査は収拾がつかなくなる。大友が届いたばかりの教職員名簿を開き、溝呂木が頷くのを待って名前を書き足しはじめた。

「大友——橘はまだ見つからんのか」

竜見の供述によれば、橘はホームレスの仲間入りをしてしまい、駅の通路だか待合室だかで寝泊まりしているはずだ。

「駅とコンコースを中心にやってますが、まだ当たりがありません」

「そうか」と舌打ちした溝呂木は、一拍置いて別の名を口にした。「内海の方はどうだ」

「そっちもまだです」と、大友は少々申し訳なさそうに答えた。

三億円事件の内海を別にすれば、睨みつけた模造紙に溝呂木の目を固定させる名前はなかった。喜多と竜見の供述は死体発見まで辿り着いたが、容疑者の絞り込みは未だスタート地点から一歩も踏み出していないということだ。当時の鑑識資料は紙屑同然であるし、ここに至って橘や内海など役者も揃っていない。

溝呂木は十五年という歳月の壁の高さを仰ぎ見る思いでいた。長年放っておかれた事件はすっかり拗《す》ねてしまって、いまさら優しい声を掛けたからといって、おいそれとその姿を晒してはくれないのだ。

――他にやっとくことはないか？

自問した溝呂木の耳に、スピーカーの声がすっと入ってきた。もうすっかり聞き慣れた喜多の声だ。

「朝になってビクビクしながら学校に行ったんですが、金庫から死体が出たという騒ぎはなかったし……それが翌日になって金庫でなく植え込みから死体でしょう、狐につままれた気がしました。もっと驚いたのはその日の夕刊でした。警察が自殺と断定したって書いてあったので、三人で嘘だろって仰天したんです」

「それで？」と寺尾の声。

「それじゃあ俺たちで犯人を捜そう、ってことになりました。警察に匿名《とくめい》で電話をしようかという話も出ましたが、もう自殺と断定したっていうし、もし警察が捜査をやり直してルパン作戦がバレでもしたらまずいと思って……。で、結局三人で調べることにしたんです」

ジッと耳を傾けていた溝呂木の顔に微かな笑みが浮かんだ。

「そいつがあったか」

三人が犯人捜しをしていたというのだ。仮に三人がシロだとすれば、高校生とはいえ舞子の死を殺人と知っていて動いたのだ、何か重要な事実を摑んでいるかもしれない。いや、そこまで望まないにしても、ヒントだか、きっかけだか、ともかく膠着した現状に小石を投げ込むぐらいの情報が得られる可能性は十分にある。

午前十時半を回り、スローペースの捜査がもどかしくもあったが、現段階で打つべき手はすべて打った。あとは部下の報告が上がってくるのを待つとして、溝呂木はしばらく喜多の供述につき合うことにした。

第四章　弔《とむら》い合戦

1

十二月十一日――。

喫茶ルパンの指定席で、喜多、竜見、橘の三人は夕刊の社会面を貪り読んでいた。

紙面の大半は、前日に続き三億円事件の時効に関する記事で埋まっている。が、三人が何度も読み返しているのは無論それではなく、片隅に小さく載った嶺舞子の死亡記事だった。

見出しには《女教師が飛び降り自殺》とある。

記事は短く、死体が学校の生け垣の中で発見された事実を伝え、後段部分は《――屋上に残された靴の中に遺書めいた走り書きがあったことから、同署は、嶺さんが失恋を苦に飛び降り自殺したものとみて調べている》と結んであった。

「おい、自殺だってよ」喜多がボソリと言った。

「ジョーダン！　グラマーは金庫で死んでたんだよ。犯人だって逃げていったもん、自殺のわけないじゃん」

竜見がわかりきったことをムキになって言い、辺りを気にした喜多に睨まれると、今度はぐっと声を落として続けた。

「だけど、遺書があったってどういうことよ。殺されたのにさア……。それに、失恋を苦にって書いてあるけど誰に失恋したわけ？　ぜんぜんおかしいよこの記事」

「犯人が偽装工作したってことかもな」

そう言ったのは橘だった。

「偽装工作……？」喜多と竜見が同時に聞き返した。

「ああ、グラマーの筆跡を真似て遺書を書いたのかもしれないだろ」

「そんなの、警察で調べればすぐバレちゃうんじゃないの」

「じゃあこの記事はどうなんだジョージ、本当は金庫の中で殺されてたのに、外で自殺したってことになってるじゃないか」

「ああ、うん」

「警察なんていい加減なんだよ。たいして調べちゃいないんだ」

橘の冷めた講釈に、竜見が感心して頷く。

「だけどよ、警察が自殺にしちまったんだから、本当の事を知ってるのは俺たち三人だけって事だな」

喜多が言うと、今度は橘が深く頷いた。

「だったら――」と竜見が威勢よく割って入った。

「俺たちで犯人捜しをしようよオ、ねっ、ほら、グラマーにはオッパイ触らしてもらったり、何かと世話になったし」

「バーカ、触ったのはお前だけじゃねえか」

「キタロー、そう言わずにさア、なんてったっけ、ほらサルカニじゃなくて、えーと……」

「弔い合戦か」と橘。

「そうそう、その弔い合戦ってヤツ！　やろうよオ、ねっ、ねえ！」

「そうだな……」

喜多は思案顔のまま頷いた。世話になったかどうかは別として、このままではどうにも気持ちが悪い。微かな苛立ちもあった。人がこうもあっさりと死んでいいものだろうか。しかも警察は自殺だとでたらめをいう。

橘も「無駄かもしれないけどな」と控えめに同意

し、ともかく弔い合戦の話はその場でまとまった。

「取り敢えず、どうする？」と喜多。

「まずは体育の坂東だな」と橘が言った。「なんたって惚れてたわけだから、グラマーの事は詳しいだろ」

やはり作戦的な事となると橘が抜きんでている。二人は一も二もなく賛成し、よし、と腰を上げた。竜見など「虫メガネとかいるかなア」とすっかり探偵気分だ。

カウンターに小銭を置き、奥の調理場にひと声掛けると、サイフォンを手にしたマスターが暖簾《のれん》を割ってひょっと顔を出した。

「学校、大騒ぎだろ」

「動揺するな、って。だから授業も部活もいつも通り。でもそう言ってるセンコーどもがあたふたしてるよ」竜見が嬉しそうに答える。

「新聞にも出てたね。失恋だって？」

「そこんとこはよくわかんないの」と竜見は口を濁し、だがすぐに「あっ、それよりサンオクさん、新聞っていえば、ほら、あの三億円事件。時効おめでとうござんした」と深々頭を下げた。

「ああ、どういたしまして」

マスターはおどけて頭を下げ返し、三人を笑わせた。オーバーに腹まで抱えた竜見が、しかし、それをぴたりとやめてマスターの顔をまじまじと見つめた。


陽は既に陰り、冷たい風が行き場のない枯れ葉を路面に巻いていた。商店街は気の早いクリスマスのデコレーションでけばけばしく飾り立てられている。

橘は例によって歩きで来たし、竜見のマッハ五〇〇も修理に出ているとかで、喜多は「じゃあ地下鉄だな」と駅の方へ足を向けた。少し遅れて店を出た竜見が、大の寒がりだから二人を追い越し、駅の下り口の階段にいち早く逃げ込んだ。が、くるりと振り向いた顔は意外にも真顔だった。

「キタロー、あんな騒ぎで言うの忘れてたんだけどさ」

「なんだよ突然」

「アン、聞いてよ。おとといの夜のことなんだ」

「グラマーの死体……見た夜か？」

「そうそう、最終日の晩、キタローが先乗り部隊で学校に行ったよね」

「ああ」

「キタローがルパンを出た後、来たんだよオ刑事が、五人も」

「ホントか？」喜多が青ざめた。

「ううん、俺たちの事じゃなくって、ほら、サンオクさんの方――あの晩で時効が成立するってんで、最後にもう一度話を聞きたいとかなんとか」

喜多は深いところから息を吐き出し、が、すぐに竜見に顔を向けた。

「で、サンオクさん行ったのか」

「うん、連れて行かれちゃったんだよ。それが、そん時さア……」

「どうした？」

聞かれた竜見が、ややっこしいところは橘とばかり顎を向けた。

橘が話を引き継ぐ。

「いやな、連れて行かれる前、サンオクさんが刑事に『ちょっと店を片付けます』って言ったんだ。それで俺たちのところへ来て、テーブルを拭きながらそっと鍵を差し出した」

「鍵？」

と、そのとき上等なガクランを着込んだツッパリ坊が二人、階段を上がってきた。脱色した茶色の髪をひさしのようなリーゼントにきめ、「ボンタン」と呼ばれる太いズボンをバタバタなびかせている。

反射的に竜見が立ち塞がる素振りを見せる。瞬時に顔色をなくした二人は蟹歩きで壁際をすり抜け、タタタッと階段を駆け上がっていった。見るからに強そうな竜見は、いや実際喧嘩で負けたこともないが、大抵は戦わずして勝ってしまう。

「ガキは放っとけ」喜多が焦れったそうに言って、橘に顔を戻した。「鍵って、どこのだよ?」

「サンオクさんは『帰る時に鍵を閉めていってくれ』って言った——当然、店の鍵だと思うだろ」

「違ったのか」

「ああ、午前一時を回ってランデブー時間が迫ってきたから、二人で店を出て鍵をかけようとしたんだ」

「ところがね——」いいところだけは話したい、といった調子で竜見が割り込んだ。「ゼーンゼン合わないのよこれが。鍵が太すぎて鍵穴に入らないの」

「鍵が合わない……」喜多が首を傾げる。

橘がまた話を拾った。

「俺とジョージが店の前でゴチャゴチャやってるとこへ、取り調べの済んだサンオクさんが丁度戻ってきたんだ。俺たちが、鍵が合わないって言うと『ごめんごめん、間違えて渡しちゃった』——そう言うんだ」

橘はそこで話を止めて、喜多の顔をジッと見た。自分の店の鍵を間違える事などあるだろうか、とその目は言っている。喜多が「ないよな」と呟いた。

「だろ?」

「ああ、で、どんな鍵だったんだ」喜多は二人を見比べた。

「なにしろぶっといの。単車なんかのちゃっちいギザギザの奴じゃなくてえ、ほら、あの校長室の古い金庫の鍵みたいなヤツさ」

竜見の台詞に喜多はギョッとした。いや、思いつきを言い放った竜見が一番驚いていて、そのまま押し黙ってしまった。

「……似てないこともなかった」と橘は微妙な言い方をした。

――あの古い金庫の鍵をマスターが持っている。単なる想像に過ぎない。竜見も橘も同じ鍵だと言ったわけではなかった。だが、喜多は得体の知れない闇の世界を覗き込んだ思いで、外気とは別のひんやりとしたものを背筋に感じていた。

「どっちにしても……警察に知られたくなかった鍵ってわけだよな」

喜多は呟き、ゆっくりと改札口に向かって歩き始めた。橘が無言で続く。竜見はまだ階段の途中で突っ立っていた。

「ジョージ、来い！」

「あ、ああ……」

バタバタと下りてきた竜見の腹に喜多の拳がめり込んだ。

「い、痛えよキタロー……」

「まずは坂東だろ」

自分にもそう言い聞かせて、喜多は切符の自販機に小銭を落とした。

2

校門をくぐると、三人は体育館に向かった。自転車置場の脇を通って「ふれあい小径」を抜けると体育館の前に出る。

もう下校時間を過ぎていて生徒は疎らだ。サッカー部の一団が白い息を吐きながら追い越して行ったが、三年生はとっくに部活を引退してしまっているから、三人に声を掛ける者も必要以上に怯える者もいない。

見当をつけた通り、坂東はバレーボール部の練習をみていた。言わずと知れた鬼監督である。速射砲のごとく次から次とコートにボールを叩き込み、髪を振り乱した女子部員が獣のような声を発しながら汗だくの体をコロコロ回転させている。これで公式戦全敗というから不思議でならない。

「チェ、色気もなんにもねえの」

つまらなそうにそう言って竜見がポケットから煙草を取り出し、だが慌ててしまい込んだ。

「どうするよ」と喜多。「練習終わるまで待つか」

「そうだな」と橋が頷いたが、竜見は「え〜呼んじゃおうよオ」と駄々をこねるように言う。

確かに、公式戦初勝利を目指して練習は延々続くに違いない。声を掛けたものかどうか迷いつつ扉の脇にしゃがみ込むと、折よく坂東の方で三人を見つけて近寄ってきた。

「よう、お揃いでなんだい」

竜見がピョンと立ち上がり、どうもどうも、の顔を作る。ここは一番竜見に任せよう。喜多と橋はそんな腹だ。

「いやさ——」竜見が一転いかにも悲しそうな顔を作った。「先生がしょんぼりしてるんじゃないかと思って……」

途端に坂東の顔が歪んだ。感情を繕《つくろ》うといったような器用な真似のできる男ではない。

「舞子女史のことか……。まったく自殺なんてな、信じられんよ」

「でしょう、俺たちもさア、嘘だろって感じなんですよオ」

喜多と橋も坂東に視線を向けて深く頷く。坂東の方も誰かと話をしたかったようだ。ボールを尻の下に当てて腰を下ろし、「まあ座れ」と三人にも促した。坂東の背後を女子部員がこっそり水飲み場へ向かう。だから勝てないのだ。

「それでさア」と竜見。「グラマー……いや、舞子先生が失恋したって新聞に書いてあったじゃん。ひ押さえて辺りを見回した。水をたらふく飲んだ女子部員は雑談に夢中だ。

「ショックだったよ」と坂東が続ける。「彼女、魅力あったしな。すごく明るくて、俺はぞっこんだった……」

坂東は傍目にも気の毒なほど落ち込んだ。

「でもなんで？」と竜見。

「なんでって、だから好きだったんだよ、あの天真爛漫なところが」

「そうじゃなくってえ、ペケの理由さ。なんで断られちゃったの？」

「そりゃあお前、舞子女史には好きな男がいたのさ」

「誰なのそれ？」

「それは知らん」と言って坂東は遠い日をした。

「彼女こう言ったよ……『あなたの好意はとっても嬉しい。でも私は駄目なの』ってな」


ょっとして相手は先生だったの？」

「それだ」と坂東がうなだれた。「それで今日警察にみっちり聞かれたよ。確かに何度かデートしたことがあったからな」

「じゃ、やっぱりィ？」

「おいおい、早とちりするなよ。彼女の相手は俺じゃない」

「だったら誰なのよオ？」

例によって話はすっかり竜見のペースだ。

「俺は知らん。まあ、お前らだから言うけどな、いいか、誰にも言うな」

「平気さア、俺たち友達いないもん」

竜見の妙な言いぐさに、だが坂東は納得顔で声を落とした。

「俺はフラれたんだ。先月な、結婚を申し込んだんだが……あっさり断られたよ」

「結婚！」竜見が大声を上げ、アワワと自分の口を坂東はギュッと膝を抱えて、その膝に顎を沈めた。これではどちらが高校生かわからない。竜見が、処置なし、のポーズを見せ、代わりに喜多が話を繋いだ。

「だけど先生、その言葉だけじゃ舞子先生に恋人がいたかどうかわからないでしょ？」

「そんな感じがしたんだよ。ほかに好きな人がいるから駄目なのって感じさ。それにほれ、遺書にだって——」

そう言って坂東がジャージのポケットに手を突っ込んだ。三人は、えっと顔を見合わせ、橘が代表するように「先生、遺書持ってるんですか」と聞いた。

「ああ、屋上で靴と遺書めっけたのは俺だからな。複写したんだ」

ポケットから四つ折りの紙が出てきた。坂東は躊躇するでもなく、ほれっ、と竜見に突き出した。あたふたと竜見が開く。走り書きのような雑な文字が現れた。

あなたを愛してはいけなかったの
最初からわかっていたのです
でも忘れられない
あなたの声、ぬくもり
いっそ、あなたを殺して私も死にたい
だけど、それはかなわぬこと
私は、自分を殺します

「何これ？　ホントに遺書？」

喜多が拍子抜けした声を出して坂東を見た。

「遺書だろうが」と坂東がムッとして言い返す。

「だって、あのグラマーがこんなこと書く？　信じられないや。嘘っぽいよ、これ」

竜見も「なんだか売れない歌謡曲の歌詞みたいじゃん」と呆れ、橘に至っては「泥酔女の妄想だな」

と辛辣《しんらつ》に批評した。

「バカ」と坂東は眉を吊り上げた。「女ってのはなァ、いろんな面があるんだよ。だいいち、ああ見えて舞子女史は結構真面目な女だったんだぞ。俺の他にも何人か先生が誘いを掛けたがみんな断ってる。見掛けで判断すんな。実際んとこはかなりウブで男には奥手だったんだ」

坂東がそう言いたい気持ちはわかるが、三人の頭にはディスコで乱れた舞子の姿がある。

喜多が言った。

「だけどこの遺書、グラマーの名前はどこにも書いてないし、誰に宛てたのかもわからないでしょ――封筒か何かに入ってたんですか」

「いや、これだけ一枚」と言って坂東は遺書を手に取った。「これが赤いハイヒールの中に突っ込んであったんだ。でもな、さっきまた刑事が来て、舞子女史の筆跡に間違いないって言ってたよ」

三人は同時に「へえー」と驚き、だが、すぐにその輪から喜多が抜け出し、「この線は何ですか」と紙を指さした。

よく見ると、遺書のコピーには薄い縦の線が平行して無数に走っている。間隔は一センチぐらいだろうか。さらに目を凝らすと、縦線を斜めによぎる線も何本か見つかった。

「ああ、それか」と坂東が言う。「それはな、元の遺書が細く畳《たた》まれてたからなんだ。そのうえ捩じってあってクシャクシャだったから、紙の皺がコピーに写ったんだな」

「どういうことオ?」と竜見。

「わからんか? だからな、遺書がおみくじみたいに畳んであったんだよ」

三人はポカンとして聞いている。

坂東は舌打ちをして、コピーを細長く折り畳んでみせ、それを今度は雑巾《ぞうきん》を絞るように、ギュウギュウ捩じる。見る間にコピーの紙は子供が悪戯して作った紙の剣のようになってしまった。

「こういう風になってたんだよ」

坂東は腰を浮かせながら早口で言った。バレー部のマネージャーが「先生、先生!」と盛んに呼んでいた。告げ口したそのマネージャーをすべての部員が睨みつけている。

「あっ先生、これ——」と竜見が捩じったままのコピーを突き出したが、坂東は「捨ててくれ」と言って背を向けコートの方へ歩き出してしまった。コピーをとってはみたものの、持っているのが辛くなったのかもしれなかった。

こういう時に行く場所は決まっている。三人は屋上の給水タンクに上り、ライターを重しに遺書のコピーを広げた。

「どう思うよ、これ?」と喜多。

竜見は真っ赤なウインドブレーカーの襟《えり》を立てながら「警察がグラマーの字だって言うんだから間違いないいんじゃない」と言った。気抜けした感じだ。

「だけど、おかしいじゃねえか。殺されたのに遺書なんてよ」

「ホントに自殺だったんじゃないのオ」

「ジョージ!」喜多が声を荒らげた。「じゃア金庫に入ってたのは誰だよ?」

「だってえ……」

「何がだってだこの野郎! だいたいお前が犯人捜しをしようって言ったんじゃねえか。ふざけんじゃねえよ」

竜見はキツツキのように何度も小刻みに頷いて反省の意を示しはしたが、その顔は、難し過ぎて俺にはわかんないや、と言っている。

「馬鹿野郎!」喜多はもう一度怒鳴り、今度は橋に「お前はどう思うよ」と振った。

「………」

少し前から気付いていた。坂東と別れてから橘は一言も口をきいていない。

「おい橘ア、シカト決め込んでんじゃねえよ。どう思うか聞いてんだろうが」

いつもなら憮然病に陥った橘に絡んだりはしないが、喜多はひどく気が立っていた。

「キタロー、よせよオ」

怒らせたのが自分だとも忘れて竜見が割って入る。と、橘がふっと顔を上げた。眉に皺を寄せ目つきも険しい。何やら思い詰めているようにも見える。

「キタロー」と橘。

「なんだよ」

喜多はぶっきらぼうに答えたが、橘の迫力にいささか気後れしている自分を感じた。

「所詮《しょせん》人間なんてよ」橘がぼそり言う。「言葉でちゃんと聞かされなきゃ信じられないんだ。自分の耳で聞いたことしか信じない……。違うか?」

「なんだよ急に……」

覚醒した橘の台詞は理解できない。

「言葉だよ、言葉――」橘はそう言って真っ直ぐ竜見を見つめた。

「な、なに?」と竜見。

「ジョージ、お前あの晩、トウシ使っただろ」

「あ、あの晩って何のことさア……」

喜多が「なんだよトウシって」と口を挟んだが、橘は構わず竜見に迫る。

「使ったんだな」

竜見が目を逸らし、そのまま黙りこくった。体が震えているのは吹き上がってくる寒風のせいばかりではなさそうだった。

「ずっと考えてたんだ」橘が静かに続ける。「あの夜のことを何度も思い返してみた。金庫から死体が転がり出て、お前は校長室から逃げだした。そのあとお前、なんて叫んだ?」

「…………」

「どうでもいいじゃん、どうでも——そう叫んだよな」

喜多は思わず、あっ、と小さく叫んだ。頭に「ど」がつくトウシは「逃げろ！」だ。

橘は竜見から視線を外さない。

「なんとも奇妙な台詞だったたよ。だから耳に残った。お前よく麻雀の時もうまい言葉が見つけられなくてへんてこなトウシ使うだろ。まさにそれだった……。ジョージ、俺の言ってること違うか？」

竜見は返事をしない。

「どういうことだよ、いったい……」

橘の言わんとしてる事を計りかねて、喜多がまた口を挟んだ。

それには答えず、橘はしばらく竜見の反応を窺っていたが、やがてまた口を開いた。

「あのトウシは俺やキタローに言ったわけじゃない。英語準備室にいた奴に向けて言ったんだ。逃げろ、ってな。それでそいつは窓から飛び降りて逃げた」

「ちょっと待てよ橘」喜多が混乱した頭で言ったが、橘はそれを手で制して続けた。

「死体を見てお前は校長室の外に飛び出した。その時、お前は英語準備室にいた奴を見たんだ。そいつを逃がすために咄嗟にトウシを使った——そうだな？」

ウインドブレーカーの襟に顔を埋めた竜見が微かに頷いた。

「ジョージお前！」喜多が声を上げた。「ホントにか？　誰なんだよそいつ？」

「相馬さ」と橘が言った。「あのトウシを知ってるのは俺たち三人のほかは奴だけだろ」

喜多が見開いた目を竜見に向ける。

「相馬かどうかわかんないよオ……」竜見が呻くように言った。「ホントだって。相馬かどうかわかんなかったんだ。人影がサッてドアの所を横切っただけだもん」

「本当にそうか?」と橘。

「嘘なんかつかないよウ」

「じゃアなんでトウシを使ったんだよ」

喜多も追及の側に回った。

「だって、俺たちの他に学校に忍び込もうなんて考える奴、相馬以外いないって咄嗟に思ったわけ。だから、つい癖でトウシを使っちまったんだよォ」

喜多が血相を変えて竜見の胸ぐらを掴んだ。

「ジョージテメエ！　相馬にルパン作戦のこと話したんだなア！」

「は、話してないよオ！　ホントだよ、ホントだってばア、信じてよオ」

竜見は、信じて、を連発し、救いを求めるように橘に視線を投げる。

「よせよキタロー」と橘。

「だってこの野郎、俺たちに隠し事なんかしやがってよ。だいたい、その逃げた野郎がグラマーを殺したかもしれねえんだぞ」

「ほ～ら、ねっ、ねっ、やっぱそう思うでしょ！」

竜見が奇声を発した。「絶対にそう思うもんね。だから逆に言えなくなっちゃったの。へたに言えば、みんな、相馬が殺したと思っちゃうもん」

「実際そうかもしれないじゃねえか」

「そりゃアそうだけどォ、でも相馬かどうかホントに見てないんだって」

「トウシを聞いて逃げたんだぞ。相馬に決まってらあ」

「いや——」と橘が言った。「俺はてっきりジョージが相馬を目撃したんだと思ってた……。けど、そうじゃないとすると、確かに相馬かどうかわからないな」

「なんでだよ」と喜多。「他にあのトウシを知ってる奴がいるかよ」

「トウシだかなんだかわからなくたって逃げるだろ。ジョージの大声を聞いて、こりゃヤバいってんで飛び出した――どうだ?」

なるほどそうか、と喜多は思った。

誰が何の目的で忍び込んでいたかは知らないが、なにしろ場所は真夜中の職員室だ、他人に見られては困る用事だったに違いない。トウシなど無関係に、単に三人の話し声に怯えて逃げ去った。そういう可能性だって確かにある。

「ねっ、だからもういいでしょ。わかんないいんだからア」

竜見は逃げ腰だ。

「いや――」橘が懐で煙草に火をつけながら言った。

「とにかく相馬に当たってみる必要があるな」

「ああ」と喜多が頷く。「このままじゃ気分悪いぜ」

竜見はブルルと首を横に振った。

「いやだよオ、俺はア」

「お前がくだらねえトウシなんか使うから、ややっこしくなったんだろうがア」と喜多が目を剝く。

「勘弁って言ったらカンベン。聞くんなら二人で行ってよ。俺、ずっと奴とコンビで打ってたんだぜ、いじめるのは忍びないもん」

「別にいじめるわけじゃねえだろオ」

「とにかく俺はパス、ねっ、パスだかんね」

「この野郎――」

今にも竜見に飛び掛かりそうな喜多の袖を引きながら、橘が「ジョージ、相馬はどこで打ってるって?」と聞いた。

「大塚の駅の真ん前の雀荘らしいけど、ねえ、マジで行くのオ?」

渋る竜見を引きずるようにして三人は駅へ向かったが、竜見は百科事典セールスのバイトに行くと言い張り、とうとうその怪力を発揮して二人を振り切った。

「ぶっ殺すぞジョージ！」

喜多が辺り構わず怒鳴ったが、竜見は拝むポーズを何度も作りながらホームを走り抜け、ちょうど滑り込んできた逆方向の電車に飛び乗った。

3

大塚の改札を出た喜多と橘は、すぐ目についた駅前の雀荘「ロン」に入った。五十年配の無愛想なマスターに話を聞き、確かにそこが相馬のホームグラウンドだとわかったが、あいにく相馬の姿はなかった。

「家知ってるか」と喜多。

「だいたいわかる。すぐ裏のアパートだ」

向けた顔の方向に橘が歩き出した。

ちらほら灯の点きはじめた飲み屋街を抜け、細い路地に入ってくねくね行くと、今にも朽ち果てそうな二階建ての古い木造アパートがあった。裏手の一帯は塀の高い高級住宅が立ち並び、その落差といったらない。喧嘩別れした太田ケイの自宅はその高級住宅街の一角にあって、驚いたことに相馬のアパートの先に、見覚えのある三階建て住宅のてっぺんが覗いていた。そのドマーニにケイの顔がひょっと現れそうで、喜多は少々落ちつかない気分になった。

辺りはもう暗く、街灯のないアパートの周囲はさらに暗かった。その暗がりで旧式の洗濯機をガラガラ回している中年の女がいた。二人に一瞥をくれたが、すぐに顔を背け、たった今子供から脱がしたらしい汚れ物を水の渦に投げ込む。

「すみません、相馬さんは何号室ですか」

喜多がよそ行きの声を掛けたが、女は返事をするでもなく、奥の部屋を顎でしゃくってみせた。喜多はそのでっぷりとした背中に蹴りを入れる真似をして、だが、橘に「おい」と呼ばれて顔を向けた。

ドアの前に立った橘の目が、只事ではないぞ、と言っている。喜多も息を呑んだ。

――ひでえ。

ベニヤ板を張り合わせたような粗末なドア。呼び鈴も郵便受けもなく、表札も取り払ったのか、長方形の白い痕跡しかない。あるべきものが何もない代わりに派手な殴り書きや貼り紙がドアを埋め尽くしている。「大ドロボー」「金返せ」「殺すぞ」――。

「これって、サラ金ってやつかよ……」

喜多が嫌悪たっぷりに言った。

「らしいな」

橘がぼそり返し、ドアノブに手を掛けた。

「鍵が掛かってる」

「留守か」

「でもな――」と言って橘が左手の窓に目をやる。曇りガラスの窓が仄かに明るい。

一つ頷き、喜多がドアをノックした。

応答がない。

今度は強く叩き、ついにはドアがきしむほど叩いてみたがやはり応答はなかった。

「やっぱり留守みたいだな」と橘。

「無駄足か」と喜多が舌打ちしてドアを離れ、が、その時、中でガタッと物音がした。

二人は顔を見合わせた。

もう一度喜多がドアをノックする。

「誰かいませんかア」

返ってくる声はない。

「確かに音がしたよな」と喜多。

橘は頷き、「入ってみるか」と呟いた。

「入るって、どうやって?」

「簡単さ、見てな」

橘は足元にあった空き瓶だらけのダンボール箱に手を掛けた。洗濯の女が部屋に入るのを見るや、機敏に箱の端をバリッと引きちぎった。その切れ端をドアの隙間に無理やりねじ込み、鍵のポイントを確かめると、下方に向けて力を込め、片手でドアノブを回しながらノコギリを引く要領で切れ端をグイッと引き寄せた。

ガチャ。

橋の言った通り、ドアはいとも簡単に開いた。

驚く喜多に橋は歯を見せた。

「昔、友達んちがこうでな。慣れてるんだ」

「たまげたな。だったらおい、職員室のドアもこの手でやればよかったじゃねえか」

「あれはダメさ、ドアの隙間がほとんどないだろ。ここみたいにオンボロじゃなきゃ……。いいから、入ってみようぜ」

「ああ」

ドアを開けた途端、悪臭が鼻を突いた。生ゴミが腐ったような臭いだ。

「おい、ここホントに人が住んでるのかよ」

喜多は顔を背けた。橋も鼻に手を当て、だが、そうしながら中に顔を突っ込んで様子を窺う。

入ってすぐが狭い台所で、奥に一部屋。それだけらしい。台所と部屋を隔てる襖は破れ放題破れていて、その隙間から灯が漏れている。

「すみません」

「ごめんください」

二人は代わるがわる声を掛けたが、やはり返事はない。と、橋が突如靴を脱ぎ始めた。

「お、おい……よせよ橋」

「なんか人の気配がするぜ」

橋は呟き、喜多の止めるのもきかずに台所へ上がった。そろりそろりと慎重に進み、が、床に散乱していたビール瓶に足を取られた。

ガラガラン。二人が首を竦めた、その時だった。

「お父さんはいません」

奥から小さな声がした。

喜多は仰天し、が、その驚きはすぐに別の驚きに変化して脳に突き上がってきた。

——あの子だ。

喜多は靴を脱ぎ捨てドタドタ上がり、橋を押し退けて襖を開けた。

やはりそうだった。あの時の少女、雀荘で会った相馬の妹である。コタツ布団をすっぽりかぶり、畳との隙間から顔だけのぞかせている。

「お父さんはいません……」

少女はまた言った。表情のない顔に、だが、微かに脅えの色が読み取れる。

「お母さんもいません……。お金はありません……」

テープに録音したような声だった。それを何度も再生し、そうしながらゴミで埋まったコタツの中へ少しずつ潜っていってしまう。

喜多は四つん這いになって少女と視線を合わせた。声が上擦《うわず》る。

「違うんだ。お金なんかいらないんだから」

「ごめんなさい、ごめんなさい、ホントにお金ないんです。ごめんなさい」

「そうじゃないんだ、お金を取りに来たんじゃないんだ。嘘じゃないよ」

「誰もいないんです、ごめんなさい」

少女は泣き声になった。

喜多は激しく込み上げてくるものを懸命に堪え、噛むように言った。

「違うんだ。相馬の……君のお兄ちゃんの友達なんだ。うーんと仲のいい友達なんだ」

「………」

すっかりコタツに潜ってしまっていた少女が、目と鼻だけ表に出した。喜多の顔をジッと見つめる。

「覚えてるだろ？　ほら、こないだ麻雀やるところで会った」

「うん」

「よかった――じゃあ出ておいで」

「……お金……いいの？」

「いいんだって」喜多は激しく両手を振り、ああっ、と思い立ったように言った。

「ご飯は？　ご飯もう食べた？」

「……」

「食べた？」

「……まだ」

少女は消え入るような声で言った。

「だったら、お兄ちゃんたちと食べに行こう。何がいい？　カレー？　ハンバーグ？」

喜多は懸命だった。橘の関心が、少女から喜多に移ってしまうほどに熱っぽい。

「お外に出ちゃいけないって……」と少女。

「誰がそう言ったの？」

「おにいちゃん」

「お兄ちゃんはどこ行った？」

「知らない。でも帰ってくるまでお外に出ちゃだめだって……」

そう言った少女のお腹が、グゥーと鳴った。

「じゃあこうしよう！」喜多が景気よく言った。

「出前を取ってここでみんなで食べよう。ねっ、それならいいよね」

「うん」

「何がいい？」

「……ラーメン」

少女は少し照れ臭そうに言った。その小さな顔に笑みが広がっていく。

「よーし、ラーメンだ！」

喜多は勢い込み、部屋の中をキョロキョロ見回した。電話がない。

「なっ、橘――」

「ああ、角に店があったな。ひとっ走り行って頼んでくる」

「すまん」

拝むように言った喜多の声は、だが、いつになく活き活きとしていた。


橘が気を利かし、ラーメンでなく、チャーシューメンが届いた。

「さあ食べよう」

「うん」

少女はむしゃぶりつくように麵を啜った。目を丸くする二人を尻目に瞬く間に一人前を平らげ、よほど空腹だったのだろう、小さな手で丼を抱え、スープをゴクゴクと飲みはじめた。最後は顔が隠れてしまうほど丼を傾け、スープが口から溢《あふ》れた。おっと、と喜多が丼を受け取ってやると、少女は慌てて膝の上にあった絵本をコタツ布団になすりつけた。

「本、濡れちゃったかい」

「ううん、平気」

少女はその絵本を大切そうにまた膝に置いた。親子なのだろうか、三匹の熊が草原に座ってサンドイッチを食べている表紙……。

ああ、と喜多は思い当たった。

――雀荘でもこの絵本を抱えてたよな。

「この絵本好きなんだ」

喜多が笑顔を向けると、少女も嬉しそうにフフフッと笑った。

「お母さんが買ってくれたの」

ふーんと頷く喜多に、橘がそっと耳打ちする。

「ラーメン屋で聞いたんだけど……オヤジもオフクロも半年前に蒸発しちまったんだと。やっぱりサラ金らしい」

喜多は声を失った。

――この子は知らないのか……。

両親は相馬とこの妹を残して蒸発してしまったという。その捨てられた少女が母親の買い与えた絵本を宝物のように抱きしめ、そして「お金はありません」という。

——冗談じゃねえ。

喜多は腹の中で怒鳴った。親の都合で子供を捨てた。なのに、この少女にとって、未だにいい親であり続けていることが許せなかった。

橘がまた菓子を買いに走り、喜多がおまけのシールを少女の顔に貼って笑わせたりと、かれこれ一時間相馬の帰りを待った。といっても、それはもう少女のそばにいてやる口実に過ぎず、相馬を問い詰めることなど喜多の頭にはなかった。

じきに少女は寝息を立て始めた。

「キタロー、俺たちじゃなんにもしてやれないぜ」

寝顔を見つめながら橘が言った。

「ああ、わかってる」

そう答えて喜多は少女の布団を掛け直し、意を決したように立ち上がった。

「この親、殺してやりてえ」

「ああ」と橘が頷き、喜多の背中を叩いた。

二人は部屋のゴミを片っ端からビニール袋に詰め込み、それを両手に足音を忍ばせて部屋を出た。鍵はまた橘がかけた。

風はやみ、やけにまぶしい月明かりがトボトボ歩く二人の影法師をつくる。

「今日のこと……相馬に知れたらまた殴られるぞ」

橘がぽつり言った。

「いいさ、いくらでも殴られてやるよ」

「そうだな」

「そうさ」

二人は大塚駅で別れた。

喜多は一人になりたい気分だった。山手線の吊り革に揺られ、ガラガラの地下鉄も立ったまま真っ直ぐ家を目指した。

薄暗い居間に、テレビの青白い光を映した父のぼんやりした横顔があった。

声を掛けずに二階へ上がり、棒が倒れるようにベッドへ体を投げた。舞子の遺書のこと、竜見のトウシのこと、そして、相馬の妹のこと……。

目を閉じるとすぐ眠りに落ちた。

寝汗をかいた。

妹の初子が泣きながら逃げ帰ってくる夢を見た。

4

翌日——。

予期せぬ事が三人を待ち受けていた。

舞子事件のことも気になり、喜多は珍しく朝から教室に顔を出していた。この日は期末試験の返却日に充てられ、一時限目は現国のテストが返された。

担任の藤岡《ふじおか》が出席簿順に一人ひとり名前を呼び教壇でテストを手渡していく。

「尾島——よく頑張ったな。片岡——うん、まずまずだ……」

「片岡」の次が喜多だ。半分腰を浮かせた。

「熊野——」

喜多の名が飛ばされた。

首を傾げた熊野がチラリと喜多を見て、いそいそと教壇へ向かった。

「先生——」喜多がドスの利いた声を出した。「俺のテストは？」

藤岡は聞こえないふりをして、熊野の頭を小突きながら「もっとやらんと受験危ないぞ」などと小言を言っている。

「おい、どうなってんだよォ」

クラス中に聞こえるように言って、だが喜多は少々不安になった。無視はいつものことだが、テストを返されないというのは初めてだ。

――ひょっとしてジョージや橘も……。

喜多の悪い予感はよく当たる。

チャイムが鳴って廊下に出ると、竜見が息をきらして走ってきた。

「キタロー、テスト返してくれた?」

「やっぱしな……」

すぐに橘もやってきた。例によって慌てたふうもないが表情は硬い。やはりテストは返されなかったのだという。

「バレたのかなア」

「バレるはずないだろ」

「じゃあ、何で俺たちだけ……」

会話が堂々巡りした。こうなればもう学校側の出方を待つより外ない。あれだけ周到に練り上げたルパン作戦だ、そう簡単に見破られるはずがない。どんなことになってもとことんシラをきり通そう――

そう申し合わせてそれぞれの教室に戻った。

二時限目も、三時限目もテストは返ってこなかった。クラスの連中も何やらヒソヒソやりながら喜多を盗み見る。その喜多は椅子にそっくり返り、不貞腐れた顔で平静を装うが、内心穏やかなはずもなかった。

――バレっこねえ。

念仏でも唱えるようにブツブツ呟いているところに、教壇から唐突な声が飛んだ。

「喜多――終わったら職員室に来なさい」

そう言った藤岡の顔は見当違いの方を見ている。面倒な生徒を無視することが授業を円滑に進める唯一の術と心得ていて、だから喜多の顔をまともに見据えたことがない。春先からそんなことを続けているうち、いつかクラスの連中も喜多の言動に無関心を装うようになったから、何の取り柄もない、ことなかれ主義の教師であっても、一つぐらいの教えは生徒に与えているものらしい。

そんなわけだから、喜多が「なんで職員室なんだよ?」と食ってかかってみても、藤岡はおろか誰もが「いない人」を決め込み、それぞれ雑談に熱中していた。

いや、ただ一人、太田ケイは違った。席は前から二番目なのだが、くるりと体ごと回して泣きぼくろの心配そうな顔を真っ直ぐ喜多に向けている。テストの結果は思わしくなかったようで、返される度に顔をしかめていたが、それより今は喜多のことが気掛かりらしい。

授業が終わると、そのケイが小走りで寄ってきた。

「キタロー、何かしたの?」

「気安く呼ぶなって言ったろ」

「ごめん……。でも心配で……」

「余計なお世話だってんだよ」

「バカ、心配してんのに」

「ギター野郎の心配でもしてろや」

「別れたって言ったでしょ!」

「だからって俺にまとわりつくんじゃねえ! 関係ねえだろオメエには!」

ケイを振り切った勇ましさで職員室へ向かったが、その足は次第に鈍った。いかに〝常連〟とはいえ、やはり呼び出しは気が重い。テストの話で盛り上がる連中が、まるで別の世界の生き物のように視界を過っていく。もっともその数からいって、別の生き物は明らかに喜多の方に違いなかった。

昼間の職員室はひどく眩しかった。

やはり呼び出しは竜見と橋も一緒で、二人はもう教頭の机の脇の応接にちんまりと座っていた。バレっこねえ、の目配せを飛ばして喜多がソファに沈むと、まもなく教務主任の新里《にいさと》武吉《ぶきち》が現れ、三人の正面にどっかり腰掛けた。手には数枚の藁半紙を持っている。

「お前ら、カンニングしたろう」

のっけから高圧的だった。校長の太鼓持ちのような新里は、三人にとって怖い相手でも何でもない。新里だってそう思われていることは百も承知のはずだが、察するに、近くで様子を見守る校長や教頭の目を意識してのカラ威張りだろう。それでも三人が神妙にしていたのは、視界の隅に体育の坂東の姿をとらえていたからだった。下手に生意気を言い、職員室のど真ん中で例の張り手攻撃を食らうのではたまらない。実際、坂東は今にも飛んできそうな恐い顔だ。

「なぜ黙ってる？　やったんだろう！　ええっ？　はっきり言え！」

優位と見てとるや、新里が声を荒らげた。

「なんのことですか」橘が冷やかに返した。「カッカしないでちゃんと説明して下さいよ」

こうしたやり取りは橘に任せるに限る。それも休み時間に申し合わせたことの一つだった。

新里は舌打ちし、チラリとおそらく校長を盗み見た。

「お前らがカンニングしたことはわかっているんだ。早く話した方がためだぞ」

「ため、って誰のためです？　先生の立場のためですか」

「なんだとう！」新里は金と銀だらけの歯を剝きだした。「シラをきる気か？　後で後悔することになるぞ！」

「カンニングも後悔もしませんよ」

間髪をいれず言い返す橘に、新里は言葉を詰まらせ、だが、その縦長の顔に予想外の笑みを浮かべた。

——まだ何かあるな。

喜多はそう直感した。

「よーし、わかった」新里は余裕たっぷりに言って、「それじゃあ、これを見てみろ」とテーブルの上に藁半紙を広げた。

テストの解答用紙が三枚。現国だ。

「ここだ」

新里の指は「問七」をさしている。

いわゆる長文問題だ。例文をもとに文意や要約、漢字の書き取りなどを出題しているが、「問七」はその例文の作者を聞いている。

喜多は思わず、あっ、と小さく声を発した。

三枚の解答欄に、そろって「谷崎潤一」と書き込まれていたからだ。「譲二」ではないが、「郎」が落ちてしまっている。現国は試験初日だった。喜多と橋は眠り込み、ひとり竜見が教科書を捲って答えを書き込んだ。寝ぼけていたか、自分の名前の癖で「郎」を書き落としたか。いや竜見のことだ、「谷崎潤一」と信じ込んでいたのかもしれない。いずれにしても、三人揃って「潤一」ではカンニングを疑われても仕方がない。

――大馬鹿野郎が。

喜多はうつむきながら横目で竜見を睨んだ。だが、当の本人はとくに驚いた様子もなく、不思議そうに目をパチクリさせている。やはりそうなのだ。「谷崎潤一」で正しいと思っている。

「どうだ」と新里。「三人してこんなバカな間違いをするか」

「当然ですよ」

橋は眉一つ動かさず言い返した。様々な質問を想定して対応を練っていたとみえて、言い訳もよどみなく出る。

「前の晩に集まって勉強したんです。勘違いだって三人一緒ですよ」

「な、なにィ……」

新里がまた歯を剝き出した。

さすが橋と喜多は感心し、これで無罪放免だと思った。

が、本当の危機はこのあとだった。

「それじゃア聞くがな」新里は重々しく言った。

「三人とも筆跡が同じなのはどういうわけだ？」

うっ、と橘が詰まった。

新里が嵩《かさ》にかかる。

「おい、どうなんだ？　一緒に勉強すれば字まで似るのか」

――やられた。

喜多は視界が暗くなるのを感じた。竜見が一人で三枚書き込んだのだから筆跡はすべて同じなのだ。しかも竜見の字はひどく右上がりだ。その癖字がこの窮地ではなんとも恨めしい。

「似てないじゃん」

苦し紛れに竜見が言い放った。

それが、いよいよ新里の敵愾心《てきがいしん》を煽ってしまったようだった。

「そうか、そうか、似てないか……」

新里は不気味に言いながら、三枚のテストの名前の部分を裏側に折って隠し、トランプでもするように膝元で上下を何度か入れ替えると、やはりトランプのようにテーブルの上に並べた。

「自分のテストを選んでみろ」

三人は顔を見合わせた。どの用紙もただただ竜見の悪筆が並んでいる。

「自分の字がわからん奴などいないだろう。さあ、早く自分のをとれ」

――確率三分の一。

えいっ、とばかり喜多が真ん中を選んだ。折り返しを戻すと、「竜見譲二」とある。その竜見は「橘宗一」を引いてしまい、橘が選ぶまでもなく三戦全敗が決まった。

新里の勝ち誇った笑い声が職員室中に響いた。喜多と竜見はしょげ返り、橘も、何か言えば不利になるとばかりだんまりを決め込んだ。いい加減笑った新里が、またチラリとおそらく校長の顔色を窺い、そして三人にこっそり言った。

「ところで、どうやった？」

えっ、と三人は顔を上げた。

新里は焦れったそうに身を乗り出す。

「なあ、もう降参しろ。どうやってカンニングしたんだ？」

新里の顔はもう笑っていなかった。

三人は一旦上げた顔をまた下げて、互いに目配せを交わした。

カンニングの手口がわからず、新里も困っているのだ。不正は確かにあったが、どうやって不正が行われたのか、そこがわからない。クラスの違う三人は別々の教室で試験を受けたのだから、普通でいうカンニングはできっこない。まして同じ筆跡の解答用紙が提出されることなどありえないのだ。当たり前に考えを進めていけば、三人が予めテスト用紙を持っていた事実に突き当たるはずなのだが、長い教師生活でカチカチになった新里の頭には、どうしてもその「まさかの行動」が浮かばないらしい。学校側の管理の不備など最初から頭にないのだ。

――喋らなけりゃバレねえ。

喜多の思いを、橘が代弁した。

「筆跡も似ちゃったのかもしれません」

「な……？」

新里の顔が自信の支えを失った。

「とにかく俺たち、何も悪い事はしてないですから」

「いずれわかることだぞ」

「濡れ衣、っていうんですよ、それ」

「もういい！」新里はいかにも悔しそうに歯を剝いた。「やり口がわかったら連絡するからな。二、三日自宅で謹慎していろ」

「何もしてないんだから、何もわかりませんよ」

腰を上げながら橘が言った。

「もう行け！」

「早くテスト返して下さいね。母ちゃんが楽しみにしてるから」

竜見が茶化して席を立ち、喜多と橘も来た時とは別人のような軽い足取りで後に続く。その背中を「謹慎中はどこにも出掛けるなよ！」と新里の怒声が追いかけてきた。

竜見が小さく、べ〜とやり、喜多と橘は大きく息を吐き出した。予想外に突っ込まれ、思いがけず逆襲も効いた。第一ラウンドは、双方ジャブの応酬、といったところだった。

5

三日後、学校から呼び出しがあり、校長直々に処分を言い渡された。

無期停学――。

「ええ〜！」竜見が飛び上がった。

「校長先生」橘が不服そうに進み出る。「無期って、いつまでですか」

校長の三ツ寺はこぼれ落ちそうなギョロ目を三人に向け、ふむ、と頷いた。

「刑務所と同じだな。模範囚なら早いが、態度を改めなければ一生となる。まあ君たちの場合は卒業式までってことか。しかし、そうなると留年間違いなしだな」

三ツ寺は三人を囚人に例えて鼻で笑った。もっとも学校側にとっては死刑でも宣告してしまいたい落ちこぼれトリオなのだろう。

「停学の理由は何なんですか」

今度は喜多が食ってかかった。

「例のカンニング――だが、それだけじゃないぞ。怠学、喫煙、無届アルバイト、いかがわしい場所への出入り——すべて、ひっくるめてのことだ」

「そんなのありかよ！」

「ひっくるめてなんてズルいじゃん！」

いきり立つ二人を橘が制して三ツ寺に言った。

「いつ俺たちがカンニングをしました？」

「そう、確かに君らがどうやってカンニングしたのか結局わからなかった。だから喫煙やその他諸々つけ加えてある」

「き、汚ったねえのオ！」竜見が体をくの字にして絞り出すように言った。

途端、三ツ寺の薄ら笑いが消えた。

「汚いのはお前らだ！　ドブネズミどもめ、とっとと学校なんかやめちまえ！」

「ホエッ」と竜見が妙な声を出して首を竦めた。

「学校ってとこはなあ、お前らみたいなクズの遊び場じゃねえんだ！」

自慢のよく響く声は口汚い台詞を吐かせても迫力があった。大学の体操部出身といえば体育の坂東と同じコースだ。もともと上品なわけもないが、校内きってのワルを前に思わず本性を露呈した。机の上にはこれみよがしに重そうなダンベルが置いてあって、お前らなんぞに負けはせん、と子供じみた闘争心をのぞかせている、そういう男なのだ。

「よくわかりました——でも、俺たちが学校を辞める時は校長先生も道連れですよ」

何を思ったか、橘が凄んだ。

「なにィ！」三ツ寺の拳がバーンと机で跳ねた。

「どういう意味だ、言ってみろ！」

喜多は、橘の真意を読めず内心慌てた。これ以上怒らせたらホントに退学になっちゃうよオ。竜見の目はそう言っている。が、橘は例によって冷静そのものだ。一呼吸置くと、驚くべき言葉を吐いた。

「エムエムですよ」

喜多はクラッと軽い目眩を覚えた。いや、実際に足元がフラついた。

ことあろうに橘は、校長室の机の引き出しにあった手帳のメモのことを持ち出したのだ。「ＭＭ」のイニシャルが嶺舞子であることは、竜見と橘の電話で確認済みだ。校長と舞子は特別な関係にあるのかもしれない。確かにそうなのかもしれないが、しかし、「ＭＭ」を暴露することは、俺たちは校長室に忍び込みました、と白状したも同じではないのか。しかも「ＭＭ」のメモがいかに胡散臭《うさん》いとはいえ、三ツ寺のアキレス腱と成り得るものかどうか、その確証はない。校長室に忍び込んだことがバレれば即退学――橘はサイの目次第の大博打に打って出たのだ。

「エムエム……？　何だそれは、はっきり言え！」

「エムエムは女のイニシャルです」橘は謎を掛けるように言い、また凄んだ。「本当にはっきり言ってしまっていいんですか」

三ツ寺のギョロ目がさらに見開いた。真っ赤だった顔が、みるみる青ざめていく。

「し、知らんぞ、一体お前らは……」

三ツ寺の狼狽は明らかだった。

「無期停学の期限の件、再考願います」

そう言って橘が頭を下げる。

「もう帰れ！　早く出ていけ！」

サイの目は橘の側に出たとみてよかった。

三人は追い出されるように校長室を出た。職員室を突っ切りながら竜見が橘の脇を小突く。目が、ウッヒヨッヒヨ、と笑っている。喜多も教師たちに気づかれぬよう、手で顔を覆いながら笑いを噛み殺していた。

あの慌てようだ、手帳にメモしてあったグラマーの電話番号は単なる校長と教師の連絡のためではなかったに違いない。やはり不倫か。いや、もっと重要な、何か重大な秘密の……。ひょっとすると――。

思考の線を伸ばすうち、喜多の笑みは引いた。

——校長がグラマーを殺した？

「もう橘ア、あんまし脅かさないでよオ、いきなりエムエムぶつけちゃうんだも～ん」

廊下に出ると、竜見がピョンピョン嬉しそうに跳ね回りながら言った。

思案顔だった喜多も「心臓止まったぜ俺は」と苦笑いに戻って加わる。

「ワリィワリィ」と橘。「突然閃《ひらめ》いたんでさ」

「閃いた？」と喜多。

「例の封筒だよ。金庫開けた時、グラマーのポケットから落ちたのをキタローが拾ったろ」

「ああ、テストの答えが書いてあったやつな」

「あれさ、たぶん校長がグラマーに渡したんだ」

竜見が跳ねるのをやめた。

「何でそう言えるんだ？」と目を丸くした喜多。

「いや、何でかはわからない。ただな、テストの答えは漢文と倫理の二つが一枚の紙に書いてあったろ」

「ああ」

「グラマーは英語だ。どう考えても漢文や倫理の答えを知ってるなんておかしい。それで思った。別々の教科の教師が作ったテストの答えをそっくり事前に知ることができる人間は誰か、ってな」

「なるほど……。校長ならな」

喜多が言い、竜見もうんうんと頷く。

「ってことさ」と橘。「なんかの理由で校長がグラマーにテストの答えを流してるとすれば、手帳にエムエムなんて訳ありにイニシャルで書いてあったことも納得できるしな。そんなこと考えてるうちに校長の反応を見たくなって、つい口にでちまったんだ」

喜多と竜見は唸った。橘の推理はズバリ核心を突いているように思える。

「だけどさア橘ア」と竜見。「なんで校長がグラマーにテストを流さなきゃなんないわけ？」

「それがわかんねえから頭ひねってんだろうが」

喜多がイラつき、と、そのとき後ろから「おい」と声が掛かった。

体育の坂東だった。

話していた内容が内容だけに、三人はビクッとして背筋を伸ばした。が、思いがけず坂東の表情は冴えない。三人を例の給水タンクに誘い、煙草に火を点け、三人にも、ほれ、と煙草を勧めた。

竜見が恐る恐るそれに手を伸ばしながら「話って何ですか」と聞く。

「ああ――」坂東は頷き、「お前ら運がよかったな」と切り出した。

「冗談きついやア、無期停ですよオ」

三人は半分笑いながら、一斉に口を尖らせた。だが、坂東は渋い表情のまま続ける。

「相馬がいるだろ、雀キチの……。奴がな、退学処分になったぞ」

「ええっ！」「いっ！」「なんで！」

三人が叫んで坂東に詰め寄る。

「まあ待て騒ぐな、順に話すから」と坂東が両手を挙げるが、竜見は止まらない。

「ねえ、なんでさ？　なんで相馬が退学なのよオ」

「出席簿の改ざんが発覚したんだよ。今日の午前中の職員会議で問題になってな、相馬は退学、お前らの方は相馬よりはまだマシってわけで無期停学に決まったんだ。だから言ったんだよ、お前らは運がよかったなって」

「改ざんって何よ？」と竜見の震えた声。

「わからんか――相馬の奴な、出席簿の欠席の印を遅刻に書き換えて、出席日数を水増ししてたんだ」

「ええっ！」と竜見が驚き、「そんなこと出来んの？」と喜多が突っ込む。

「簡単さ、欠席のマークは斜線だろ。遅刻はバツ印だから、線を一本書き足して欠席を遅刻にしちまえばいい。それでただの遅刻に化けちまう。英語、現国、数学、世界史……。相馬はことごとく改ざんしてたらしい」

「だけど、なんでバレたの？」

「それだ。奴も大胆なことやるわりに抜けてやがってな」と坂東は苦笑いをした。「数学の広瀬《ひろせ》先生は青インクのペンで出席をとってるんだが、相馬の奴、黒で直してやがった。一目瞭然ってわけだ」

そこまで聞いて三人は、ああ、とすべてが呑み込めた。

あの夜職員室にいたのはやはり相馬だった。職員室に忍び込んで出席簿の改ざんをしていたのだ。ところが暗い部屋の作業だったから青インクと黒インクの見分けがつかず致命的なミスを犯した。窓から飛び降りて逃げたのも相馬だった。三人が職員室に入り込んだ時、相馬はちょうど英語準備室で改ざんをしていた。そして、竜見のトウシを聞いて慌てて窓から飛び降りた——何もかも辻褄《つじつま》が合う。

別の謎も解けた。ほとんど学校に姿を見せない相馬が順調に進級してきた理由だ。これまでにも何度も学校に忍び込んでいたに違いない。

「しかしな」と坂東。「奴がいつ改ざんしたのかがわからんのだ。職員室にひょこひょこ来てやったのだとすれば、間抜けは教師の方だ。相馬だけの責任じゃ済まんことになる」

三人は無言でうつむいた。坂東は相馬に同情的だ。三人に対しても、少なくとも今は敵ではない。しかし、だからといって坂東に真実を話すわけにもいかない。

「それはそうと、お前らのも大騒ぎだったぞ。カンニングでなく、試験問題を盗んだんじゃないかってな」

三人の呼吸が止まった。

「まっさかア、どこから盗むのよオ？」

間を吹き飛ばすように竜見が黄色い声を出し、三人して坂東の答えに固唾《かたず》を呑んだ。

「印刷室さ。刷り損じをゴミ箱から盗んだんじゃないかって何人かの先生が疑ってたな。おい、そうなのか？」

「やってませんよオ、そんなこと」竜見がブルルと首を横に振り、「で、どうなったの？」と小声でつけ加えた。

「結局わからんから、印刷室の鍵はくれぐれも厳重に——そういうことになった」

緊張が一瞬にして解け、三人はドッと笑い声を上げた。発覚の危機は完全に去ったのだ。わけもわからず、坂東も釣られて赤い歯茎を見せた。

「それで先生——」喜多が懸命に笑いを堪えながら言う。「本当のことを聞き出してこいって、校長か誰かに言われて俺たちをここに呼んだってわけですか」

「違う違う」坂東は顔の前で手を振った。「あと何カ月かで卒業するお前らを苛めてもはじまらん。そうじゃなくって、ほら、相馬を慰めてやれってことさ。それをお前らに頼みたくってな」

その場の笑いが瞬時に消えた。

「奴もここまできて中卒じゃなあ。就職も駄目になっちまうだろうし……」

「就職……決まってたの？」と竜見。

「ああ。パシフィック電装にな。相馬も喜んでたらしい。だが、これでパーだ」

坂東の言葉は三人の胸に重く響いた。

6

その夜、喜多は階下で鳴り続ける電話のベルで眠りを破られた。片目を細く開けて時計を見た。もう午前二時を回っている。

うるせえうるせえ、と声に出しながら階段を駆け降りると、寝室の襖が半分ほど開き、父の薄くなった頭と肩が力なく廊下にはみ出した。

それを無視して喜多は電話台に行き、受話器を取り上げた。

「はい、喜多！」

〈もしもし、あたし……ケイ〉

受話器を耳から離して睨みつけ、そうして喜多は廊下に首を返してまた睨んだ。オフクロじゃねえよ、と伝えたつもりだ。頭がスッと引っ込み、パタンと襖が閉まる。

〈もしもし、ねえ……〉

喜多は一つ息をして受話器に向かった。

「何だ、こんな時間に」

〈ごめんなさい。でも、大変な事があって……〉

ケイの声は震えていた。

「だから何だよ」

〈相馬君が死んじゃったんだって〉

喜多はまた受話器を離し、だが、すぐにむしゃぶりついた。

「死んだ？」

〈そうなの……。アパートで首を吊って……〉

ケイの涙声が耳を刺した。

「自殺したのか？　相馬が……」

〈そうらしいの……。小学生の妹がね、お兄ちゃんが死んじゃったって、アパートの人に……。それでパトカーや救急車がどんどん来てね、あたしの家、相馬君の近くでしょ。お父さんが行って聞いたら、相馬君が自殺したって……。あたし、びっくりしちゃって、だから……〉

視界がグニャリと歪んだ。

相馬が死んだ。自殺した。

実感はなかった。死の実感はなかったが、別の苦い思いが胸に広がった。

——行ってやりゃあよかった。

昼間、相馬を慰めてやってくれ、と体育の坂東に頼まれた。無論そうするつもりだったのだが、三人の方にも無期停学を言い渡されたショックがあったから、相馬を訪ねるのは明日にしよう、奴だって一日経てば少しは落ちつくだろう、とそれらしい理由をつけて学校で解散したのだ。

だが、明日はなかった。相馬は死んだ——。

〈もしもし、もしもし……〉

「ありがとな、知らせてくれて」

神妙に礼を言って電話を切ると、喜多はすぐさま竜見のダイヤルを回した。

「俺だ」

〈ああキタローかア、なあに～?〉

眠たそうな声だ。

一拍置いて喜多は言った。

「相馬が自殺した」

〈ウソ〉

「嘘じゃねえよ、死んだんだ」

死んだんだ。自分で言葉にしてみて初めて相馬の死を実感した。足が小刻みに震え、カラカラに乾いた喉が焼ける。

竜見は泣き声になった。

〈だって、だって俺さ、さっき相馬と会ったんだよオ〉

「会ったア?」

〈そうなんだよオ、十二時ごろまで一緒だったんだってえ。嘘だろ、死んだなんて、なあ嘘だろオ〉

「落ち着けジョージ!　とにかく相馬のアパートに行ってみよう」

橘にも来るように伝え、喜多は家を飛び出して真っ赤なタンクのRD三五〇を急発進させた。

寒風が体を刺し、風圧でノーヘルの顔が後方へつれる。構わずフルスロットルで国道を突っ走り、大塚駅前を過ぎたところで、エンジンブレーキの音を吹き上げながら路地に滑り込んだ。

途端、目も眩む事件現場の光景が目の前に広がった。パトカーが二台いる。アパートの周りを大勢のやじ馬が取り囲み、薄汚い壁にはカメラのストロボやテレビ局の強いライトが当てられ、深い闇の中にそこだけがポッカリ浮かび上がっている。

数秒遅れで竜見のマッハ五〇〇が飛び込んできた。

「やっぱり本当だよう」

竜見は泣き出さんばかりだ。喜多は竜見の腹にパンチを見舞い、そのとき人垣の中にケイの顔を見つけて駆け寄った。

「キタロー……」

ケイの上体がフラリと揺れ、喜多の胸にもたれ掛かってきた。体が冷たい。その体を支え、喜多は「詳しく教えてくれ」と言った。

そこに橘もダックスで到着した。青ざめた三つの顔がケイを囲む。

ケイの話は、喜多に電話してきた内容の域を出ていなかった。ただ、パトカーが来たのは午前一時ごろだったという。

「そんじゃ、俺と別れてすぐじゃんかア!」

竜見の声は悲鳴に近かった。

「ジョージ、落ちつけって、落ちついて話してみろ」喜多の声も上擦っている。

「明日にしようって決めたけど、俺、やっぱ気になってさア相馬のこと――」

竜見は一旦家に帰り、だが十時ごろ相馬のアパートを訪ねたのだという。応答がないので駅前の雀荘を覗いたが、そこにもいなかった。仕方なく帰ろうとバイクに跨《また》がったとき、駅の改札を出てきた相馬を見つけ、喫茶店で一時間ほど話をしたという。

「どんな話をしたんだ」と喜多。

「退学になったんだって——って聞いた」

「そしたら？」

「ああ、って、それだけ。別にがっかりしてるふうもなくって、それでさ、例の話をしたんだ」

そう言って竜見がケイをチラリと見た。

喜多が「悪いけど、ちょっとな」とケイに断り、三人は塀に向かって歩き出した。

「お前学校に忍び込んだろう、俺はお前らしい奴見たぞ、トウシで逃げたんだろう、グラマーが死んだのと関係ないいんだろうな、って色々聞いたんだ」

喜多の目が尖った。

「俺たちのことも話したのか」

「だって、そうしないと話が通じないじゃん、相馬も忍び込んだわけだし……。どうせ、学校クビになっちゃったんだからいいやと思って」

喜多は頷いた。

「それはいい。で、あの晩、逃げたのはやっぱり相馬だったのか」

「いや、相馬は違うって言うんだ。忍び込んだのは本当だけど、時間が違うって……」

「どういうことだよ？」

「相馬が言うにはね、あの晩八時ごろ更衣室に忍び込んで、そのまずっとロッカーの中に隠れてたって——ほら、あの職員室の隣にある女教師の更衣室だよ——それで、ハイドが十時の巡回で職員室に入った時、こっそり後ろから部屋に入った。そんでもって、ハイドが出ていってから出席簿を改ざんして十一時には学校を抜け出した——そう言うんだ」

喜多と橘は驚嘆の顔を見合わせた。

女教師用更衣室——。

職員室の窓の鍵を壊した時、坂東と鉢合わせしそうになった竜見と橘が咄嗟の機転で逃げ込んだ場所だ。ルパン作戦ではあらゆる方法を考えたつもりだったが、その更衣室に隠れて巡回を待ち、茂吉を鍵代わりに使って職員室に侵入する——そんな鮮やかな手は思いつかなかった。こんな時でもなかったら、相馬の才覚を大いに褒《ほ》めちぎっていたことだろう。

「更衣室には使ってないロッカーが二つあって、だから開けられる心配もないんだって……。相馬は一年の時からその手で出席簿の改ざんをやってたって……」

進級のためだ。最後の犯行は卒業するためだったに違いない。なのになぜ相馬は——。

「要するに——」橘が話を戻した。「あの晩英語準備室の窓から飛び出して逃げたのは相馬じゃないってわけだな」

「うん、相馬はそう言ってた」

「それから——」喜多がせっつく。「それから何を話した？」

「それだけだよう」

「それだけって、だって、そのあと相馬は自殺したんだぞ」

「でもホントにその話だけして別れたんだもん。いつもとちっとも変わらなかったし、まさか死ぬなんてさア……。知ってたら俺だって……。でもわかんなかったんだよオ……。ひょっとして、グラマーのこと疑ったからかなア……それでアイツ……」

竜見の目は真っ赤だ。橘が竜見の肩を握るように叩き「お前のせいじゃないさ」と小さく言った。

喜多も「そうさ」と続け、だが突如ハッとして辺りを見回した。

「おい、橘——ちっちゃい妹はどこ行ったんだ。見たか？」

「いや」

喜多は慌ててやじ馬の輪に戻り、ケイをつかまえた。

「相馬の妹知らないか？」

「ううん、アタシ見てない」

「そうか……」

思い切ってパトカーの脇にいた制服の警官に尋ねた。若い警官はジャージ姿の喜多に怪訝そうな顔を向けたが、相馬の友人だと名乗り、妹が心配だと告げると、途端に態度が和らいだ。

「さっき区の人が来て児童相談所に連れて行ったよ」

「児童相談所……」

――だったらメシを食わしてもらえる。

まずはそんなことが浮かんだ。そして、僅かながら救われた思いがした。死んだ相馬には悪いが、あの妹にはそうした第三者の救いの手が必要だったに違いない。

パトカーや報道陣が引き揚げると、やじ馬も一人減り、二人減りして、やがてケイを含めた四人だけがポツリ現場に取り残された。

そこを離れ難い思いがあった。

「大ドロボー」「金返せ」「殺すぞ」と大書されたドアが、風でバタン、バタンと音を立てている。

相馬が死んだ、確かな実感があった。

竜見は凍てつくアスファルトで膝を抱えている。傍らで橋が暗い視線をアパートに投げている。喜多とケイは寄り添い、やはり無言で寒風に身を晒していた。

相馬を見殺しにした。

そんな思いが喜多の胸にあった。

いよいよ辺りが明るくなりはじめて四人は家路についた。

喜多は単車を置き去りにした。ケイの肩を引き寄せ、細い路地を抜け、寝静まったケイの家の階段を上り、微かにいい香りのする一面ピンクの部屋でケイを抱いた。

二人とも歯も合わぬほど凍えていて、もうそうするよりほかなかった。好きも嫌いもなく、ただ同化した。互いのやり切れなさを埋めようともがき、もう自分では捜そうにも捜し出せない、どこまでも深く沈んで正体をなくした心のかけらを求めてもがいた。

――見殺しにしたんじゃねえ。そんなんじゃねえよ。

抱いても抱いてもケイの体は冷たかった。

喜多は泣きだしたくなるような思いで懸命に肌を合わせ続けた。ケイは優しかった。あの初めての夜のように――。

窓が朝焼けでオレンジ色に染まった。

「……キタローってあったかいね」

喜多の胸でまどろみながらケイが呟いた。

体のことか。心のことか。

目頭の辺りがウジウジして、だが、涙は出てこなかった。朝の光を感じながら、喜多は自分を壊してしまいたい衝動に駆られた。

次の日もケイと会った。

ケイは変わった。付き合いの途絶えていた二年近くの間に変わっていた。以前のように始終喜多にまとわりつくこともなく、それなりの間隔でルパンに顔を出し、橘や竜見ともうまくやっていた。

そのケイから、相馬の妹が児童養護施設に引き取られたことを知らされたのは、しばらく後のことだった。

第五章　追跡

1

——時効まであと十三時間か。

　橘宗一の捜索を命じられた谷川勇治《たにがわゆうじ》は、上野駅の雑踏の中で腕時計を見た。ペアを組む新米刑事の新《にっ》田《た》敏夫《としお》も釣られて自分の時計に目を落とし「見つかりますかねえ」と物憂《ものう》げに言った。

「見つかるまで捜すんだ」

　大卒の新田と歳は幾つも変わらないが、刑事経験では今年三十になったばかりの谷川が先輩にあたる。「溝呂木班」の末席に名を連ねて二年、この日初めてペアを組んだ所轄の新田には少々煙たく感じられるほどの職務熱心さだ。

　竜見の供述によれば、橘は高校を卒業して五年ほどビル掃除のアルバイトを続けていたが、いつかそれも辞め、家を出てこの界隈のホームレスの一人になってしまったという。

　谷川と新田はここへ来る前、橘の実家に立ち寄った。応対した母親は「十年も前に飛び出したきりで、どこにいるか見当もつきません」と素っ気なかった。家を出た理由もわからないといい、そそくさと買い物に出掛けようとする。道すがら聞き出せたことといえば、家出前の橘が「人間が月に行っちまっちゃア世も末だ」「生まれる時代を間違えた」などとうわごとのように繰り返し言っていたことぐらいだった。

上野へ向かう車中、新田は「あれでも親か」「心配じゃないのか」と憤慨していた。

――心配でない親がいるもんか、涙も枯れ果てちまったんだ。

歳より十は老け込んでいた橋の母親の顔を思い返し、谷川は暗い気持ちでいた。

捜索対象者は駅構内の通路の隅に大挙していた。汚れた服を幾重にもまとった髭もじゃの男たちが、それぞれ無干渉に酒を飲んだり、ごろ寝をしたり、段ボール箱でこしらえた住処に閉じ籠《こ》もったままの者もいる。

その顔を一つ一つ確認しながら歩く。橋の歳は三十三……。十年以上も前のものではあるが、一応写真も実家で借りて持っていた。

だが、谷川の目にはどの顔も同じように映った。どんよりとして覇気のない顔、顔、顔――髭の中に埋もれた瞳には光もなく齢だってはっきりしない。年寄りのようでもあり、よくよく見ると若いようにも思える。

「こりゃア無理ですよ、谷川さん」

及び腰で谷川を追う新田が早くも音を上げた。

「捜すんだ」

「だって見分けがつかんでしょう、みんな同じで」

「帰ってもいいぞ」

突き放すように言って、谷川は男たちのテリトリーに足を踏み入れた。ポケットから橋の写真を取り出し、「この人知りませんか」と端から見せて回る。

反応は鈍かった。無視して酒を飲み続ける者、ちょっと覗き込んではみるが、すぐ関心なさそうに横を向く者、ゆさゆさ体を揺らしても片目しか開けない者……。知っているのか、知らないか、そうした感触すら得られない。一時間ほどしゃにむにホームレスの間を跳び回ったが収穫は皆無だった。

「やっぱり無理ですよオこんなの」

新田が男たちの背中を見回しながら言った。毒気に当てられ、すっかり萎縮してしまっている。

谷川は警察の無力さを突きつけられた思いでいた。いや、組織とか、形式とか、そういった社会が認知している物の無力さかもしれない。ここでたむろしている男たちに、型通りの脅しやすかしなど通用しない。世俗の欲望だの保身だのはとっくにどこかへ捨ててしまっているし、そもそも形ある物から逃れてきたからこそ、ここにこうしているのだ。だから、ぼんやりしているようでいて、たとえ数秒の束縛すら許さない頑《かたくな》さが、どの顔にもある。背広姿で職務に精勤する谷川はここでは明らかに異分子だった。社会から拒絶された人間たちは、しかし、それ以上のエネルギーでもって社会を拒絶している。

駅の大時計は正午を回った。

谷川と新田は売店で缶コーヒーを買い、小刻みにすすりながらホームレスの一団に恨めしそうな視線を投げていた。

「どうします？」と新田。

「もう一度、中に潜ってみよう」

「無駄ですって、署へ連絡入れましょうよ」

「僕らは刑事やめます、ってか」

茶化すように言って谷川は缶をゴミ箱に放った。と、その時、改札から吐き出された人の群れが二つに割れた。

——ん？

間に出来た道を一人のホームレスがとぼとぼ歩いている。その白い顎髭の老人は真っ直ぐこちらに向かっていた。新田は身の危険でも感じたのか、谷川を盾に体半分を隠してしまった。

老人は谷川の前で立ち止まり、震えで定まらない手を突き出した。黒ずんだ汚れが染みのようにこびりつき、ざらついた皮膚は砂漠に生息する爬虫類《はちゅうるい》か何かのように硬質化してしまっている。

「何でしょうか」

谷川は丁重に尋ねた。ともかく上野に来て初めての反応なのだ。

「あーあ、ほれ、さっきの……」

老人の指は谷川の背広の内ポケットをさしているようだ。

「写真ですか？　あっ、これなんです、よく見て下さい」

谷川は慌てて橘の写真を取り出し、老人に差し出した。老人がジッと見つめ、ああ、と顔を上げた。

「知ってるんですか」

「……知ってるよ」

「本当ですか、どこにいます？」

「あーっと……」

老人の視線が谷川の肩を越え、背後の売店に向けられたような気がした。

「あっ、お酒飲みますか。それとも何か食べます？」

谷川は夢中で言った。気持ち良く話をしてもらえればそれでいい。そのためなら持ち金すべてハタいても惜しくない。そんな心境だった。

「……違う」と老人が呟いた。

「違う？」

老人が初めて谷川に視線を合わせた。

「ああ、ワシもな……昔、うーんと昔だが、刑事をやってた」

谷川は背後から巨大な鈍器で体を叩かれたような衝撃を覚えた。谷川の職務熱心さに刑事経験のある老人が心を動かし、協力してやろうと重い腰を上げて来た。それを物欲しさで現れた、貧しい心根だと決めつけてしまったのだ。取り返しのつかないことをしたとの思いが、顔から溢れて首まで真っ赤に染めていく。

「どうもすみませんでした」

谷川は深々と頭を下げた。

「いいんだ……」

老人は言った。その瞳には落胆も怒りもない。

谷川は何度も謝った。怪訝そうな多くの視線がホームレスに頭を下げる背広に注がれていたが、谷川は構わなかった。

「そんなことより……」老人は静かに言った。「その男な、公園にいるよ。いつも昼間は一番奥のベンチで寝てる」

「公園?」谷川は赤いままの顔を上げた。

「早く行ったらいい」

「上野公園ですね」

老人は頷いた。その顔がふっと笑ったように見えた。

谷川は老人の両手を取って固く握り、何度も礼を言うと、おい、と新田に声を掛けて走りだした。走りながら振り返った。人波の渦の中、もう老人の姿を見つけられなかった。

薄暗い構内で得られたたった一つの情報は、だが、昨今の混沌《こんとん》とした情報洪水をあざ笑うかのように正確だった。上野公園の奥、その一番端のベンチに眠るホームレスの姿が、走る二人の目に飛び込んできたのだ。

谷川と新田は深く頷き合った。その新田も先ほどまでとはうって変わって引き締まった表情だ。

「橘さん——」

躊躇なく谷川は声を掛けた。

反応がない。

新田が回り込んでボロ布の中を覗き込み、すぐに顔を上げた。間違いありません、と目が言っている。

「橘さん」谷川は努めて静かに言った。「橘宗一さんですね」

ボロ布の塊がピクリと動いた。髭もじゃの顔がゆっくり持ち上がって二人に向く。精気のない瞳。こびりついた目脂《めやに》が涙に見えて、谷川はハッとした。

「一緒に来てほしいんです」

橘は無抵抗だった。促されるまま車に乗り込み、そこでも眠るようにして間もなく署の取調室に入った。

刑事課の三つの取調室が埋まり、四階の捜査対策室のスピーカーも一台追加された。

しかし、そのスピーカーは音を発しなかった。橘の目はどこまでも虚ろで、名前や住所の問い掛けにも返事はなかった。それは、黙秘といった意思の介在とは無縁の、胎児の沈黙とでも呼ぶべき無垢《むく》な姿だった。

2

「ようやく役者が揃ったか」溝呂木は一応喜んでみせ、「それにしても人生色々だな……」と小さく呟いた。

女房子供を気遣いながら神妙に取り調べに応じる喜多。高校時代そのままにずぼらな応対の竜見。そして、人生に背を向けてうずくまる橘——今となっては三人の共通項を探すことすら難しい。

午後一時を回り、三人のために遅い昼食を手配すると、溝呂木は第一回の全体捜査会議を招集した。

四階の捜査対策室——。

溝呂木を座長に、喜多担当調べ官の寺尾、竜見担当の徳丸、橘の調べを命じられた曲輪幸二《くるわこうじ》。それに署長の後閑、火災現場からようやく戻った刑事課長の時沢、内勤取りまとめ役の大友などなど総勢二十名ほどだ。末席に喜多の調書を執っている婦警の顔もあった。

「よーし、寺尾から感触を話してくれ」溝呂木が切り出した。「なにしろ時間がないからな、手短に頼む」

傍らの寺尾が立ち上がった。

「喜多はよく喋っていますが、冗舌な分、まだ裏もありそうです。これまでの供述を信じるなら喜多はシロ——詰まるところ、喜多の供述を信頼してそれを土台に捜査を進めるか、それとも供述の細部に突っ込んで喜多を攻めるか、二つに一つだと考えます」

「お前の感触はどうなんだ？　喜多はシロか」と溝呂木。

「現段階ではシロと言わざるをえません」

「わかった、次、徳丸！」

「はい——」徳丸が立つ。「竜見はああいう男です。自分に都合のいいことや害の及ばないことは何でも喋りますが、地上げの修羅場をかなり踏んできたこともあって、本音を引き出すのはかなり難しくなっています」

寺尾が冷めた目を徳丸にぶつけた。それを聞き出すのが仕事だろう、と言っている。

「竜見の感触は？」と溝呂木。

「やはりシロとしか言えません。少なくとも嘘は言っていないように思われます」

「よーし、それじゃあ俺から一つ言っておこう」

溝呂木は並んだ顔を見渡した。

「スピーカーで聞いていたが、喜多と竜見の供述にこれまで矛盾らしい矛盾はない。矛盾がない以上、二人の白黒決着は取り敢えず保留して供述に沿った線で裏付け捜査を進めるほかないだろう。とにかく、喜多、竜見、今入った橋の三人から当時のことを聞き出せるだけ聞き出してくれ」

調べ官の三人が頷いた。

「それと、くれぐれも今日が時効だと連中に気取られないようにな」

徳丸と曲輪が頷く。寺尾は、何を今更の冷めた表情だ。

「ところで溝呂木君——」後閑署長が人物リストを捲りながら言った。「他の関係者はどうなっているのかね？」

ああ、と溝呂木もリストを手にする。

「えー、ルパンのマスターだった内海一矢については現在の居場所を捜してます。校長の三ツ寺ですが、教職はとっくに退いて悠々自適の生活です。エムエムのイニシャルのことは気になりますが、もう少し三人の話を聞いてから呼ぶかどうか決めたい。何しろ校長まで務めた男ですから、連中の言い分だけで即引っ張るという訳にもいかんでしょう。いやなに、今日は自宅にいます、二人ほど張らせていますので」

「なるほど」と後閑は感心した様子。

「それから音楽教師の日高鮎美ですが、事件の翌年学校を辞めています。連中の言うように生徒に総スカンを食ったのが理由らしい。今は日暮里のアパートに独り暮らしでクラブやカフェバーでピアノを弾いているそうです。自宅と勤め先を回らせて、今日の行動を確認中です。それと、連中がハイドと呼んでいた化学教師の金古茂吉も十年前に退職して……えー、どうなったっけ大友？」

振られた大友が溝呂木の話を引き継ぐ。

「金古は一旦、八王子の息子夫婦の家に引き取られたのですが反りが合わず、また独りで暮らしていたようです。ただ息子夫婦が相次いで病死して身寄りがなくなり、今どうしているのか確認できてません。鋭意捜査中です」

「……ということです」と溝呂木が話を取り戻した。「このほか、体育教師の坂東をはじめ当時の学校関係者を軒並み追い掛けています。供述が必要になった順に署に呼んで話を聴きます」

後閑は頷きながら「よろしく頼む、時効まであと十時間ちょっとだ」と言って席を立った。昨夜忘年会で一緒だった記者が何人か礼を言いに下に来ている、と連絡が入っていた。事件の指揮はもっぱら溝呂木に任せて、後閑は記者連中に事件を気取られぬよう、うまく茶飲み話につき合うつもりだ。

後閑の退席をきっかけに、さて、と溝呂木は膝を叩き会議終了を一同に告げた。

バラバラと捜査員が立ち上がる。

が、溝呂木はそのまま席を立たなかった。

後ろめたい気持ちもあるが、ほんの五分だけ、と自分を許して目を閉じた。

頭の中は内海一矢のことで埋め尽くされている。取り調べの中で新事実が浮かんだからだ。

鍵の件だ。

嶺舞子事件には無関係と思い捜査会議では敢えて言及を避けたが、溝呂木個人にとっては驚愕の事実だった。喜多と竜見の供述によれば、十五年前のあの日——溝呂木が喫茶ルパンに踏み込んだ時、内海は竜見に太い鍵を託したという。

三億円の隠し場所の鍵だった。そう思えてならない。

竜見は校長室の古い金庫の鍵を連想したと言った。だとすれば、内海はどこかの金庫に三億円を隠していたのかもしれない。あと三時間で時効だった。だから内海は隠し場所へ向かうため金庫の鍵を持っていた。そこへ溝呂木が踏み込み、そして内海はこっそり竜見に鍵を渡した。

溝呂木はそれを見逃した。

悔やまれてならない。店内に入った後ずっと内海に監視の目を向けていた。だが、その目は節穴だったと言われても仕方がない。もしもあの時、鍵を押収できて、それをネタに内海を追及していたら——。

はたと溝呂木の思考が止まった。両手の拳を痛いほど強く握っている自分に気づいた。

——十五年前に終わっちまったことだ……。

一年前に終わったこと、三年前に終わったこと、十年前に終わったこと、節目節目にそう自分に言い聞かせて十五年が経った。

過去はもう過去でしかない。刻印のように焼きついた台詞を反芻しつつ、溝呂木の思考はまた鍵の存在にズルズルとのめり込んでいく。

金庫はどこにあったのか。いや、万一その鍵が竜見が口にしたように学校の古い金庫のものだったとしたら……。古い金庫は一期生が寄贈したものだと喜多は供述している。内海もその一期生の一人ではなかったか。奇妙な偶然が溝呂木の心を乱してやまない。だが――。

約束の五分は過ぎた。

背後から大友が差し出した二枚綴りの通話用紙が、溝呂木を嶺舞子殺害事件に振り向かせた。

「係長――嶺舞子の大学時代の友人から聴取した内容のメモです」

「早かったな」と溝呂木がひったくる。

大友の声質に何やら胸騒ぎを覚えたが、果たして通話用紙には驚くべき事実が記されていた。

大学時代の友人大室良子《おおむろよしこ》は冒頭、嶺舞子を評して《性格は明るく純情で、一途に思い詰めるタイプでした》と供述している。

――一途に思い詰める……だとう？

溝呂木は先を貪り読んだ。

概要はこうだ。

嶺舞子は両親揃って教師の固い家に育ち、大学四年時まで恋愛経験がなかった。ところが教育実習で母校を訪れた際、当時舞子のクラスを担任した教師と再会し、それが舞子の言葉を借りれば「運命的な再会」となって二人は急接近し、やがて恋仲となった。元担任は妻子持ちで、不倫の関係は半年ほど続いたが、舞子が妊娠するや元担任は一方的に関係を清算、やむなく舞子は堕胎《だたい》した――。

大室良子は続けてこう供述している。

《彼と付き合っていたころの彼女は活き活き輝いていました。不倫の暗さなど微塵もなくて、ひたすら彼を信頼し、尊敬し、尽くしていました。それがあんなことになって、彼女はすっかり打ちひしがれてしまい、掛けるべき言葉も見つかりませんでした》

溝呂木は唸って用紙を捲った。

《それから三年後、一度だけ彼女と会いました。彼女が電話を寄越したんです。会って驚きました。物凄く派手になっていたんです、化粧も服も。教職に就いたことは知っていたので本当に驚きました。話をするうち彼のことになって、すると彼女、笑い飛ばしたんです。『もう忘れたわ、そんな昔のこと』って。そして、『男なんかより楽しいこと世の中にいっぱいあるじゃない』と言ってウインクしたんです。まるで別人でした。大学時代は私の方が姐《あね》御《ご》風《かぜ》を吹かせていたのに、もうまったく太刀打ちできない感じで、それから何度か電話を貰ったんですが、なんだか恐ろしい気がして、あれこれ都合を言って会うのを避けるようになったんです》

読み終えた溝呂木は用紙を大友に突き返した。

舞子は三年の間に変貌を遂げた。かつての友人に《なんだか恐ろしい気がして》と言わせるほどに変化した。苦々しい恋を乗り越えた女の逞《たくま》しい羽化とみるべきか、単なる開き直りか、あるいは舞子の言葉通り、《男より楽しい》何かを見つけたのか。

「係長――」大友が受話器を差し出した。「そろそろお願いします」

「ああ」

舞子という人間の道筋に幾つかの推論を膨らませつつ、溝呂木は受話器を握り、捜査指揮官としての単純だが欠かせない号令を発した。

「始めてくれ」

溝呂木の号令が伝わり、二階の刑事課で待機していた寺尾、徳丸、曲輪の三取調官がそれぞれの調べ室に同時に入った。調書担当の婦警や若い刑事がそれに続く。

午後二時、取り調べが再開された。

真ん中のスピーカーからさっそく竜見の笑い声が響いた。右からは東北訛《なま》りの残る曲輪の声がぼそぼそ聞こえてきた。その部屋にいるはずの橘は無言だ。署内の誰一人としてまだ橘の肉声を聞いていなかった。

少し遅れて左のスピーカーが鳴り始めた。

「さて、続きを聞かせてもらおうか」寺尾の冷やかな声。「無期停学をくらって、相馬が自殺して、それからどうした」

「一週間ほどして——」

喋り始めた喜多が咳込んだ。

溝呂木はまた喜多供述に耳を澄ませた。

舞子の奇異な変貌の理由が、事件に重大な関わりを持ってくるであろう予感があった。

3

校長に対する「ＭＭ」の脅しが効いたのか、停学はわずか一週間で解かれた。

誰も喜ばなかった。三人にとっては、相馬の死に打ちのめされた一週間だった。竜見は、最後の会話で相馬の心情を読み取れなかったことをしきりに悔やんでいたし、喜多は喜多で、相馬の妹の一件で喧嘩したまま死なれたことをひどく気に病んでいた。橘は憮然病でもないのにぼんやりすることが多く、時折口を開いては「アメリカで何百人死んだって、死に方が面白けりゃ笑えるのにな……」などと言った。

そんな橘の台詞がまた喜多の心をえぐる。つき合いの浅い深いに関係なく、身近な人間が選択した自殺という行為は、周囲の誰に対しても等分に負い目を強いてくる。

だが、気持ちの整理がつかずモヤモヤが晴れないのには、もう一つ理由があった。

――相馬がグラマーを殺したんじゃないのか。

漠然とした疑念ではあるが、どうにも払拭できない。

相馬は自殺する直前、竜見と話をした。三人が死体を見たあの晩は「午後十一時には学校を抜け出した」と言い残している。だが、喜多は英語準備室の窓から逃げ出した黒い影と相馬がダブってならない。いや、それが相馬でないとしたらいったい誰がそこにいたというのだ。真夜中の職員室はそれほど賑やかな場所なのか。竜見と橋も少なからず同じ思いを抱いているらしく、一週間ぶりのルパンの集合も話が事件に触れるたび、気まずい空気が漂った。

「こうなったらさア、とにかくグラマーを殺した犯人を突き止めるしかないじゃん」

たまらずといったふうに竜見が言い出した。相馬の疑いを晴らしたい一心だ。

「俺は相馬を信じるよ。逃げてったのは別の奴だよオ。グラマーのことだって、俺は知らない、ってはっきり言ったんだ。死ぬ前に言ったんだもん、そんな時に言ったことが嘘のわけないじゃん。ねっ、そうでしょ、ねえってば」

そう言われれば、喜多と橋は黙って頷くほかない。しかし、そうして本音を押し隠している時間が長くなればなるほど、相馬への疑念は深まっていくようでもある。

喜多が重い口を開いた。

「だけど、相馬はなぜ自殺したんだ?」

「退学になったからじゃん」

「学校クビになったぐらいで死ぬかよジョージ?」

「俺だったら死なないよ。だけど相馬は就職も決まってたしィ、妹の面倒もみなくちゃなんないから、麻雀から足洗って真面目にやるつもりだったんだよオ。なのに退学で就職もパーでしょ……。思い詰めちゃったんだよ、きっと」

「だけど、退学のことは別に気にしてなかったみたいだって、お前言ったろ」

「だからア」竜見がソファに沈んで顔を背けた。

「それは俺が相馬の気持ちを読めなくて……。俺が悪かったんだ」

「よせよジョージ、お前を責めてるんじゃねえんだ。ただな、俺は……相馬がグラマーの事件のことで何か悩んでいた可能性もあるんじゃないかって言ってんだ。出席簿を改ざんしてるところにグラマーが来ちまったとか……。ないとはいえねえだろ」

言いにくいことを吐き出し、喜多は体に毒が回った気がした。

喜多一人を悪者にさせまいとしてか、橋が話に加わる。

「なあジョージ……キタローも俺もお前と同じだよ。相馬の最後の言葉は信じたい。だけど確証がないから辛いってことさ」

「だったらさア」竜見がむっくり体を起こした。

「本気で犯人を突き止めようよオ。そうすりゃ相馬が無実だってちゃんとわかるもん」

「相馬が犯人だった、ってわかるのかもしれねえんだぞ」と喜多が言った。

「絶対違うってば！」

「よせよ」と橋が割って入った。「ジョージの言う通りやってみよう。どっちに転ぶかわからないけど、なっ、キタロー」

「ああ」

前にも犯人捜しを決めたことがあったが、今度は遊びじゃない、の思いが三人の胸にあった。根っこに相馬への負い目がある。

「まずはどうする？」と喜多。

「グラマーに戻ろう」と橘。「俺たちはグラマーのこと知らなすぎるだろ」

　喜多と竜見は深く頷いた。

　確かに三人は舞子の生活を何一つ知らない。学校の外の舞子がどんな人間とつき合い、どう生活していたのか。体育の坂東は舞子に男がいるとみていた。それは誰なのか。まずはその辺りを掴む必要がある。さらに言えば、なぜ死んだ舞子がテストの答えを持っていたのか、渡したのは本当に校長なのか、そこまで辿り着ければ事件の輪郭が見えてきそうだ。

　橘はビル掃除のバイトの時間が迫っていたので、とりあえず喜多と竜見の二人で舞子のアパートに行ってみることになった。

　よし、と席を立った時だった。ガラン、と音がして音楽の鮎美が店に入ってきた。

「またかよオ」腰砕けになった竜見が舌打ちする。

　喜多は煙草をポケットにねじ込もうとして、だが、その手を止めた。鮎美の様子がおかしい。足元がフラつき、憔悴《しょうすい》しきっている感じだ。

「やっぱり、みんないたのね」

　三人は黙って鮎美を見つめる。日頃のとげとげしさは微塵もない。目はぼんやりと虚ろだ。

「相馬君、かわいそうなことしたわね……」

「何か？」喜多が警戒を緩めずに聞く。

「何かなくっちゃ教師は喫茶店にも来られないの？」

　鮎美とも思えぬ言いようだ。

　竜見が喜多の横腹をつついた。グラマーのことを聞き出すチャンスじゃない？　と言っている。喜多の頭にも、ディスコでの光景が浮かんでいた。鮎美なら舞子のプライベートな部分を色々と知っていそうだ。

「座りませんか」と喜多は腰をずらした。

白い靴の件もある。あの晩、職員室で舞子と一緒だった白い靴の主は鮎美かもしれない。事件の後、喜多は女教師の靴を気にして見ていたが、鮎美についていえば一度として白い靴を履いてきていない。それが却って気になった。事件の日に履いていたかどうかは別として、前には白を履いて教室に来たことがあったように思う。

鮎美は促されるままソファの隅に腰を下ろした。

自然、喜多が聴取役になる。

「先生、俺たち、わからないことだらけなんですよ。少し聞かせてもらえませんか」

鮎美は頷くでも首を横に振るでもなく、曖昧に視線を動かした。

いいから早く、と竜見が喜多を小突く。

「死んだ舞子先生のことなんだけど……」喜多は探る目で言った。「つき合っていた男の人とかいたんですか」

「私、知らない……」

鮎美の表情が強張り、薄く開いた唇が微かに震えた。改めて間近で見ると、肌は荒れ瞼も腫れぼったい。泣きはらしたような顔なのだ。

「試験の前の晩、舞子先生は遅くまで学校に残ってたんですか」

「……そうらしいけど……。本当に私、何も知らないの」

「先生は何時ごろ帰ったんですか」

「私？……覚えてない。早かったと思うけど」

「先生――」喜多は身を乗り出した。「あの日、白い靴履いてませんでした？」

小さな沈黙があった。

「白い……靴？」

鮎美が自分の靴に目を落とす。今日は茶色だ。

「ええ、白い靴です。踵の低い」

鮎美は怯えた目を喜多に向けた。

「なぜ、そんなこと聞くの?」

「じゃあ、俺行くぜ」

鮎美の話を遮るように言って、橘が立ち上がった。ビル掃除のバイトは内幸町だから、ここからは地下鉄で二十分ほどかかる。

「どこ行くの?」

鮎美がすがるような目をして問い掛けた。

「バイトすよ」

「そう」

平日のアルバイトは校則で禁止されている。いつもの鮎美なら例の甲高い声を張り上げたはずだが、その素振りすらなく、「橘君、次の授業は?」と的外れなことを言った。とっくに学校は放課していた。実際、今日の鮎美はその言動すべてがおかしかった。

そのまま鮎美が黙り込んでしまったので、仕方なく喜多と竜見も鮎美を残してルパンを出た。


「どうしちまったんだろヒステリーの奴」

店を振り返りながら竜見が盛んに首を傾げる。

「グラマーが死んだからだろ」

「大ショックだった、ってこと?」

「たぶんな」

「あんなにグシャグシャになる?」

「わかんねえ」喜多が唾を吐いた。「言ってることは全部あやふやだよな。靴のことだって誤魔化したし、事件に関係あるかもしれないぜ案外」

「だよね」

二人は話しながらルパンの裏手に向かった。マッハ五〇〇とRD三五〇が仲良く並んで停まっている。

「俺んで行く?」と竜見。

「ああ」と喜多は答え、だがその前に、と角の電話ボックスを指さした。

「電話帳で住所調べておこうぜ」

「アッタマいい、キタロー」

竜見まで入ると、ボックスは身動きできなかった。

「えーと、確か池袋だったよな」喜多が分厚い電話帳を捲る。「ミネ、ミネ……結構たくさんあるぜ……。あれえ、舞子って名前は出てねえなア」

「女の名前だと、いたずら電話がくるからじゃないの」

竜見が気の利いたことを言う。

「そっか……。名前載せてないんじゃ調べようがねえな」

「あ、でもさア、俺の従姉妹《いとこ》は、親の名前で契約したって言ってたよ」

「だから何だよ？」

「有名じゃん！　マイジにマイキ！」

「はあ？」

「舞子のファミリーだよ。親父がマイジで兄貴がマイキ。英語の授業でやったじゃんかア、マイファーザーのネームがどうとかこうとか」

ああ、と喜多も思い出した。その授業に記憶はないが、一年の頃だったか、竜見と橋がその話で散々盛り上がっていた。

喜多は電話帳に目を戻した。

「マイジにマイキだよな。えーと、マイ……マイ……。あっ！　これかよ？　嶺舞司っていうのがあるぜ」

「それそれ！　漢字は知らないけど、絶対それ！」

「番号はどうだ？」

「ヘッ？」

「お前、ルパンやってた時、夜中にグラマーに掛けたんだろ？　この番号だったか」

覗き込んだ竜見が首をひねる。

「二回しか掛けてないもん、忘れちゃったよオ、何だか違うみたいだけど……。あ〜橋に聞いとけばよかったなア」

一応その住所を控え、マッハ五〇〇に二人乗りして池袋へ向かった。西口側と見当をつけ、交番で尋ねると、果たして嶺舞子のアパートは電話帳にあった「嶺舞司」の住所で間違いないとのことだった。

「ドンピシャじゃん」

喜多が竜見の口調を真似て言った。

「ラッキー、ラッキー」とはしゃぎつつ竜見が重たいマッハ五〇〇を軽々と取り回し、喜多が後ろに乗った途端、裏道目掛けて急発進させた。

派手好きだった舞子の印象から、二人はマンションのような住まいを想像していたが、アパートの外観はかなりくたびれていて、先日訪ねた相馬のところの方がまだマシ、といった感じだった。

外階段を上ってすぐの部屋に「嶺」の手書き表札があったが、ノブを握った竜見が「やっぱ鍵掛かってるよ」と下唇を突き出した。

「管理人に頼んでみるか」

「開けてくんないよう、きっと」

そのドアは海の家のシャワー室を連想させるほど粗末だ。橘なら厚紙でも使って立ちどころに開けてしまったろうが、二人にその技はない。

「隣に聞いてみっか」

喜多が無遠慮に隣の部屋をノックした。ややあって勢いよくドアが外側に開き、そのドアの陰から通路の手すりに乗り出すようにして女が顔を出した。すぼめた口に人さし指を当てている。

「シーッ！　息子がね、来年中学受験なの」

「えっ？」と喜多。

「私立なのよオ」

「はあ？」

「私立のジュ・ケ・ン」

歳は三十を超えた辺りだろうか、女はこれぞ世界の重大事といった顔で声を潜めた。

「音を立てると気が散るでしょ」

「あっ……わかりました、すみません」

つられて喜多も囁き、ペコリと頭を下げた。別段騒いだつもりもないが、女の勢いに呑まれてしまった格好だ。

「で、なんの用?」

女は後ろ手でそっとドアを閉めると、二人を見比べるようにして言った。

「あの、隣の嶺先生のことで……。俺たち学校で先生に英語を教わってたんです」

「教え子ってこと?」

「はい。でも先生が自殺しちゃって……」

「そうそ、大騒ぎだったのよオ」

「学校も大騒ぎでした。それで、その……自殺の理由を知りたくて」

もっぱら喜多が話している。竜見はなぜかモジモジしていて口を挟んでこない。

「理由ねえ……。だけど、なんであんたたちがそんなこと?」

「うんと明るい先生だったんです。だから自殺だなんて信じられなくて」

「ホントは自殺じゃないの?」

女の目に好奇の色が浮かんだ。

「いや、それはわからないけど、とにかく自殺なら何か原因があるわけでしょ」

「へえー、偉いのねえ、先生の死んだ謎を追ってるわけだ」

女が悪戯っぽく笑い、改めて二人をしげしげと見た。ひょっとして三十前かもしれない、と喜多は思った。化粧気もないが顔立ちは決して悪くない。

「それで、何を聞きたいの?」

「男とか出入りしてませんでしたか」

「やっだア、随分とマセたこと言うのね」

女は今度は声を立てて笑った。中に受験生がいるはずではなかったか。

「いえ、俺たちが尊敬している体育の先生がフラれたって言うもんですから」

大真面目に言うと、誘い込まれるように女も真顔に戻った。

「そうねえ、男の人……。いいえ一回も見たことなかったわね」

「一回も？」

「そう一回もなし。いえね、あたしもおかしいなって思ってたのよオ、あんなに若くて奇麗だったでしょ。でもさ、こんな汚いアパートに男連れ込む人いる？　外で会ったりしてたんじゃないのかしら」

喜多は頷き、質問を変えた。

「いつも先生の帰りは？」

「時間のこと？　そうねえ、大抵は八時ごろだったかしらね。あたしも勤めに出てて七時ごろ帰るんだけど、いつもそれから少ししてだから」

「あの晩——先生が死んだ夜のことですけど、何時ごろ帰りました？」

「ああ、いなくなる前の晩ね。それは良く覚えているんだ。九時半ごろだったわね」

「九時半……。確かですか」

「ほら、こんなオンボロで壁が薄いでしょ、なんでも筒抜けなの。先生はあの晩帰ってきて何かひっくり返したみたいで、ガラガラ大きな音を立てたから、あたし窓から静かにして下さいっていったのよ。ほら、息子が受験でしょ、私立の。もう追い込みだし、アタシも気が立ってて」

喜多は焦れて話を巻き戻した。

「九時半ごろ、ガラガラですか？」

「よくやるんだあの人。でも、いつもは、すみませ～んとか調子よく謝るんだけど、あの晩は何も返事がなかったわね」

そう言って女はふっと眉を寄せた。

「そのあと先生また外出したでしょ？　何時ごろ出て行きました？」

「それそれ、それがわからないのよ。警察にも聞かれたんだけどね。あたしはテレビもかけずに、ほら、息子が受験だから、私立の——でね、ずっと編み物してたんだけど、出て行ったのは気がつかなかったのよ」

「気がつかなかった?」

「そうなの。でもあたし十一時を過ぎてうたた寝しちゃったからなあ」

女は、もったいなかった、というような顔をした。

二人は丁重に礼をいってアパートを引き揚げた。

「男はいない、と」

ずっと黙っていた竜見が、そのダンマリが嘘のように軽い調子で言った。

「そう決まったわけじゃねえよ」

咎めるように言って、喜多はマッハ五〇〇に寄り掛かった。

「それよりキタロー、九時半に帰ってきたって話、大きい音たてといて謝らなかったってのが気になるよね」

「ああ、ひょっとすると——」喜多は宙を見つめて言った。「帰ったのはグラマーじゃなかったのかもしれないな。誰か別の……」

「べ、別の誰さア?」

竜見が怪談を聞くような顔になった。

「そんなことわかんねえよ」

「でもさ、やっぱりグラマーだったんじゃないのオ。だって、ほら、俺と橘で午前一時に電話した時、グラマーいたんだから。ねっ、九時半にアパートに帰ってたって別に不思議でもなんでもないじゃん」

「ああ、そりゃそうだ」

「けど、その後のことはチンプンカンプンだよね。グラマーがいつ出てったとか……」

「仕方ねえよ。あのおばさんもうたた寝してたっていうし」

「おばさん？」

竜見が突然素っ頓狂な声を上げた。

「隣のおばさんだよ、さっきの——」

「おばさんはひどいやア、若くてマブかったじゃん」

喜多はぽかんと口を開いて竜見の顔を見た。「マブイ」は可愛いとか、美人とかを指すが、三十女に当てはめたのはおそらく竜見が全国で初めてだろう。確かに竜見は女子大生やらOLやら年上の女が好きだが、いよいよその趣味がエスカレートしてきたらしい。

「女手ひとつで受験生抱えて大変だよなア、あの人」

竜見は勝手な想像で女の夫を殺してしまっていた。大通りまで単車を押して歩こうと言ったのも竜見だ。爆音は受験生に迷惑だ、と言うのである。

喜多はもう竜見には構わず、ネオン街へ向かう細い裏道を一人推理に耽《ふけ》った。

——グラマーはいったい何してたんだ？

午後八時四十分までは、舞子は確かに職員室にいた。喜多は自分の目で見たのだ。あの下半身は紛れもなく舞子のものだった。約一時間後の九時半、舞子はアパートに帰った。時間的には無理がない。学校から舞子のアパートまでは、地下鉄と山手線を乗り継ぎ、歩く時間や待ち時間を足しても三十分とかからないだろう。そして、午前一時に竜見からの電話を部屋で受けた。問題はそのあとだ。舞子はまた学校へ出掛けた——どう考えても不可解な行動だ。

喜多は白い靴のことを思い浮かべた。その白い靴の女と一緒にいた舞子は一旦アパートに帰り、また学校に舞い戻り、殺され、金庫に入れられた。そのすべてが、喜多が学校の中にいた時間に起こったことなのだ。しかも、犯人は夜明けまでに死体を植え込みの中に運び、ニセの遺書まで用意して警察の目を眩ませた。

そんな神業のような犯行が果たして可能だろうか。

その時だった。

混沌とした頭の中を閃光が走った。

あっ、と喜多は小さく叫んでいた。

閃光は瞬時に消えた。だが、すべてを見た。そんな気がした。

事件の謎を解く鍵だった。すべての謎を解き明かす方程式のようにも思えた。確かに見た。だが、それが何であるのかがわからない。

「あ……」

再び喜多は硬直した。

既視感に襲われたのだ。

前にも同じ閃光を見ていた——。

膝が震えた。

——いつだ？　いつ見たんだ？

答えはすぐにもたらされた。

あの夜だ。校長室で舞子の死体と出くわした時に見たのだ。

同じ閃光だった。あの時は、それを見た自覚すらなく消え去った。だが確かに見た。さっきと同じ閃光を——。

「キタロー？　どうしちゃったん？」

竜見の声に、喜多は我に返った。

全身が強張っていた。胸が重苦しく、微かな嘔吐感が突き上げてくる。

「なんでもねえよ」

喜多はやっとのことで言った。

胸に残ったのは嫌悪感だった。悪魔の囁きを耳にしたような、見てはならない何かを見てしまったような。

閃光はすべての謎に答えていた。

誰かが今、閃光の源をほんの少し刺激してくれたなら、喜多は嫌悪感を打ち負かして事件の全容をスラスラと口にできそうな気がした。

しかし、三十女に浮かれる竜見のお喋りの中に、それを求める術はなかった。

4

舞子の男関係は、いくら調べても浮かんでこなかった。アパートの住人はあらかた当たったし、舞子の写真を持って近くの喫茶店や商店街を回ってみたりもした。体育の坂東にも再度アタックした。舞子にフラれた他の若い教師にもそれとなく聞いてみた。しかし、舞子の「恋人」はようとして知れず、弔い合戦は戦う相手が見つからないまま自然消滅しかかっていた。

ところが――。

二学期の終業が明日と迫った午後、竜見がとんでもない情報を引っ提げてルパンに転がり込んできた。

「キタロー、橘ア、これ見てよ！」

「うるせえな」と昼寝中の喜多。

「うるさくもするよオ、とにかくこれ見てってばア！」

竜見が勢い込んで差し出したのは、なんのことはない、喜多のアルバイト先で製本しているエロ本だった。少し前までは硬派な雑誌を組んでいたのだが、出版不況がどうとかで、ここひと月ほどはエロ本の仕事ばかり入っていた。最初はそれなりにウキウキして目を通していたのだが、毎日のことだからやがて飽き、ついにはげんなりして、最近ではページも捲らずに「頂戴よオ」と騒ぐ竜見にやっていた。

『レディークラブ』――。

確か先週組んだ雑誌だった。もっぱらレズビアンを扱ったアングラ本で表紙のイラストも毒々しい。

「お前――」橘が露骨に嫌な顔をした。「こんな本まで読んでんのか」

「キタローが無理やりよこしたんだよオ」

「なんだとテメエ！」

「あ〜ん、それどころじゃないんだってばア、ここ見てよ、ここ」

竜見がパラパラと雑誌を捲った。卑猥《ひわい》な写真がアニメのように上下左右に動く。中ほどのページで止め、灰皿で重しをする。

その見開きのページには、裸の女同士が絡み合う写真が五、六枚レイアウトされていた。他のページに比べて写真の出来栄えが悪いが、「読者投稿特集」と見て喜多が頷く。自動シャッターで写すのだろう、ピントが甘くアングルも出鱈目《でたらめ》だ。しかも女たちの顔は素性が知れないように後ろ向きだったり黒い線で目隠しされたりと加工されていて、それがいかにもブラックで陰湿な印象を与える。

「これがどうした？」と喜多。

「も〜う、どうしたじゃないでしょ、これだよ、こーれ！」

竜見は写真の一枚に添えられた文章を指さした。

喜多と橘が口の中で読み始める。

「あなたを愛してはいけなかったの……最初からわかっていたのです……でも忘れられない……」

そこまで読んで、二人同時に「ああっ！」と声を上げた。

喜多は後に続く言葉が見つからない。橘も目を見開いている。

舞子が残した「遺書」とまったく同じ文面だったのだ。最後だけ違う。いや、違うのではなく、こっちの一文の方が何行か多いのだ。

あなたを愛してはいけなかったの
最初からわかっていたのです
でも忘れられない

あなたの声、ぬくもり
いっそ、あなたを殺して私も死にたい
だけど、それはかなわぬこと
私は、自分を殺します
所詮、男にはかなわないのですね
あなたを神に返します
男をつくった憎き神に

☆二人の最後の記念写真です　（公務員　29歳）

「所詮男には――」以下は遺書にはなかった。「――私は自分を殺します」までで切れていたから、男に宛てた失恋の遺書に化けてしまったのだ。元の文面の真意はまるで違う。レズビアンの相手を男に奪われた恨みだか感傷だかを綴ったものだったのだ。

――なんてえこった！

喜多は驚くばかりだった。舞子がレズビアン。およそ信じ難いことだ。呼吸や鼓動や筋肉の微かな動きまで見て取れそうな薄地のピッタリした服をまとい、妖しい女の魅力をこれでもかとばかり辺り一面に撒き散らしていた。そんな彼女の存在は、まさしく男の欲望の対象だったし、彼女自身、それを望んでいるのだと誰もが思っていた。

だが、見当違いだったということか。本当の舞子は――。

「あっ、だからかア」と竜見が思い当たったように言った。「ほら、あれさ、ディスコのパーンさア」

「そっか……」

喜多はゆっくり頷いた。

あの晩、舞子は米兵から救ってくれた竜見とチークダンスを踊り、好き放題、体を触らせていた。ところが竜見がキスをしようとした途端、突如激昂したのだ。本気で男に迫られたと感じて拒絶反応を起こした。その瞬間、酔いも感謝も消し飛んで反射的に張り手を飛ばした。そういうことだったのかもしれない。

体育の坂東が呆気なくフラれたのも説明がつく。舞子は「私は駄目なの」とプロポーズを断ったという。坂東は他に男がいると受け取ったが、実際には「私は男は駄目なの」だった。坂東に限らず、言い寄った「男」たちはことごとく袖《そで》にされた。舞子がレズビアンなのだとすればすべて合点が行く。

いや、と喜多は思考を振り払った。

さらに重大な事実がわかった。例の遺書だ。舞子を殺した犯人は、舞子が書いた雑誌投稿の文面を流用してニセの遺書を作ったのだ。筆跡は舞子のものだと警察が断定している。犯人は現物か下書きのようなものを手に入れたと考えていい。

——誰ならできた？

もし現物だったとするなら、雑誌『レディークラブ』の関係者を疑う必要がある。だが、あの手の写真を雑誌に投稿する時、自分の身元を明らかにしたりするだろうか。舞子の名前も住所もわからないのでは今回の事件に絡みようがない。

ならば下書きか。

——どこで手に入れた？

学校ではないだろう。普通で考えればアパートだ。犯人は舞子のアパートに忍び込み、下書きだか書き損じだかを盗み出した——。

不意に、別の情報が思考に吸い寄せられた。音だ。隣の奥さんが、あの事件の夜に耳にしたという物音——。

そういうことだ。午後九時半にアパートの部屋にいたのは舞子ではなく、犯人だったのだ。部屋に忍び込み、「遺書」になりそうなものがないか家捜しをしていた。誤って物を倒し、大きな音を立てた。隣の奥さんが咎めたが、返事をしなかった。いや、できなかったのだ——犯人だったから。

喜多は確信し、推理の線を伸ばした。

犯人はゴミ箱の中に書き損じを見つけた。丸めて捨てたのだから紙はクシャクシャだ。紙の皺を伸ばそうと懸命になる。だが完全には消えてくれない。犯人は一計を案じた。元々の皺を誤魔化すために紙をおみくじのように畳み、捩り、そして舞子の靴に突っ込んだ。遺書の奇妙な状態はそうして作られた。犯人の苦肉の策だったのだ。

喜多は、犯人の息づかいを初めて聞いた気がした。しかし、それは誰なのか。肝心要のそこがわからない。

「どうしたのよオ、二人ともぼんやりしちゃってえ」竜見が喜多と橋の肩を引き寄せる。「問題はこの写真でしょ」

ああ、と夢から覚めたように二人が雑誌に目を落とした。そう、遺書の文面だけではない。そこには証拠写真というべきものが載っているのだ。舞子と誰かの絡みの写真。その「誰か」がわかれば、弔い合戦は大きく前進する。

三人は頭を寄せた。

ベッドの上に全裸の女が二人、膝をついたポーズで絡み合っている。片方の女は体を後ろにのけ反らせて顎の先を見せている。もう一人はカメラに背を向け、相手の女の乳房に舌を這わせているようだ。つまりは二人とも顔が写っていない。

「……これじゃア、どっちがグラマーかもわかんないねえ」と竜見。

「背中がグラマーじゃねえか」と喜多。

「へッ? キタロー、見たことあんのオ?」

「バーカ、ねえよ。ねえけどなんとなくそうだろ、髪形とかさ」

写真はモノクロで画質も印刷も悪い。だが、背中から腰にかけての肉感的な線やセミロングの髪形からして、背を向けている女が舞子といえば舞子に見えた。

問題は相手の女である。

手掛かりは極めて少なかった。顔は完全に天井を見ていて、突き出した顎だけでは顔の輪郭すらつかめない。髪は暗い背景に呑み込まれて長さや形は不明だし、体はほとんど手前の舞子に覆われてしまっているので肉づきもわかりづらい。肩と胸の辺りの感じから、痩身ではないか、と想像するぐらいだ。

「若そうだけどな……」と喜多が曖昧な印象を口にした。

「音楽の鮎美かなア」

刈ったばかりのGIカットをボリボリ掻きながら竜見が自信なさそうに言う。喜多も鮎美の体の線を写真の女に重ね合わせていたところだった。

確かに鮎美は痩身でスタイルがいい。ディスコでは舞子と一緒にいたし、先日このルパンで見せた憔悴しきった姿も気にはなる。

疑えば疑える。しかし、目の前の写真からは「そうだ」といえる材料は見出せない。

「これじゃあ何とも言えないな」

橘がポツリ言い、喜多が残念そうに頷く。

それなら、と竜見が身を乗り出した。

「アパートの人に確かめてみようよオ」

「何を？」と喜多。

「だからさア、グラマーのアパートに行って隣のお姉さんに聞くのさ」

「お姉さん？」喜多が鼻で笑い「おばさんだろうが」と吐き出した。

「そんなことどうでもいいじゃん！」

「ああ、いい、いい――で、お姉さんにいまさら何聞くんだよ。こないだ散々聞いたろうが」

「それさア」竜見はまたコロッと嬉しそうな顔になった。「あのお姉さんさ、男は来なかったって言ってたんだよ、男はね。けど俺たち、女の事は聞きもしなかったじゃん」

すっかりダレて聞いていた喜多と橘が、顔を見合わせた。竜見は目をパチクリさせて褒め言葉を待っている。

「冴えてるじゃねえかジョージ」

期待通りの反応を貰って竜見は上機嫌になり、

「頭刈ったからかなア」と笑って気前よくコーヒーのお代わりを注文した。

「だけどよ、あのおばさん……じゃねくってお姉さん、七時過ぎないと帰らないって言ってたよな」

「だっからコーヒー注文したんじゃん。そこんとこわかってよオ」

そのコーヒーがテーブルに届いたころ、ケイが店に入ってきた。エンブレム付きのブレザーでめかし込み、細身の腰には流行りのタータンチェックのスカートを巻いている。

喜多が「おう」と手を上げ、竜見がヒューヒューと騒ぎながら手招きする。橘も小さく笑って喜多の隣を空けた。

「また何か悪い相談？」

ケイは愛嬌たっぷりに言った。泣きぼくろが目立たないほど楽しそうに笑っていて、三人を順に見回すと、喜多の横にちょこんと腰掛けた。

「もう、アイビーばっちし決めちゃってえ。デート？　ねえデート？」

さっそく竜見が冷やかしに掛かる。

「ここに来るのがデートだもん」ケイは嬉しそうに言い、だが、お冷やを持ってカウンターを出たマスターに「ごめんなさい」と顔の前で手を振った。

「どっか行くんか」と喜多。

「うん。お母さんと買い物の約束。夜には戻ってるから……」

「ああ、電話すらア」

「うん、待ってる」とウインクしてケイが腰を上げた。

「もう行くのか」と橘。

「うん。ちょっと顔見たかっただけだから」

「ドッヒャー！」と竜見が騒ぐ。「イヤ〜ンもう、甘くってトロけちゃ〜う」

喜多が蹴り足を飛ばす。その小競り合いに笑いながらケイは店を出ていった。が、三十秒もしないうち、裏通りに回って店の外から指定席の窓をコンコンと叩いた。左手を耳に当て、右の人差し指を小さく回転させている。必ず電話してね——。

喜多が苦笑いして頷き、と、調子に乗った竜見がよせばいいのに例の『レディークラブ』のグラビアを開いて「ジャーン！」と窓に押しつけた。

喜多に今度こそ本気で蹴られて竜見がソファに転がった。

「痛えよオ！」

「マジで殺すぞジョージ」

「ア〜ン、今夜の刺激になるだろうってえ」

「死ね、譲二郎」

「あー！　やめてよ、それ！」

絡みの写真を見たのか見なかったのか、もう窓の向こうにケイの姿はなかった。

5

午後七時を回って、三人は単車で池袋のアパートへ向かった。道は混んでいたが、竜見が車と車の間をガンガン飛ばしたので、驚くほど早く到着した。

その竜見がいそいそと先頭で階段を上り、ニッと二人に歯を見せながら、後ろ手で舞子の隣室のドアをノックした。

すぐに女が顔を出した。

「はい——あれっ、竜見君またア、ホントに熱心ね

「え」

喜多が竜見の横顔を睨みつけた。前に訪ねた時は二人とも名乗らなかった。

竜見は女にそれ以上言わすまい、と慌てて人差し指を唇に立てた。

「シッー、受験生がいるんでしょ、私立のオ」

「大丈夫よ、いまご飯食べてるとこだから」

喜多と橘が含み笑いをする。

「あ〜ん、そんなことはどうでもいいんだけどさア」

竜見の馴れ馴れしさから察するに、あの後ここを訪ねたのは一度や二度ではなさそうだ。

「聞き忘れてたことがあって来たの。あのさア、先生のとこに女の人が来たりしてなかった？」

「ああ、女の人だったらよく来てたわよ」

女はあっさり言った。喜多と橘の笑みがスッと引く。竜見は欲しい答えをズバリ貰って早口になった。

「ホント？　来てたの？」

「ええ、ちょくちょくいろんな女の人がね」

「来て、何してた？」

「何って、そうねえ……」女はぼんやりした瞳に瞬きを重ね、少々自信なさそうに言った。「音楽聴いてたのかなア、クラシックみたいの。そんなに大きな音じゃなかったから、あたしもそれで文句を言ったことはなかったけど」

喜多と橘が確信の目配せを交わした。舞子は秘め事の声をクラシックで消していた——。

「で、どんな女が来てたの？」

「どんな女っていわれてもねえ、たくさん来てたから……」

「だからア、中でもよく来てた女」

「そうだ、色白の奇麗な人がたまに来てたな。男の人が着るみたいなベージュのコート着た……。えーと、あれ」

「トレンチコート？」

「それそれ、トレンチコート」

音楽の鮎美だ。やはり舞子の相手は彼女か。

「ああ、だけどそれよりね——」思い出したというふうに女が続けた。「若い娘さんがしょっちゅう来てたわよ。くりっとした目をした可愛い娘。生徒さんかしらね」

「生徒オ？」

「そんなふうに見えたけど。ここんとこにホクロがあってね」

女の指は右目の下をさしていた。

ビクンとした竜見が、ややあって恐る恐る首を後ろに回した。橘も困惑した顔で喜多を見た。

——まさか……。

喜多は我を失った。止める二人を振り切って階段を駆け下り、RD三五〇のテールを一回転させて爆音とともに闇を切り裂いた。


大塚のケイの家までは数分の距離だ。

苛立ちをクラッチペダルにぶつけながら、三階建ての豪邸の前に乗りつけると、喜多は煮えくり返る腹の内を吐き出すように激しくエンジンを空吹かしした。

バウォン、バウォーン。

回転計の針がレッドゾーンを行き来する。

二階の窓がガラッと開いた。ケイが嬉しそうに手を振る。すぐ行く、と身振りで伝え、顔を引っ込めて一分もしないうちに玄関から飛び出してきた。

Tシャツの上に革ジャンを引っかけ、体にぴったりのGパンを穿《は》いている。喜多に合わせているのだ。

「メチャハッピー！」

ケイは単車に飛び乗ってきて、後ろから喜多に抱きついた。電話がくるはずが本物が来た。それがケイの気分をハイにさせていて、喜多の素っ気ない態度も迎えにきた照れだと、いいように解釈しているふうだ。

ステップを路面に擦らせるようにしてコーナーを抜けながら、喜多の心は乱れていた。背中にはケイの温もりがある。だが、それはあの濡れ場を演じていた女の胸の膨らみだ。体中の神経を尖ったものが引っ掻き回す。無邪気な笑い声を爆音の中に聞きながら、喜多は自分がどうしたいのかわからなかった。

代々木公園の前でバイクを止めた。

ケイは喜多に腕を絡ませスキップでもするように歩く。冷え込みが厳しいにもかかわらず、辺りは若いカップルで溢れていた。淫らな行為をサバサバと演じていて、何もせずに歩いている方が逆に軽い羞恥を感じるほどだ。

昨日までは喜多とケイもこの公園にいるカップルの一組だった。

だが、今は――。

ケイが人けのない一角を見つけ、ねだるように喜多を引っ張った。もつれ合うように芝生に転がり、だが、喜多はすぐに体を起こした。膝を抱え、険しい表情で遠くの水銀灯を睨みつける。

絡んでいたケイの腕が弛《ゆる》んだ。

「……どうしたの？」

「……」

「ねえってば」

ケイは小さな不安を覗かせながら、だが、まだ甘えを残した眼差しで喜多の顔を下から窺う。

「キタロー……」

「……」

「何かあったの」

喜多は迷っていた。怒りに任せてここまで来たが、なんとしても言葉が出ない。

「話して、キタロー……」

ケイは真顔になっていた。

追い詰めるつもりが、追い詰められていた。何か言わねばならない。学校の話か、仲間の話か、優しい言葉か。いや、黙って体を引き寄せてやれば、今までどおりうまくいく。

――ケイとはこのままでいい。

耳鳴りのような声がする。それが本心に違いなかった。だからこそ、沸騰した怒りを腹の底に繋ぎ止めたまま、ここでこうしてケイと二人いられる。

だが――。

この先ずっと写真の姿をダブらせながら、ケイを見つめ、話し、抱いていく。そんなことができるだろうかと気持ちが揺らぐ。

――忘れられっか？

喜多は駄目を押すように自問した。

「無理だ……」

答えが微かに口から漏れた。

「何が無理なの、ねえ」

「……お前とのことだよ」

喜多は観念したように言った。言いながらもう悔いていた。

「あたしとのことって……。やめるの……？　どうして？」

グラマーと寝たから――。言えない。そんなこと、言えっこない。喜多は目を伏せた。

「ちゃんと言って。ねっ、キタロー」

喜多はもう一言も話すまいと顔を背けたが、その顔の歪みは尋常でなく、だからケイは執拗だった。

「お願い、話して……。ねえお願いだから」

ケイが喜多の袖を小刻みに引きながらせっつく。そうするうち、ケイは突如動きを止め、何か恐ろしいものでも見たようにヒッと息を呑んだ。

喜多の瞳を探る。唇が震えている。

「さっきの……？　さっきの写真のこと？」

刺されたように目を見開いた喜多が、ゆっくりとケイに視線を向けた。

さっきの写真——ルパンの窓越しに竜見が見せたレズビアンのグラビア——。

ケイは両手を口に押し当て、苦しそうに息をしている。泣き顔になった。そうしてみると右目の下の泣きぼくろが、よほど哀れな存在になる。

喜多は放心して水銀灯を見つめた。怒りなどどこかへ消え失せ、苦々しい後悔の思いだけがどんより胸にあった。

崩れそうになったケイの体を引き寄せた。小さな背中に腕を回し、力を込めた。ケイの涙が喜多の手首を打った。袖に染み込み冷たかった。

ケイは喜多の胸に顔を埋めて呻いた。

「……ごめんなさい……。全部話す。全部話すから……聞いて」

「ああ……」

ケイは激しくしゃくり上げながら、それでも懸命に話をしようとする。


「……アタシね……舞子先生にテストの答えを教えてもらっていたの……。ずっと前からだよ……。一年生の時ね、試験の前の日に舞子先生に呼ばれたの。勉強教えてあげるからウチに来なさいって。それでアタシ夜行ってみた。そしたら次の日にやるテストの答えを見せてくれたの……。断ればよかったんだけど、アタシ……」

喜多は黙って聞いていた。おとぎ話でも聞いているような不思議な気持ちだった。そのふわふわした世界で事件の謎がゆっくりと解けていく。舞子がテストの答えを持っていたのはケイに見せるためだった。どこかで予感していた。だが、もうどうでもいいことに思える。

「……試験のたびに先生のウチへ行ったの。いけない、いけないって思ってて、でもアタシ勉強苦手だし……。そしたら先生が……二年の期末の時……」

そこまで言って、ケイは一際《ひときわ》激しくしゃくり上げた。

「もう、いい――」喜多は囁き、目を閉じた。

後は聞かなくてもわかる。舞子はテストを餌にケイを毒牙にかけたのだ。中学のころケイはさほど成績が良くなかった。舞子が答えを教えていたから高校でみるみる伸びたのだ。一度上げてしまった成績を落としたくない一心で、ケイは言われるままになった。そうに違いなかった。

喜多はケイの肩に回した腕に一層力を込めた。

ケイは話をやめなかった。止まらない、といったふうだった。

関係がエスカレートしてラブホテルへ連れていかれたこと、痴態を写真に撮られたこと、職員が帰った校長室や英語準備室でも関係を迫られたこと。そして、喜多を好きになったと言って舞子に叩かれたこと――洗いざらい喜多に告白した。

ケイに対する嫌悪は湧かなかった。ただもう舞子という女が憎くてならなかった。

すっかり懺悔《ざんげ》してホッとしたのか、ケイは喜多の腕の中で落ちつきを取り戻し、息も整い始めていた。

「アタシね」泣き笑いの顔で言う。「先生が死んだって聞いたとき、飛び上がって喜んじゃった。ずっと先生の奴隷《どれい》にされると思ってたから……」

「俺がぶっ殺してやりゃあよかった」

喜多が低く呟くと、ケイは溜め息を漏らした。

「でも、どうして舞子先生自殺したのかな……。恋人がいただなんて、アタシ信じられないもん」

「ホントは自殺じゃねえんだ」

「えっ…?」

「グラマーは誰かに殺されたんだ。ざまあみろだけどな」

「だ、だって……」

「ああ、警察なんていい加減なんだ」

ケイは顔を上げ、が、泣きはらした顔を恥じるようにまた喜多の胸に戻し、ふっと小さく笑った。

「じゃあ、アタシ疑われるなア」

「なに？」

「先生殺す動機があるもん」

「馬鹿言え」

「でもホントにそうだよ。それにね、先生が死んだ夜もアタシ先生のアパートに行ってたし……」

喜多はケイの頭に目を落とした。

「何時ごろ？」

「十時ごろ。いつもそれぐらいの時間だったから」

「グラマーの奴、いたのか？」

「ううん。留守だった」

舞子はやはり帰宅していなかったのだ。

「それでどうした？」

「一時間ぐらい待ってたんだけど、うんと寒くて。だから思い切ってタクシーで学校へ行ってみたの」

「なんでまた」

「もしかして先生がまだいるんじゃないかって思って……。でも校門は閉まってるし、中も真っ暗だった。仕方ないからまた先生のアパートへ戻ったの」

「帰ってたか」

「ううん。部屋も真っ暗だった」

「何時ごろ？」

「十二時ちょっと前だった。そこでまた一時間ぐらい待ったけど、帰ってこなくて……。それでアタシ電話したの、叔父さんのウチに」

「叔父さんって、校長のことか」

「うん」

ケイは少しばつの悪そうな顔をした。

「叔父さんに聞けば、先生の行き先とかわかるかなって思ったのね。でも叔父さん全然知らなくて、早くウチへ帰れ、って怒ってた」

「そう言うだろ普通」

脈絡のないケイの行動に喜多は少々呆れていた。

子供の保護者でもあるまいに、いくら校長だからといって一人ひとりの教師の、それも校外の動きを把握しているはずがない。

が、それはともかく、気に掛かるというか不可解なのは、ケイが二度も舞子の部屋を訪ね、二度とも不在だと思ったことだ。一度目はいい。午後九時半にアパートにいたのは犯人なのだから、十時のケイの訪問の際に舞子が不在でも不思議はない。舞子はその時刻まだ帰っていなかったということだ。

だが、二度目はどうだ。ケイは午前一時ごろまでアパートの前で待っていて「帰ってこなかった」という。しかし、それと同じころ、竜見がアパートへ電話して舞子と話をしているのだ。

「キタロー」

「ん?」

「アタシ、そろそろ帰らないと……」

「わかった」

喜多はケイの瞳を見つめた。

「大丈夫か」

「キタローは……?」

「大丈夫だ」

そう言えた。

喜多は腰を上げた。ケイも続いて、二人は公園の出口に向かった。

「ねえキタロー。先生、ホントに殺されたの……?」

「ああ」

「誰に?」

「それはわからねえんだ」

喜多はケイの横顔を盗み見た。

確かなことは、舞子がケイに教えるため毎回テストの答えを入手していたことだ。舞子の死体が金庫から転がり出た時、ポケットから答えを入れた封筒が落ちた。つまり、舞子はあの晩もケイにテストを見せるつもりで、既に用意して持っていたのだ。しかし、ケイにそれを見せることなく殺された——。

喜多は、橘の推理を思い出した。

テストの答えを舞子に渡していたのは校長の三ツ寺だった、としてみる。ケイは三ツ寺の姪だ。本当の娘だという話もある。その姪だか娘だかの成績を上げるため舞子を通じてテストの答えを流す。線は繋がる。テストの行き先がケイだったとわかって、三ツ寺と舞子を結びつけた橘の推理はぐんと説得力を増したといえる。

だが、事件そのものは依然深い霧の中にある。

——誰なんだ犯人は？

テスト漏洩《ろうえい》が誰か別の人間の知るところとなり、それが殺人に発展したのだろうか。

校内の事情に詳しい人物ということなら、真っ先にハイド茂吉が浮かぶ。茂吉は零時の巡回をさぼった……。いや、単に三ツ寺と舞子が仲間割れをした結果の事件かもしれない。舞子がテストをネタにケイを弄んでいたと三ツ寺が知れば——。

しかし、なぜ舞子の死体は金庫の中に入っていたのか。それに、夜遅く舞子と職員室にいたのは白い靴の「女」だったのだ。

——わかんねえ。

喜多は両手で顔をピシャッと叩き、単車に跨がった。おやっ、と振り返ると、いつのまにかケイが距離をおいてポツンと立ちすくんでいる。

「乗れよ」

ケイは首を横に振り「いい」と言う。

その悲しげな表情でわかった。喜多が事件を考えながら歩く間、ケイは二人のこれからを考えていた——。

「電車で帰る」

消え入りそうな声だった。

「いいから乗れよ」

ケイはくるりと後ろを向いて走りだした。

「おい、ケイ！」

喜多はその場に単車を寝かせ、走りだそうとしてタンクに足を突っかけた。つんのめって膝をしこたま打ちつけ、それでも慌てて立ち上がって走ったが、次第に足の振り出しが鈍くなった。

――よそう。

喜多は足を止めた。追うことが残酷に思えた。

辛い思いをしたのはケイだった。

そんな当たり前のことに、ようやく気づいた。ケイを許した自分に酔っていた。ただの同情。ケイはそう感じたのかもしれなかった。

視界が暗くなった気がした。だが、これっきりにはすまい。そう心に刻んで、喜多はみるみる小さくなっていくケイの背中を見送った。

6

ルパンに戻ると、竜見と橘の心配そうな顔が並んでいた。黙っていたい気分だったが、二人はあの奥さんの話を聞いてしまっている。ケイが被害者だったことを知らせたい思いもあって、喜多は一部始終を話して聞かせた。

最後には竜見が目を潤ませた。

「ひでぇや、グラマーの奴……」

「ああ、もう一度殺してやりてぇよ」

憎々しげに言って喜多はソファに体を投げた。

「ケイとはどうすんの？」竜見が目を合わせず言った。「別れちゃうの？」

「……俺から終わらせる気はねぇよ。ケイは悪くねえんだ」

「うん」

「そうさ――」橘が珍しく歯を剝いた。「ケイは弱みにつけ込まれただけだぜ。なんにも悪くない。悪いのはグラマーだ。あのインラン女が諸悪の根源なんだよ」

喜多はケイを思った。ちゃんと帰っただろうか。そして今、どんな思いでいるか。

「もっと調べようぜ」

喜多は低く言った。竜見と橘は返事をしない。舞子の弔い合戦などもう金輪際してやるものか、といった顔だ。

「いいのかよオ、このままで」

喜多はテーブルを叩いた。

事件が無性に憎かった。海藻のように体中にまとわりついて、なのにちっとも真相は見えてこない。わかったことといえば、知りたくもなかったケイの秘密だけだ。それがどうにも悔しかった。グラマーのためでも相馬の無実を証明するためでもなく、自分たちを苦しめているこの事件を叩き潰してやりたい。そんな高ぶった思いが胸にあった。

「こっち向けよジョージ」

「なに」と憂鬱《ゆううつ》そうな声。

「あの晩の電話だけどな、でたのはホントにグラマーだったか」

へっ、と竜見が顔を上げる。「だったかって？ そりゃアそうじゃないの」

「声は？」

「眠そうな声だったからなア。でもさ、ほら酔ってるみたいに色っぽくて――竜見君でしょう、なんて聞き返しちゃってさア、グラマー以外いないよ、あんなの」

「グラマーだって断言できるのか」

喜多に睨まれて竜見はうろたえた。

「お、怒るなよオ、キタロー」

「怒ってるんじゃねえよ。だっておかしいだろ。ケイは十二時から一時までアパートの前にいたんだ。グラマーは部屋にいなかったし、帰ってもこなかったって言ってんだぜ」

「だってえ、ケイは一旦学校へ行ったんでしょ。その間に帰ってきて寝込んだかもしれないじゃん」

「グラマーはテストの答えをケイに見せようと持ってたんだ。帰ってたなら起きて待ってるだろうが」

「そ、そんなのわかんないよオ俺」と竜見が音を上げ、「じゃア、キタローはどう思ってるわけ?」と小さく抗議した。

「違う女が部屋に隠れてて電話にでた」

言ったのは橘だった。

機先を削がれ、だが強い調子で「俺もそう思ったんだ」と喜多は言った。

「ち、違う女って誰よオ?」

竜見は例によって怪談を聞く顔になった。

「わかんねえよ」と喜多。「だけどな、グラマーは八時四十分まで職員室にいたんだ。俺がこの目で見た。そんでもって死体のポケットにはテストが入っていた。この二つを繋げると、グラマーはアパートには帰らず、俺が見たあと学校で殺されて、そのまま金庫に入れられた。そうみる方が自然だろう?」

「そりゃ確かにそうだけどオ」

「グラマーはアパートには帰らなかった。代わりに誰か別の女が潜んでいて、ジョージからの電話をとった——」

言った刹那《せつな》、喜多は硬直した。

閃光。

あの閃光がまた走ったのだ。

消えた。一瞬のうちに。だが、閃光は確かなサジェスチョンを残していった。

否定だった。

別の女が潜んでいたのではない。閃光は喜多の思考を真っ向うから否定していたのだ。

――どこが違うんだ？

「キタロー、どうしたん？」

喜多は乾いた唾を呑み込んだ。一気に現実の世界に引き戻されてしまった。またしても竜見だった。

「キタローってばア」

「ああ」

「何かわかったのか」と橘。

「いや……何でもねえよ」

喜多は音のない溜め息をついた。閃光の正体は考えてわかることではない。漠然とそう感じていた。

「それじゃアちょっと整理してみっか」喜多は気を取り直して言った。「まずは、ジョージの耳を疑うわけじゃねえけど、電話のことを無視して考えてみようぜ。グラマーは俺が職員室で見た八時四十分から、みんなで職員室に入った二時半までの間に学校の中で殺された――怪しいのは誰だ？」


「怪しいかどうか別として――」橘が即座に答えた。「学校の中にいたのはハイド茂吉、それと相馬、あとはキタローが見た白い靴の女、窓から飛び出して逃げた奴。俺たちが知っているのはこの四人だ」

四人とも言われてしまった竜見が、「ア～ン！」と悔しがる。

「よし、じゃあ今度はジョージの電話の話を信じる。グラマーは午前一時までアパートにいて、それからすぐに学校へ向かった。仮に一時半に到着したとする。二時半までの一時間で殺せたのは誰だ？」

「だとするとさア」間髪を入れず竜見が返したが、あとが続かず今度も橘に話を奪われた。

「そこまで時間が遅いと、白い靴の女は消していいかもな。相馬も……奴の最後の話を信じれば、十一時には学校を出てる」

橘が「相馬犯人説」を否定的に言ったので、竜見は機嫌を直し、うんうんと頷いた。

「要するに――」喜多が言った。「どっちの状況でも残るのは、ハイドと窓から飛び出した奴の二人ってわけだよな」

「ああ」と頷いた橘が、ハッとして顔を上げた。二人も釣られる。

マスターの足音が近づいていた。手にしたトレイにコーヒーカップが三つ載っている。

「奢《おご》りだよ」とマスターは微笑んで言った。

「ごっちゃんでーす！」と竜見が敬礼し、喜多と橘も「いただきます」と頭を下げた。

「たまにはね。なんか、熱っぽく語り合ってる感じがしたし」とマスター。

「そうなんですよオ」と竜見が受けたが、その後の作り話が続かない。例の鍵の一件があってから、三人とマスターの間にほんの少し距離ができていて、竜見でさえもどこか態度がぎこちない。「鍵を間違えた」とマスターが言った以上、改めて聞いてみるのも気が引けるし、そのマスターのほうもこのところぼんやりしていることが多く、雑談の輪にもあまり入ってこない。今日もコーヒーカップを置くと、「ごゆっくり」とだけ言ってカウンターに戻っていった。

「口止め料だったりして」

竜見がコーヒーに目を落として怖々言った。が、気の利いた台詞を言えたと思ったのか、急にハイになって、「ねっ、ねっ、違う？」と嬉しそうに二人の顔を見比べた。

「かもな」と橘がボソリ言い、喜多は「何の口止めだよ？」と竜見を見た。

「あ、そんなこと、急に言われてもわかんないよオ」

「だったら脱線すんな。怪しいのは誰だよ？」

名誉挽回とばかり竜見が早口で言う。

「やっぱり一番怪しいのはハイドだよね。十二時の巡回はさぼってるし、俺たちが学校出た後、悠々と死体を動かせるもん。どっちにしてもハイド茂吉はヤバいんじゃないのオ」

喜多も同じ意見だった。もっとも、窓から逃げた人物については手掛かりの「て」の字もないから、茂吉に関心を傾けるよりほかなかった。

「よし、じゃあハイドを調べようぜ」

三人同時に腰を上げた。

ルパンを出る時、喜多は公衆電話を使った。

もう休んでいます。ケイの母親の声は、いつにもまして冷たかった。

7

ルパン作戦ほどの緊張はなかった。慣れた動作で裏門を乗り越え、壁沿いに走り、まもなく三人は西棟の裏手に回り込んだ。
午後九時五十分——。

一階の守衛室には灯がついていた。

三人が茂みからそっと頭を上げる。

「いるいる」と竜見。

部屋の中は丸見えだ。茂吉がいた。例の軍隊の無線機のようなラジカセの前に座り、小さな背中を丸めて耳にヘッドホーンを当てている。ぼさぼさの白髪にそれはいかにも不似合いだった。

「八代亜紀の新曲かなア」

竜見がクックッと笑った。喜多が先乗りで潜んだ時にはキャンディーズを歌いながら回ってきた。

茂吉がその巡回の準備を始めた。喜多が腕時計に目を落とす。きっかり十時だった。茂吉は鍵束と懐中電灯を取り出し、トレードマークの白衣をなびかせてフラリと部屋を出て行った。

懐中電灯の光が廊下を進み、ゆらゆらと二階へと上っていく。

「不気味だよねえ、あれ」

「ああ」

喜多と竜見が目で追っていると、おい、と背後で意外そうな声。

橘が守衛室の窓に手を掛けている。

「開いてるぜ、窓」

「ホントだ」と竜見。「バッカじゃないのハイドの奴、自分とこの窓開けっ放しじゃ巡回なんて意味ないじゃん」

「いいから入ってみようぜ」

喜多が言うと、橘が三階に上った灯をチラリと見やって頷き、竜見は「了解」と靴を脱ぎ始めた。

三人は次々と部屋に上がり込んだ。巡回はほぼ一時間だと知っているから気持ちに余裕がある。

「やっぱ、スゲーなアこれ」と竜見がラジカセをいじりだす。

「おい、やめとけよ」

一応咎めて、喜多は部屋の中を見回した。

ポータブルテレビと小さな冷蔵庫。丸いちゃぶ台に茶筒、急須《きゅうす》、湯飲み茶碗、ラーメン丼……。それだけだ。壁に八代亜紀のカレンダーが貼ってある。やけに古ぼけているのでよく見ると、なんと三年前のカレンダーだった。その斜めのポーズの写真が気に入ってポスター代わりにしているのだろう。

橘はゴソゴソ鍵箱の中を掻き回している。竜見は耳にヘッドホーンを当て、スイッチをいじくり回しているが、音が出ないのか、盛んに首をひねる。

喜多は押し入れを開けてみた。ぺちゃんこの布団一式。その奥を覗き込むと、カセットテープが山のように積まれているのが見えた。百本、いや二百本ぐらいはあるかもしれない。

「ダメだア、なんにも聞こえないや」

竜見が短気を起こしてヘッドホーンを投げ出した。

「ジョージ、これ見てみろ」

喜多が押し入れの中を指すと、竜見はひょいと覗いて「いくらあってもダメ、ラジカセの方がぶっ壊れてんだから」とつまらなそうに言った。

「聞こえないのか？」

「うん。テープは動くんだけど……」

喜多もヘッドホーンを当ててみた。なるほど音楽は鳴らない。ジーッとテープの回る音がするだけだ。

「何も録音してねえのかな？」

「じゃあ、ハイドはさっき何聞いてたわけ？　モードはちゃんとテープ用のとこになってたんだよ。なのに巻き戻しても、早送りしても、うんともすんともいわないいんだからア」

「じゃあ、こっちのかけてみっか」

喜多は押し入れに頭を突っ込み、山積みのテープに手を伸ばし、と、そのとき鼻孔がふっと刺激された。

香水？

カビ臭さと年寄り特有の体臭に混じって、だが微かにいい香りが——。

その直後、橘がシッ！　とやった。喜多と竜見の動きが止まる。

足音が聞こえる。廊下だ。

「や、やべえ」と竜見。

シッ！　とまた橘がやり、顎で喜多に逃げろと促す。喜多は慌てて押し入れから頭を抜き、だが、えいとばかり一番上のテープをひったくってポケットにねじ込んだ。

茂吉が守衛室に舞い戻った時、三人は壁一枚隔てた窓の下で体を丸めていた。茂吉はなに怪しむふうもなく、棚の中をゴソゴソやり、新しい電池を懐中電灯に詰め替えると、またフラリと部屋を出ていった。

「メチャヤバかったなア」と竜見が盛んに胸を撫で回している。

「引き上げるか」橘が言った。「部屋の中に別の死体はなかったしな」

喜多も頷いた。香水の香りと鳴らないテープ。それ以外に茂吉の部屋に秘密はなさそうに思えた。


持ち帰ったテープを喜多の家で再生した。

一分、二分……。音楽は鳴らない。

「やっぱ、なんにも入ってないじゃん」

竜見が痺れを切らして寝ころんだ、と、微かな音がスピーカーから漏れた。

バタン――。

「えっ?」と竜見。

「ドアかなんかの音かな」と喜多。

橘は黙って耳を澄ましている。

カッ、カッ、カッ――。

靴音……?

「なによオこれ?　ねえキタロー」

「シッ!　黙って聞いてろ」


しかし、それだけだった。ドアを開け閉めするような音が何度か入っていたが、あとはずっと無音だった。テープが無駄に回り、やがて止まった。

音のないテープと香水の謎は、その後いくら考えても解けなかった。いや、そればかりか、三人の犯人捜しは行き着くところまで行ってしまった感があって、次に打つ手も浮かばなかった。

茂吉に直接当たって、巡回をすっぽかした理由を問いただすことも考えたが、それを聞けば、三人があの晩学校に忍び込んだことがわかってしまう。校長と舞子の関係も詰めたいが、それも同じ理屈で、校長から確かな感触を引き出そうとすれば、やはりルパン作戦の発覚の危険も含めてやぶへびになりかねない。

つまるところ、犯罪者が自分の犯罪をひた隠しにしながら、偶然見かけた別の犯罪を突き止めようなどムシがよすぎた。

結局、多くの謎が解けぬまま学校は冬休みに入り、事件への思いも次第に薄らいでいった。三人はそれぞれバイトに明け暮れ、ルパンに顔を揃えることも少なくなった。

そして、喜多はあの閃光を二度と見ることなく卒業を迎えたのである。

第六章　氷解点

1

午後四時十五分——。

辺りには夕闇が迫っていたが、四階の捜査対策室は喧騒の渦中にあった。

嶺舞子がレズビアンだった——。

部屋にどよめきが起こり、驚きの顔と顔、声と声とが交錯する。女に対する捜査の必要性が突如膨れ上がったのだ。

レズビアンという結果はともかく、どこかでそうした「舞子起因説」を頭に描いていた溝呂木は、予め用意していたかのように次々と指示を飛ばした。

「当時の女教師を片っ端から呼べ」「太田ケイを徹底的に洗え」「日高鮎美の所在確認を急げ」

そうしながら溝呂木は、舞子の大学時代の友人、大室良子の供述を思い返していた。

《なんだか恐ろしい気がして……》

良子は舞子の発する危険な匂いを嗅ぎ取っていたということだ。おそらく舞子は良子をもレズビアンの対象として考えていた。いや、それはレズビアンという本来対等であるはずの女と女の関係ではなく、女が女をレイプするといった凶悪さを秘めたものではなかったか。友人としてでも恋愛対象としてでもなく、女が女をモノにしようとする邪悪な気配に良子は怯えた。そう溝呂木には思える。一途に思い詰めた元担任に捨てられ、堕胎し、嘆きの底から立ち上がった舞子は、進化の道を外れた羽化を遂げた。薄情な男に深手を負わされた反動は男の拒絶にとどまらず、同性に対する攻撃の刃《やいば》となって現れた。それは、自分の裡に棲む女を嫌悪し、その存在を否定しようとする、ある種の逃避行為のような気がしてならない。

その逃避行為を舞子は「男なんかより楽しいこと」と称した。明らかな犯意を持って良子に接近し、太田ケイに至っては実際に毒牙にかけた。恋愛感情のない狩猟的なレズビアン行為。ならば、被害者はほかにもいる。

溝呂木の導き出した結論はそうだった。舞子の周囲にいたすべての女が舞子の被害者であった可能性があり、そして、すべての女が舞子殺害の加害者である可能性がある。

「係長――」

呼んだのは大友だった。

「なんだ?」

「新しい話が出てます」と大友は竜見のスピーカーを指さした。

竜見の声が耳に届く。

「何だかわかんないよ。でも、キタローがなんか踏んだのは確かだぜ。痛ッって飛び上がったもん」

「何の話だ」溝呂木が大友を見る。

「徳丸さんが死体発見時の状況を繰り返し聞いていたのですが、竜見が不意に、喜多が校長室で何か踏んづけた、と言ったんです」

「ほう」と溝呂木は首を傾げ、だがすぐに伝令を呼びつけた。

「寺尾に伝えろ。金庫から死体が出た時、喜多が校長室で何か踏んでいる。何を踏んだか攻めろってな」

指示を出した溝呂木は、それがもう一つのレイプ・レズビアン疑惑を直撃する情報だとは夢にも思っていなかった。

伝令から耳打ちされた寺尾は腹の中で毒づいていた。

――またかよ所轄のクソ野郎。

取調室相互の情報キャッチボールはもう飽きるほどやってきたが、それは竜見の部屋から送られてくる方が圧倒的に多かった。徳丸の後手に回った屈辱感がガスのように胸に溜まり、しかもその都度こちらの調べは寸断されるのだ。

寺尾は喜多に刺すような視線を向けた。

「何を踏んづけたんだ」

「えっ？」

「死体を見た時、校長室で踏んだ物だ」

喜多は、あっ、と小さな声を発し、寺尾から視線を逸らした。

――随分な反応をするじゃねえか。

寺尾は目を据えた。朝方ルパン作戦の名を初めてぶつけた時のように、喜多の全身に震えがきている。

「どうした、答えられないのか」

「……」

寺尾の青白い顔が幾分紅潮した。こめかみに青筋が浮く。胸に充満したガスが体中に回りはじめていた。

静寂を破って拳が机の上でバンと跳ね上がった。

「おい、聞いてんだぞ！」

寺尾が発した初めての怒声だった。

喜多はビクッと体を強張らせ、だが、無言のままジッと耐えている。

――言えない。

喜多は固く目を閉じた。

――それだけは言えない。

ここまで素直に取り調べに応じてきたのも、その事さえ隠せれば他のことはどうでもいい。そんな思いが頭の隅にあったからだ。

「話せ！」寺尾が唸る。

「………」

「話さんと帰さんぞ！」

「………」

――話したら本当に帰れなくなる。

喜多は両手で耳を塞いだ。食いしばった奥歯がギッと嫌な音をたてた。

確かにあの夜、校長室で固い物を踏んだ。学校の襟章だった。「3F」。三年F組のことだ。裏側にピンがついていたので女生徒用とわかった。拾ってすぐ金庫から舞子の死体が転がり出たから喜多自身すっかり襟章のことを忘れていた。数日後、ポケットの指先に硬いものが当たって気付いたが、なぜそれを自分が持っているのか即座に思い出せなかった。

だが、その小さな襟章は、喜多のその後の人生に大きく絡んでくることになる。


襟章に気づいた日、喜多は「3F」の教室に行ってみた。もう授業が始まっていた。

――探ってみっか。

ひょっと遊び心が働き、喜多は腰を屈めて掃き出し扉をそっと開け、そこから教室の中を覗き込んだ。目に飛び込んできたのは机のパイプ足と、すらりと伸びた女の足だった。その足先は光沢《こうたく》のある白い靴にちょんと収まっている。

咄嗟に職員室で舞子と一緒だった白い靴を連想した。無論、あの時遠くで見た白い靴と目の前のそれとが同じかどうか判別できるわけもなく、まったくの言いがかり的な連想といってよかった。しかし、喜多は白い靴の偶然に心を奪われた。掃き出しからのぞく足首はキュッと締まっていて、だが、どこか成熟しきっていない幼さを感じさせる。あの晩の足首も確かこんな感じではなかったか。

と、その時、不意に長い黒髪がバサッと床に垂れ落ち、女の顔が視界を塞いだ。その白い靴の主はのぞき男とでも思ってか、喜多を睨みつつスカートの裾を窄《すぼ》める素振りをした。

──ああ、こいつ……。

「片品《かたしな》」という苗字と、体操部に所属していることぐらいは知っていた。

「床掃除の時間だよ」

騒がれちゃたまらん、とばかり喜多はおどけた口調で言った。思えばおかしな構図だ。掃き出し扉を挟んで、男と女が床スレスレのところで、にらめっこをしている。彼女もそう思ったのか、喜多の台詞が効いたのか、ともかくクスッと笑ってみせた。

喜多は校長室で襟章を踏んだことも含め、彼女との一件を竜見と橋に言いそびれた。

仮に職員室の白い靴と校長室に落ちていた襟章が一つの線でつながれば、彼女は舞子殺しの容疑者に加えられたはずだった。なのに喜多は黙っていた。

彼女の笑顔はどうにも血腥《ちなまぐさ》い事件と結びつかない。そんなふうに自分勝手に決めつけ、だから何事もなかったかのようにやり過ごしたのだ。

改めて彼女へ疑念の目を向けたのは、ケイに例の告白をされてからだった。笑うとえくぼの出る童顔に器械体操で絞り抜いたスリムな体だ、舞子が目をつけ、ケイと同様毒牙にかけていたとしても不思議はなかった。関係がもつれて校長室で揉み合いになり、襟章を落とした──。

ケイとは結局うまくいかなかった。告白の後、ケイはルパンに姿を見せることもなく、喜多の誘いも頑に拒み続けていた。喜多は自分でも驚くほど執拗にケイを追った。電話はもちろん、大塚にも何度もバイクを飛ばし、それでも会えないとなると、生まれて初めて手紙を書いたりもした。あんなことで別れてたまるか、と意地になっていたようなところがあったかもしれない。それをケイに見透かされていたのだとも思う。まもなくケイから「別れたい」と返事が届いた。

《――十年くらいたってまた会えたらいいね》

最後の一行にケイの傷の深さをみた気がした。高校生だった二人にとって、「十年後」は想像すらできない遥か先の未来だった。

ケイと完全に切れ、しばらく喜多は荒れた。

年が明け、高校最後の冬休みが終わり、それでも就職が決まらず、喜多は半ば自棄《やけ》になっていた。体操部の彼女を誘ったのはそんな頃だった。単車を飛ばして板橋の喫茶店でコーヒーを飲んだ。それとなく、襟章をなくしたことがないか聞いてみるつもりだった。私服通学の高校だから、多少なりとも色気付いた女生徒はセンスが問われるとばかり襟章などしてこない。だが、彼女は毎日のように「３Ｆ」の襟章をつけて登校していた。喜多はそのことが気になっていたのだが、しかし、それはただの口実で、喫茶店で話をするうち、襟章に託《かこ》つけて日々彼女を観察していた自分に気づいた。ホンワカとした雰囲気。控えめな眼差し。邪気のない笑み……。

初めて掃き出しの扉越しに顔を見合わせた時から予感めいたものはあった。だから竜見や橘にも彼女の存在を秘していた。だが喫茶店で会った後も、喜多の気持ちは真っ直ぐ伸びなかった。ケイに対する負い目がそうさせた。恐ろしさもあった。事件に絡んでいるかどうかはともかく、彼女がもしケイのように舞子の玩具《おもちゃ》にされていたらと考えると、次の誘いを掛ける勇気が湧かなかった。

彼女と再会したのは高校を卒業して半年ほど経ってからだった。街でばったり出くわした。彼女は短大に進学していた。喜多は今で言うフリーターのような生活をしていて、少なからず将来に不安を抱き始めていた頃だった。喫茶店に行き、そのまま飲みに出掛けた。酔いに任せて、喜多は好意を抱いていたことを打ち明けた。付き合ってほしいとも言った。

彼女は恥ずかしそうにうつむき、小さく答えた。

「私なんかでよかったら……」

それが和代だ。

曲折はあったが、卒業して七年目に二人は結婚した。和代が喜多を変えたと言っていい。和代と一緒になりたい一心で、喜多はフリーター生活から足を洗い、大学に進み、安定した職と将来を求めた。

そして三年前、産院の廊下で、喜多は直立不動の姿勢で絵美の産声を聞いた。

ささやかな幸せという言葉の意味を知った。家庭の温もりを実感した。両親が離婚して以来失っていた、頬ずりをしたくなるような確かな居場所を喜多は手に入れた。

——誰にも触らせねえ。

喜多は、寺尾の追及の声を遠くで聞きながら意を決していた。

襟章のことは心の奥に封印してある。七年も一緒にいればわかる。和代が人を殺せるはずがない。舞子との関係に対する疑念は微かに残っているが、だからこそこの十五年間、和代に襟章のことを話さずにいた。舞子との関係があったかなかったかが問題なのではない。万が一、言い当ててしまって和代が壊れてしまうのが恐ろしかった。ケイに教わった。男と女の間には知らなくていいことがあるのだ。

襟章の一件を寺尾に話すということは、「万が一」を浮上させることに他ならない。だから死んでも話さない。誰であろうと、かけがえのないあの場所には指一本触らせない——。

バーン。

寺尾がまた机を叩いた。喜多はそれに尖った反応をみせた。

「うるせえんだア、ドグサレ野郎オ！」

十五年前の巻き舌が飛び出した。

寺尾がピタリと動きを止め、調書担当の婦警が驚きの表情を喜多に向けた。その喜多は目も歯も剝いて、今にも摑みかからんばかりの形相だ。

――こ、こいつ……。

寺尾は動揺した。完落ちの喜多が開き直った。寺尾の術中にとことん嵌まり、過去に対峙したどの被疑者よりも完全に落ちていたはずの喜多が――。

敵は所轄でも徳丸でもないということか。

寺尾は改めて喜多芳夫という男と向き合った。

「家は遠いらしいな」

「……」

寺尾と喜多は、そのまま長い睨み合いに入った。

2

午後五時二十分――。

捜査対策室に有力情報が飛び込んだ。

「係長――今井《いまい》からです」

受話器を差し出す大友の顔が幾分強張っている。

今井は溝呂木班の中堅で、朝から日高鮎美の行方を追っていた。

溝呂木は受話器をひったくった。

「見つかったのか?」

〈いえ〉と答えた今井の声が、しかし落胆するでもなく上擦っている。〈鮎美が勤めているクラブのホステスと接触できました。鮎美は昨日帰りしな明日はピアノを休むと言ってたそうです。その休む理由というのが気になります〉

「言え」

〈明日は特別な日だから。そうホステスに言ったそうです〉

――なんだって!

溝呂木は心の中で驚嘆の声を上げた。

特別な日。そういう言い方は滅多にするものではない。受話器の向こうで、誕生日でもないし、結婚はしてないので記念日などでもない、と今井が盛んに補足している。

事件のあった十五年前のあの日、つまり舞子の命日を意味しているのであろうか。いや、十五年後の今日、時効完成の日を指しているのかもしれない。

いずれにしても、舞子に最も近い存在だった鮎美が「特別な日」と言うからには、事件を起こした日、舞子を殺した日、そう読み換えられはしまいか。

「手の空いている奴は、みんな鮎美の立ち回り先にぶち込め！」

溝呂木は部屋中に響く声で指示を飛ばし、振り返りざま大友を呼んだ。

「喜多と竜見の調書から大至急、鮎美に関する部分だけピックアップしてくれ」

「作成済みです」

あくまで事務的に言い、だが一瞬、その女形顔の目元に誇らしげな筋が走った。

「持ってこい」

褒める代わりに溝呂木は、大友の背中を強く突いた。大友が資料の山をかき分ける。そのゴミ捨て場のようなデスクで、大友は所轄の内勤連中を率いて先手、先手の資料作りを続けていたのだ。

女文字と見間違うほどの繊細な書き込みの四枚綴りが溝呂木の手に渡った。

一枚目には、ざっとこうある。
・音楽教師
・細身で美人
・生徒にはヒステリーと呼ばれ不人気
・舞子と連れ立ってディスコ出入り
・ルパンには三度来店
（夏　一客として）

（事件直前　巡回指導）

（事件後　目的不明。ひどく憔悴《しょうすい》）

・翌年教師を退職
・現在、ナイトクラブでピアノ弾き
・結婚歴なし
二枚目以降は、各項目についての詳細がびっしり記してある。

溝呂木は一通り目を通すと、大友以下五人の内勤を呼び集めてミニ会議をもった。

「これだけの資料を作ったお前らだ、日高鮎美やその行動についていろいろ感じたことがあると思う。自由に発言してくれ」

内勤の顔はどれも紅潮していた。本庁広しといえども所轄の捜査内勤に事件の感触を尋ねる指揮官など溝呂木をおいて他にいない。その期待にどうにか応えたい。小さくてもいい、この事件の捜査に関わった証を示したい。そんな顔、顔、顔である。そうした空気を感じ取ってか、溝呂木班の一員である大友は一歩引いた構えで、発言の先鋒を所轄の若手に譲ろうとしているふうだ。

角刈りの内勤が緊張気味に口を割った。

「やはり引っ掛かるのは、鮎美が三度目にルパンに来た時の様子です」

「事件後の時だな」と溝呂木。

「ええ。ひどく憔悴し、そうかと思うと三人に食ってかかるような投げやりな態度を見せ、そして、喜多が白い靴の件を突っ込むと狼狽《ろうばい》してしどろもどろになりました。言動は支離滅裂で普通とは思えません」

「うん」

別の一人が挙手をした。

「自由に話してくれ」と溝呂木。

「はい――ディスコの件も重要ではないかと思います」

「どこがだ?」

「喜多供述を読む限り、鮎美は舞子に引きずられて行ったように思えるんです。つまり、なんというか、太田ケイのように振り回されていたというか……」

「鮎美もレズの犠牲者だった。そう言いたいんだな？」

「ええ、そうです。そんな感じがします」

溝呂木も同感だった。鮎美はレイプまがいのレズビアンの対象として格好の餌食に思える。

「つまりは動機あり、か」

溝呂木が言うと、端の内勤が大きく頷きながら口を開いた。

「鮎美は舞子からレズを強制された兆候があり、事件直後に大きな動揺を見せ、しかも翌年には学校を辞めてしまっています。犯行に関わった人間として極めて自然な流れだと思います」

「うん。俺もそう思う」

一番歳の若そうな内勤が、いよいよ自分の番だというようにもじもじしながら顔を上げた。

「私は……鮎美が事件後、なぜルパンへ顔を出したのか、それが不思議でなりません」

「ん？」と溝呂木が首を傾げた。

「仮に鮎美が犯人だったとして、混乱していたことは想像できますが、それにしても、なんというか……ルパンに顔を出す必然性が見当たりません」

ほう、それは新しい切り口だと溝呂木は頭を回転させ、が、その時、ドアから一直線に伝令係が駆けてきた。

「係長、下にお客さんがお見えです」

「客だとう、いないと言え」

溝呂木はすぐに内勤たちに顔を戻したが、伝令係はなおも何か言いたげに立ち尽くしている。

「何だ、早く言え」

「あっ、はい、名前を言ってもらえればわかると、そのお客さんが……」

「何て名だ？」

伝令係はメモに目を落とした。

「内海一矢さんです」

正面から蹴り飛ばされた衝撃だった。蹴り返す思いで溝呂木は言った。

「もう一度言ってみろ」

「内海一矢……。そう名乗ってます」

——来た。三億円事件の内海が。

溝呂木は伝令係に「ご苦労」と言い、内勤には「参考になった」と言って踵を返した。

対策室を出て階段を下る。

溝呂木を襲ったものは、単なる内海来訪の驚きではなかった。

内海とはどのみち今日中に顔を合わせることになるだろうと覚悟のようなものが出来ていた。だから溝呂木の胸を射抜いたのは別の事実だった。

——なぜ内海は知っている？

この署に溝呂木が来ていることを、外部の人間が知っているはずはないのだ。刑事の行き先について本庁は口が裂けても言わないし、仕事柄、家の者に告げて出るようなこともしない。何かの事情で話す事があっても、記者対策も考えねばならない立場だから、行き先は誰に聞かれても一切知らぬ存ぜぬで押し通せときつく家人に申しつけてある。

なのに内海は客人としてこの署に現れ、溝呂木を名指ししてきた——。

階段を下りながら、そのゆったりとした足取りとは裏腹に溝呂木の脳はフル稼働していた。三階、二階……踊り場で溝呂木の足が止まった。

——内海も嶺舞子の死を殺人だと知っている。

それが溝呂木の到達した結論だった。

結論が出て、推論が逆走した。

内海は警察が自分を捜していることを友人から聞かされて知った。聞き込みに出した捜査員が内海の交遊関係を片っ端から当たったのだ、その誰かから内海の耳へ入った。そこまではいい。だが、聞き込みの捜査員には所属や事件名を一切秘匿《ひとく》するよう言ってある。内海に所轄の名や事件名が伝わっているはずがないのだ。なのに内海はここへ現れた。それはとりもなおさず、内海が嶺舞子の死を殺人と知っていて、しかも、今日がその時効完成の日だと承知しているからに他ならない。

——だが、なぜ俺を名指しした？

そこがわからない。論理的に説明できない。にもかかわらず、一方で溝呂木はどこかわかったような気でいる自分を感じてもいた。

おそらく内海にとって、警察はイコール溝呂木なのだ。内海の内面に潜む屈折した遊び心が溝呂木の名を言わせた。いや、ひょっとすると、内海は内海で再会の予感と期待をもって溝呂木の名を告げたのかもしれない。

何を企んでいるか知らないが、ともかく、内海は警察の動きを舞子事件と結びつけてここへ乗り込んで来た。それだけは間違いない。

溝呂木は階段を下りきった。

交通課のカウンターの前、管内の交通事故件数の表示板を背にした長椅子に、内海はいた。

その後ろ姿を数秒眺め、溝呂木は大股で歩み寄った。

「久し振りですな」

くるりと人懐っこい笑顔が振り向いた。

「やあ……やあ、やあ、懐かしいですねえ溝呂木さん」

昔と変わらず丸い黒縁眼鏡を鼻にのせている。顔はやや老けたが、十五年の歳月を感じさせるものではなく、やはり三億円事件のモンタージュ写真によく似た色白のぼんやりとした印象だ。変わったところといえば、目つきの鋭さであろうか。それが全体の風貌を以前より引き締めているようにも、狡猾《こうかつ》さを増したようにも感じられる。

「本当に御無沙汰してしまいました」内海は立ち上がって丁寧に頭を下げた。「電話でもしてみようか、手紙でも書こうかって色々考えたりもしたんですけどね。なかなか……」

溝呂木は黙って長い挨拶を聞いていた。

十五年前、ともに運命の時報を聞いた男が、いま目の前にいる。

「いやあ、とにかく懐かしい……」

内海の再会の弁が尻切れになり、いよいよ今日の話を切り出す段になった。そんな微かな緊張が二人の間を横切った。

「で？　今日はまた何か？」

溝呂木は騒ぐ心を抑え、努めて静かに言った。

「ええ」と内海は軽く受けた。「今朝、那覇にいたのですが――」

「ナハ？」

「沖縄の那覇ですよ。特産品の買い付けのような仕事をしているものですから。すると東京から電話が入って、なんでも警察が私を探しているとか……」

「ええ。ご協力が得られれば、と」

「そんな溝呂木さん、水臭い言い方はよして下さいよ。協力はいつだってします」

「感謝します」

「いやあ十五年ぶりでしょ警察からのお呼びは……。まっ、それで取るものも取り敢えず午後の飛行機に飛び乗ったというわけです」

溝呂木はたった一つ用意していた質問をさらりとぶつけた。

「よく、ここだとわかりましたな」

「ああ。勘ですよ、カン」

予想された質問だったのか、内海は間髪を入れずに答え、逆に聞き返してきた。

「ところで、今度は何の事件です？」

「それは上で——担当の者から話させましょう」

なるほど、といった顔で内海は腰を上げ溝呂木に続いて階段を上った。

「溝呂木さん」内海が打って変わって神妙な声で言った。「私は何かの容疑者なんでしょうか？」

「いや——」

振り返った溝呂木は、だが、口調とはまったく別物の薄い笑みを浮かべた内海の顔を見た。

——仕返しにきたのか？

溝呂木は瞳で問いかけた。

答えはなかった。

「あくまで参考人です。ご心配には及びません」

型通りに言って、溝呂木は階段を上り、三階の防犯課に内海を案内した。

内海は嶺舞子の死を殺人と知っている。ルパンにたむろしていた三人のことにも詳しい。できれば自分の手で直接調べをしたかった。その思いは山々だが、指揮官としての立場がそれを許さない。いくら気になる登場の仕方をしたとはいえ、内海はあくまで事件の外堀を埋めるための単なる参考人であり、現段階における捜査の焦点が日高鮎美の足取り解明であることは動かない。

——うまく叩いてくれ。

溝呂木は、担当につけた取調官の後ろ姿を祈るような気持ちで見送った。

だが——。

三十分経ち、一時間経っても内海の取調室からは事件に関する情報が上がってこなかった。やれ沖縄の地酒が美味いだの、先週初めて日本を離れて韓国へ遊びに行っただの、内海は無闇に世間話を喋るばかりで、どう水を向けようともルパン作戦や嶺舞子事件については何一つ語ろうとしなかった。

警察を嘲るために勇んで沖縄から駆けつけた——。

溝呂木だけでなく、捜査対策室に詰める全員がそう感じていた。

3

「ええ、まだ犯人はわかりません。わかったとしてもかなり遅くなりますよ……。そうです、そうです。逮捕、送検、起訴と同時にやらにゃあ間に合いませんよ。ハハハッ、心中してくれますか、ありがたいですな。まあ、よろしく頼みます」

検察庁への電話連絡を済ますと、溝呂木は小さく笑った。相手は不思議と事件の担当が重なる粕川《かすかわ》検事だ。緻密で神経質な男だが、いざ事件を立てるとなると思いがけない豪腕ぶりを発揮する。互いの性格も力量もそこそこ知った仲だから、「ミーさんがワッパ掛けた犯人なら心中してやるよ」という粕川の軽口も額面通り受け取っておくことにした。ひと口に時効というが、法的には公訴時効のことであるから、午前零時までに犯人を逮捕し、なおかつ検事が裁判所に起訴の手続きを踏んでくれなければ〝逮捕損〟ということになってしまう。

時計の針は午後六時を回っていた。

日高鮎美の行方は依然として知れず、捜査に特筆すべき進展はなかった。なにしろ十五年前の事件である。きのう今日死体が見つかった事件のようにポンポンいい情報が入ってくるはずもなかった。街が変わり、人も、その生き方までもすべてが変わってしまっていた。幾重にもペンキを塗り重ねられた街は、たった今この時だけの色を見せ、古い層のことはおくびにも出さない。過去というものが大体において辛苦の積み重ねだからであろうか、削っても削っても十五年前の色がなんであったか、人も、街も、語りたがらないのだ。

溝呂木は、巨大都市東京を駆けずり回って手掛かりを集める部下たちを思った。行った先によっては、そんな昔のことをと笑い飛ばされているだろう。関係者が見つからず、時計の針を睨みつけながら寒風の中を走っている者もいるに違いない。なんとか事件に決着をつけて労に報いてやりたい。それが捜査指揮官である溝呂木の本音だった。

三つのスピーカーもめっきり静かになった。

喜多は依然だんまりを決め込んでいるらしく、時折寺尾の苛立った声が流れるだけだ。残り六時間でこの壁が破れるかどうか。それまでスラスラ喋っていた男だけに、かなり手ごわそうだ。

竜見のスピーカーも声のトーンがかなり落ちている。取り調べに飽きたか疲れてしまったかで、話に乗ってこない様子が手に取るようにわかる。

橘は——。

溝呂木は、未だに橘の声を聞いていないことに気づいた。東北訛りの残る曲輪が、自分の身の上話をしたり、旅の思い出を語ったりと情実を尽くしての調べを続けているが、伝令係の話では、橘は押し黙ったまま焦点のない目でただ宙を見つめているのだという。

三人にとっても十五年は長い年月だったのだろう。

溝呂木はもう一度時計に目をやり、決断を下した。

「よーし、関係者をみんな署に連れてこい。全員だ、全員呼び集めろ！」

大友が頷き、内勤に号令をかけた。同時に多くの手が受話器に伸びた。ポケベルのダイヤルを回し、ある者は無線機でゴーサインを伝える。捜査員はおのおの聴取対象者の家の前で張り込んでいたから、すべての捜査員が一分以内に対象者宅の呼び鈴を鳴らした。広い東京のあちこちで、意外そうな顔や怯えた顔が玄関先にのぞいたに違いなかった。

三十分もしないうちに、署内はにわかに慌しくなった。

まず、坂東健一が署に到着した。今も同じ高校で体育を教えている。教え子の喧嘩かなにかで呼ばれたと思ったか、捜査員にチラリと赤い歯茎をのぞかす余裕を見せた。

続いて元校長の三ツ寺修が調べ室に入った。落ち着いた足取りだが表情は硬い。弁護士には連絡済みとのことだった。

ほぼ同時に境《さかい》ケイ——旧姓太田ケイも取調室の椅子に腰掛けた。銀行員の妻に収まり、五歳と二歳の女の子の母親でもある。重要参考人の一人であるとはいえ、レズビアンの相手であったことを聞き出すのは警察にとっても気の重い仕事だ。

二度目の全体捜査会議は午後七時半に設定した。それを告げると、溝呂木は大友を呼んだ。

「しばらく頼む」

「はい」大友は承知の顔だ。「どこに入ります？」

溝呂木は一寸考え、「少年課の調べ室でも借りるか」と言った。

「わかりました」

溝呂木は分厚い捜査資料を抱えて二階に下り、少年課のドアを押し開いた。若い婦人補導員が二人、なにやら楽しそうに立ち話をしていて、だが溝呂木を見るなり背筋を伸ばして敬礼をした。

溝呂木はそれを手で受け流し、「ちょっと借りるよ」と声を掛けて任意取調室に入った。と、またすぐに顔を出し、慌てる婦人補導員に「一切気を遣わんでくれ。お茶もいらんからな」と言ってドアを閉めた。

そのドアの重さが空間の密閉を告げる。溝呂木は資料を机に置き、自分もその脇に尻を半分のせて目を閉じた。

誰が言いだしたか、部下たちは、聖徳太子の瞑想とひっかけて「六角堂」と呼ぶ。事件が煮詰まってくると、溝呂木はそれまでの八方美人的な捜査指揮を一時放棄し、ひとり小部屋に籠もる。誰も寄せつけず、誰の意見も聞かない。刑事が無頼として存在した一昔前の警察で育った。今はそれぞれが歯車の一つとしてしか存在しえない組織捜査の中で生き、皮肉にも自分がその指揮を執る立場になってはいるが、心の秘めたところに無頼の魂は生き続けている。三億円事件で最後まで内海の逮捕状執行を訴え続けたように、事件はたった一人の刑事がとことん思い詰めてやるものだ、捜査とは所詮刑事と犯罪者の一対一の勝負なのだと思っている。半端な思いの刑事が何百人集まり、ローラーで舐めるように何百の読み筋を潰していったところで、それは捜査とは言えない。犯罪に対する憎悪も信念もない、ただの炙《あぶ》り出しゲームにすぎない――。

「六角堂」は無頼の名残だ。大きな網さえ仕掛ければ犯人が掛かると信じ込む、そんな組織捜査幻想への小さな反抗でもある。

暗く狭い取調室の中で、溝呂木は自問を始めた。

捜査に誤りはないか。見落とした点はないか。謎は――それを解く鍵は――。

今回の事件は、もっぱら謎を解かねばならない。いや、もっと基本的なところから考える必要がある。

第一に犯行の動機だ。人を殺すには殺すだけの動機が必要だ。動機とは即ち人が人を永久に葬るための実行力と瞬発力とを併せ持った力だ。強烈な負のエネルギーと言い換えてもいい。

――連中は弱い。

喜多、竜見、橘には動機がない。取り敢えず、ない。

英語準備室の窓から飛び出して逃げた人物は除外する。現段階で動機うんぬんを求めようがない。校長の三ツ寺やハイドこと金古茂吉には不審な点が多々あるが、あくまで動機の面から事件を見るなら、それはむしろ女たちにありうる。

レズビアンをめぐるトラブル――。

この視点は外せない。

もとより溝呂木に同性愛を特別視する内面事情はない。二十五年に及ぶ捜査経験から、男と男、男と女、女と女、そのいずれの組み合わせにおいても同等の愛憎が成り立ち、いつでも最悪の場面を描きうる危うさのあることを熟知している。人と人との間に「まさか」はないし、だから新聞の社会面のネタは、時代がどう変わっても尽きることがないのだ。

しかも、舞子の行為はレイプと断じてもいい。やはりここが本筋となる。

――太田ケイか。

喜多らは身贔屓《みびいき》とでも言うべき寛容さで疑いすらかけなかったが、最も確かな動機を持つのは太田ケイだ。舞子のレズの相手にされていたことが判明しているし、喜多に好意を寄せてその関係を断ち切りたがっていた。事実、そのことで舞子に叩かれてもいる。舞子の遺書――いや、雑誌の投稿の文面にも「男にはかなわない」などそれらしい心情の暴露があった。喜多との絡みで関係がこじれていたとみていい。ケイは容疑者としてすべての条件に符合する。

しかし、溝呂木の思考は、どうしても日高鮎美の方へ向かう。実際にレズの関係にあったかどうかは不明だ。男の存在も浮上してこない。だが、内勤の面々が口を揃えて言ったように、鮎美は事件後に大きな変化があった。それまで生徒の取り締まりに熱心だった教師が、ひょっこり溜まり場のルパンに顔を出して「教師が来て悪いか」ぐらいのことを口走り、翌年には学校も辞めてしまっている。そして、何より今日を「特別な日」と言い残し、ナイトクラブの仕事を休んだことが引っ掛かる。

すべてがあやふやな疑念ではある。確証といえるものは一つとしてない。しかし、溝呂木の長い捜査経験は、事件後に喜多のバイクに飛び乗り屈託のなかったケイを退け、事件を境に生き方すら変えた鮎美をしきりに名指しする。

溝呂木は改めて「メチャハッピー」と「特別な日」を天秤《てんびん》に掛け、日高鮎美の重みを確認して思考を進めた。

――謎はどうだ？

まず、死体の移動がある。

犯人は舞子の死体を一旦金庫に押し込んでおいて、夜が明けるまでに植え込みの中に動かした。

なぜか？　いや、それが出来たのは誰か？

喜多ら三人は、死体を発見した後、金庫、校長室、職員室と順に鍵を閉めて校外に逃れたという。ならば、金庫の舞子は三重、四重の囲いの中にいたことになる。麻雀好きの相馬のようにハイド茂吉の後をつけて職員室に入り、そのまま潜んで三人をやり過ごしたことも考えられるが、いずれにしても、学校に行ったこともない第三者では不可能だ。

やはり、学校関係者――なかでもハイド茂吉は鍵を自由に使える立場にあり、その点に限っていえば最も容疑性が高い。だが、喜多が「驚くほど背が低い」と供述したように茂吉の難点は体が小さいことだ。歳も当時既に六十を超えていた。大柄で肉付きのいい舞子を運び出せたか疑問は残る。しかも動機は全く浮かんできていない。

――いや、待てよ。

溝呂木は喜多の供述調書のコピーを捲った。

やはりそうだ。茂吉の押し入れの中で香水の匂いがした、と言っている。茂吉と女の共犯を考えてもいい。女に殺人の動機があり、死体は茂吉と二人で運び出した。そうなら説明はつく。

鮎美と茂吉――。

咄嗟に浮かんだ組み合わせだった。二人が当時どういう関係にあったか、多少なりとも接点があったのか、その辺りについては喜多も竜見も一切触れていない。つまりは不明だ。

それに、茂吉でなくとも学校関係者ならば校舎へ侵入することはさほど難しいことではなかろう。計画的犯行ならなおさらで、合鍵を作る機会はいくらでもあるし、例えば校長の三ツ寺ならば、校内すべてのスペアキーを持っていたとしてもなんら不思議はない。さらに言うなら、三ツ寺が舞子にテストの答えを流していたのだとすれば、それは即ち教職者として危うい秘密を共有していたことであり、事と次第によっては舞子を殺す動機が生じる可能性だってでてくる。

舞子の行動も大きな謎だ。

喜多たちの供述を繋ぎ合わせれば、舞子は午後八時四十分に白い靴の女と職員室にいた。アパートの隣室の女が九時半に聞いた物音は、三人が突き止めた通り、犯人が「遺書」になりそうなものを探しに忍び込んだためだろう。それはいい。

問題はその後だ。午前一時に、竜見がアパートに電話した時は舞子が眠そうな声で出たというが、同じころ舞子宅を訪ねたケイは留守だと思い込んで帰っている。本当は不在だったのに竜見が「いた」と嘘をついているのだろうか。しかし、竜見の傍らには橘もいたのだ。ならばケイが嘘を──。

普通に考えれば、犯人は舞子を殺した後、アパートで「遺書」を探したはずだ。つまり、舞子は九時半には既に殺されていたと考えられる。犯人が舞子の帰りの遅いのを知っていて計画的に「遺書」を盗みに入り、その後で殺した可能性もあるが、舞子がケイに見せるはずのテストを所持したまま死んでいたことを考え合わせれば、やはり、舞子は一度も帰宅しなかった、犯人は校内で舞子を殺した後アパートに忍び込んだ──そうみる方が自然だ。午前一時にベッドにいた舞子がわずか一時間半後に金庫で死んでいたというのもにわかに信じ難いし、そもそも服と靴が一度も帰宅していないことを雄弁に語っている。舞子の死体はピンクのワンピースを着ていて、屋上には赤いハイヒールが残されていた。そして、喜多が八時四十分に職員室を覗いて目撃したのも、赤いハイヒールであり、ピンクのスカートの裾なのだ。

そうなると話は立ち戻り、「午前一時に舞子が電話にでた」という竜見の供述は虚偽になる。竜見が、喜多と橋の二人を騙《だま》したのだろうか。竜見と橋が組んで、喜多一人を騙したことも考えられる。

——だが、なぜ?

その理由がまったく浮かんでこない。三人は同じ橋を渡っていた。一つ間違えば真っ逆様に谷底へ転落する危うい橋を……。誰が誰を裏切るなどという状況が当時の三人にあったとも思えない。

溝呂木は、喜多が感じたと供述した三度の閃光の事を思った。一度目は死体発見の時感じたと言い、二度目は舞子のアパートからの帰り道。そして、三度目は三人の会話が電話の一件に及んだ時だった。

喜多は事件の謎を解きかけていた。

言い換えるなら、喜多は事件の全貌を知ることのできる立場にいた。溝呂木はそう確信した。自分も喜多の五感を突き抜けた閃光を見いださねばならない。それは喜多の供述の中に隠されているに違いなかった。何か聞き落としてしまったことがあるのだ。

溝呂木は椅子に腰を下ろし、深呼吸をすると、もう一度最初から供述調書の束に目を通し始めた。

4

地検の粕川陽一《よういち》は、頬杖をつきながら一件書類に目を落としていた。

机を挟んだ相向かいの席に、ゴマ塩頭を盛んに撫で回す丸顔の中年男がいる。悪びれたふうもないが、腰縄紐の先は制服警官にしっかり握られている。

強盗、強姦致傷――。

「検事さん助けて下さいよオ、警察で無理やり言わされたんでさあ……。やってませんよ俺は」

こうした男の次なる台詞は決まっている。女が色目をつかって自分を部屋に誘い込んだ、女はストリップをして見せ、たまらず上に乗ると盛んに腰を振ってきた。そして、満足しきった女が「使って頂戴」と財布を差し出した――。

「だって女の方がさア……」

そらきた、とばかり粕川は話を無視して、一件書類をペラペラ捲った。実際、こんな嘘つき男につき合っている時間はないのだ。十二月も来週に入れば、地検も裁判所も年末年始の公休を睨んでの逆算業務になる。掌中の被疑者は一刻も早く調べを終わらせ、ともかく起訴の手続きだけは済ませてしまいたい。

「もう激しいのなんのって、ゆさゆさ腰を揺すってさア」


男は得意になって喋りまくり、押送してきた若い制服はすっかり話に引き込まれてどぎまぎしている。

粕川は告訴状も産婦人科の診断書も構わず飛ばして書類を捲り続け、ようやく目的の一文を発見した。

――いたいた。

粕川は痩せぎすの神経質そうな顔を上げ、男の話を遮って言った。

「君ィ、雅江《まさえ》ちゃんが薄汚い中年男に強姦されたらどうするね？」

男はヒッと息を呑んだ。

雅江は十二歳。男の長女、と調書にある。

「よ、よしてくれよオ！」

男は叫んだ。こうした男には不思議なほど高い確率で娘がいる。

娘の名前さえぶつけてしまえば取り調べは終わったも同じだ。あとはカップラーメンを作るほどの時間をみておけばいい。

「お、俺は、俺は……」

　こうした男は概してよく泣く。

「ちゃんと認めて罪を償うんだ。否認して罪が重くなるほど雅江ちゃんが悲しむぞ」

　アホらしい台詞だ、と自嘲しつつ、しかし粕川は丁寧に嚙んで含めるように言った。こうした男には、こうした耳慣れた古典的な台詞がよく効くのだ。

「ああ、ああ……」

「話してみなさい——君、ほれ、泣いてないで」

「心中だア、一家心中だよ、俺がこんなことしちまったらよオ」

　ボロボロ涙をこぼす男に呆れつつ、だが、粕川は「心中」で一つ思い出した。警察の溝呂木と心中する約束である。

　——一つ言い忘れてたな。

　粕川は男に一分だけ反省の時間をやると言い渡し、受話器をとった。

〈はい、刑事課〉

「ああ、地検の粕川だが、溝呂木さんはいるかね」

〈どうもご苦労さまです！　えーと、係長はいま六角……いえ、すぐに呼んで来ます〉

「いや、それには及ばん。ミーさんに伝言をしてくれ」

〈はっ、どうぞ〉

「刑訴法の二二五をやっといた方がいい、ひょっとして役に立つかもしれん——そう伝えてくれ」

〈え？　刑訴法ですか……？〉

「そう、刑事訴訟法だよ」

〈ああ、はい……それの二二……〉

「二二五条だ」

〈はい……。しかし、これが、何か？〉

「何かはないだろう」粕川はムッとして言った。「君、階級は？」

〈部長です〉

「巡査部長なら昇進試験に出たろう?」

〈いや、あの……〉

「覚えておきたまえ――刑訴法二二五条は『その他の理由による時効の停止』だ」


同じ頃、署の四階会議室は第二回の全体捜査会議を控えて慌しかった。

署長の後閑が巨体を揺らしながら部屋に入ってきた。外は木枯らしだというのに、四階まで階段を上がると必ず汗が吹き出す。ハンカチを額に当てながら後閑は部屋の中を見回した。

「溝呂木君は?」

「まだ六角堂です」と大友が答えた。

後閑も以前、溝呂木の「六角堂」の話は耳にしていた。

「そろそろ、かな?」

「時間には必ず戻ります」

「ああ、そうだな」と言いつつ後閑がポケットにハンカチをねじ込むと、そこへ、いかにも不満そうな寺尾の顔が飛び込んできた。後閑には目もくれず、大友のデスクに駆け寄る。

「係長は?」

「六角堂だ」

寺尾は舌打ちし、資料の点検をしている大友に食ってかかった。

「おい大友、竜見の方の調べだけ会議中も続行するってのは本当か?」

「ああ」

「なぜだ」

「また喋りだしている」

大友は資料から目を離さず、口調も極めて事務的だ。

寺尾はまた舌打ちをして言った。

「ウチの方も続行するぞ」

「それはまずいだろう」

「喜多が喋ってないからか」

「そうじゃない」と言って大友はようやく顔を上げた。「落ちつけよ寺尾、いったいどうした?」

「お前こそよく落ちついてられるな。時効は十五年後じゃないんだぞ」

「喜多の調べは早朝からぶっ続けだ。ここで晩飯とらせなきゃ、後で必ず問題になる」

「そんなことはわかってる」寺尾は語気を強めた。「弁護士が何人押しかけようと面倒は俺がみる。誰にも迷惑はかけん」

「寺尾──」

「メシ時が一番落としやすい。調べの常識だろうが」

「らしくないぞ」

一昔前ならともかく、今時そんなやり方は通用しない。泥棒を捕えればカツ丼でも目の前にチラつかせ、飯一食につき一件の余罪を自供させる、そんな「丼自供」という調べの手口も確かにあった。だが今は、調べの時間の長さや食事の休憩を取らせたかどうかが即、被疑者の人権うんぬんでやり玉に上がる時代だ。しかも、寺尾は既に喜多の連行で危険な札を一枚使っている。

「寺尾──朝方の荒っぽい連行のこともある。後で喜多が騒いだら取り返しのつかんことになるぞ」

「素人が口を出すな!」

「なに……」

素人呼ばわりされてさすがに大友も目を剝いた。階級は同格、しかも、ともに溝呂木班に籍を置く主任刑事なのだ。

なおも寺尾はまくし立てる。

「俺はな、メシを食わせないって言ってるんじゃない。その時間も喜多を監視して追い詰めたい。それだけだ」

「それが問題になると言ってるんだ。弁護士が出てきたらなんて説明する？」

「お前は弁護士事務所の人間かよ！」

「問題をすり替えるな」

二人は顔を突き合わせて火花を散らす。近くにいた後閑は目を泳がせていた。

弁護士の話まで出てきたとなると、後閑の職務の範疇に違いないのだが、例の刑事コンプレックスが邪魔をして間に割って入ることもできない。聞こえないふりを決め込み、早く溝呂木が来ないものかと、そればかりを考えていた。

大友はといえば、怒りを通り越して、寺尾の執拗さに驚きすら覚えていた。

寺尾はなおも大友に罵声を浴びせてくる。自制が利かないのだ。喜多のまさかの黙秘が寺尾の冷静さを壊していた。取り調べは数学であり方程式に則ってやるものだ。そんな信念に凝り固まった寺尾だから、黙秘するであろう相手が黙秘するならまだしも、そうするはずのない相手にそうされて、およそ論理的でない焦燥の渦に呑み込まれかかっているようだった。それを逆撫でするように所轄の徳丸は竜見をいいように操り、次々と核心を突く供述を引き出している。かつてこれほどの屈辱を味わったことはなかったろうし、そうなってみると、寺尾という男はひどく脆《もろ》いのかもしれなかった。

「時間だな」

声とともに溝呂木が姿を現した。無頼は影もない。あらゆる声と顔に応える組織捜査の指揮官の表情に戻っている。

「係長――」寺尾が溝呂木の行く手を塞いだ。「こちらも調べを続けさせて下さい」

「ん？」

「一刻も無駄にできません」

寺尾は一歩も引かない構えだ。対する溝呂木にはひと風呂浴びてきたような余裕がある。

「会議で知恵を貸せ」

「えっ……？」

「調べばかりがお前の仕事か。会議で思う存分、知恵を絞れと言ってるんだ」

「しかし……」

「寺尾――」溝呂木は微笑んだ。「俺もそう思う。事件は一人でやるもんだ。たった一人でな……。そう思っている刑事が一堂に集まれば、それはそれで戦場って奴だろう？」

禅問答のような台詞を残して、溝呂木は奥の席へ向かった。

「係長――」

言い掛けて、だが寺尾は口を噤《つぐ》み、大友にきつい一瞥をくれて席へ向かった。他の捜査員や内勤も次々と部屋に入ってきた。

――会議も戦い。

寺尾は、いつになく緊張した面持ちで椅子を引いた。

5

第二回の全体捜査会議は、きっかり七時半に始まった。「第二回」とはいっても、時間が時間だ、誰もがこの事件最後の全体会議になることを承知していた。部屋は張り詰めた空気に包まれ、居並ぶ面々の表情も硬い。

前触れもなく溝呂木が口火を切った。

「我々はこの事件の内容のすべてを知っているわけではない」

部屋がしんと静まり返る。

「わずかばかりの事実、断片的な情報で動いてきた。まして十五年前のことだ。こうした難事件では、判明している事実を単純に、しかも素直につなぎ合わせて事件の本筋を読むべきだと思う。人間のする事、考える事、そう違うものではない。所々に頭をもたげた情報を読むのではなく、人間そのものを読むんだ」

部屋を見渡し、溝呂木は続けた。

「よし、まず俺なりの考えを言うから、頭を柔らかくして聞き、どしどし意見を出してくれ」

本来なら末端の捜査員から順繰りに意見を聞いていくところだが、何しろ時間が差し迫っている。溝呂木は茶で口を湿らすとさっそく本題に入った。

「嶺舞子殺しの犯人は日高鮎美だと思う」

一斉に鋭い視線が溝呂木に向いた。

「断定する証拠は何もない。だが一番自然に考えると、八時四十分に職員室にいた白い靴の女は鮎美だ。なぜか？　素直に考えるんだ。舞子と鮎美は同じ高校の教師だから夜遅くに職員室にいてもなんら不思議はない。しかもディスコに連れ立って行くなど校外でのつき合いもある。では、職員室で何をしていたのか？　これも素直に考える。仕事にかこつけて学校に居残り、校長室で絡み合おうとしていた。事実、舞子は太田ケイ相手に校長室をレズの現場に使ったことがある。あの晩は舞子と鮎美だったんだ」

三十人近い顔の半分ほどが深く頷き、残りが首を傾げる。

「係長――」若い刑事が声を上げた。「なぜその女は鮎美でなくてはならないんですか。そのまま、太田ケイに置き換えても不自然ではないはずです」

続いてケイを連行してきた捜査員が挙手した。

「同感です。ケイが舞子の相手だったことは確かですし、喜多に惚れて舞子と別れたがっていたのも事実です。少なくとも鮎美よりは線が濃いと思います」

熱っぽい反論を浴び、溝呂木は満足そうに頷きながら再び口を割った。

「お前らの言う通りだ。ただな、ケイは喜多にレズの告白をした後、事件の晩に舞子のアパートと学校を行き来した話もした。ケイは舞子と会っていないと言っている。つまりは事件と無関係ということだ」

数人の刑事が不満そうに手を挙げる。

「まあ待て、聞けよ——確かに俺もケイが嘘をついてるのではないかと疑った。だがな、ケイが喜多に懺悔した時の事を思い浮かべてみろ。ケイはさめざめ泣いた。そりゃあ好きな男に最も恐れていたレズの事を知られてしまったんだ、死ぬほど辛かったに違いない。だが、ケイはすべて包み隠さず告白した。ホテルに行ったことや恥ずかしい写真を撮られた事まで話している。喜多に心底惚れていたからだと俺は思う。その直後だ、ケイはその告白の直後に事件の晩の話をしているんだ。あの状況の中で、レズの告白は真実だが後の話は嘘でした、なんてことはありえまい。人の感情には連続性という動かしがたい流れがある。そもそもケイは、本当と嘘を使い分けられるような精神状態じゃなかったんだ」

一同は沈黙した。反論組も次々と頷く。溝呂木が最初に言った「人間を読め」とは、つまりそういうことだった。

後閑は感服の視線を溝呂木に投げ、手元のリストの「太田ケイ」にバツ印をつけた。

「よし、話を進めよう」溝呂木は少し早口になった。

「舞子と鮎美が校長室に入る。別れ話でこじれたか、鮎美が前々から計画していたか、おそらくその場でこじれたのだとは思うが、鮎美が舞子を殺し、金庫に隠した」

「なぜ金庫に入れたんでしょうか」と奥の席から声。

「おい大友、どう思う?」

溝呂木に振られた大友が顔色一つ変えずに答える。

「死体の処置に困ったからでしょう。いずれ金古茂吉の巡回が来るわけですから、そこにあった金庫に慌てて隠した――そう考えます」

「寺尾は?」

こうした時でも溝呂木のバランス感覚は乱れない。

「犯行が計画的だった可能性も捨てきれません」寺尾は溝呂木と大友を交互に見ながら言った。「自殺の偽装工作をするまでの時間稼ぎとして死体を金庫に入れた。そう推定します」

二つの意見は緊張を伴って部屋中に広がった、が、そこへ間の抜けた声が飛び込んだ。

「どっちにしても一人じゃ無理だアな」

鑑識の簗瀬だった。鼻をほじっている。

「おっ、ヤナさん。続けてくれ」と溝呂木が指名。

「ですから、遺書の入手だの死体の運搬だの、とっても娘っこ一人じゃ無理だって言ってるんでさア」

部屋がさざめいた。

「俺もそう思う」溝呂木が言った。「どう考えてもこの犯行は一人では難しいんだ」

共犯説は会議でも説得力を持った。殺すまでは鮎美一人で事足りるが、死体の運搬は困難であろう、と誰もが思った。

他の捜査員からも次々と意見が飛び出す。

「金古茂吉ではないでしょうか。守衛室で香水の匂いがしたという供述がありました」

「自殺した相馬も疑えます。あの晩職員室にいたことは事実ですし、事件の片棒を担いだのを苦にして首を吊ったのかもしれません」

隣同士で意見の交換まで始まり、見かねた後閑がその場を収拾するように例の野太い声を出した。

「溝呂木君、話は変わるが、三人が忍び込んだ時、窓から逃げ出した男――いや女かもしれんが、あの人物はどう考えたらいいんだろう?」

それには、溝呂木なりの答えが用意してあった。

「校長の三ツ寺だと思います」

部屋がまたざわめいた。それが納まるのを待つように溝呂木は部屋を見渡した。

「三ツ寺——舞子——ケイとテストの答えが流れたのは確かだろう。問題は三ツ寺がどうやって舞子に答えの入った茶封筒を渡していたかだ。ここからはあくまでも推測だがな——三ツ寺はこの受け渡しが発覚するのを恐れていた。毎回、直接手渡ししていたのではいつか他の教師にバレないとも限らない。だから、どこかに二人で申し合わせた『受け渡し場所』があったのだと思う」

なるほど、と後閑は頷いた。

いくら自分の学校とはいえ、毎度、舞子を校長室に呼びつけていれば、テストの件はともかく別の勘繰りをする教師だってでてくる。共通の秘密がある以上、二人はできるだけ接触しない方がいいに決まっている。

だが……。

後閑をはじめ大勢が抱いた疑問を拾う格好で大友が口を割った。

「しかし係長、なぜそれが逃げた人物と三ツ寺が同一だという根拠になるんですか」

「ケイがあの晩、三ツ寺に電話したのを覚えているか。『舞子先生がアパートにいない。どこに行ったか知らないか』ってな。それを聞いて三ツ寺は慌てたに違いない。なぜならその日も学校で舞子にテストの答えを渡していたからだ。答えを持ったままの舞子が行方不明では落ち着くまい。すべての教科の答えを知りえる人物など、当時橋が看破したように校長しかいない。表沙汰になれば自分の首が飛んでしまう。だから三ツ寺は急いで学校へ行き、英語準備室をガサゴソやった。おそらく『受け渡し場所』はその準備室のどこかだったんだ」

「三ツ寺はこっそり学校へ？」と大友。

「ハイド茂吉は苦手だし、事が事だからな。多分、スペアキーを使って入ったが……」

「職員室に喜多たちがいた」

「そう。だが、物音を聞いただけだ。姿は見なかった。まさか生徒がいるとは思わない。ハイドの巡回だと思った。泥棒のように忍び込んでしまった手前、姿を現すわけにもいかない。その時、竜見が大声を出した。無論、それが竜見の声だとはわからず、だがパニックに陥って英語準備室の窓から飛び降りた」

「しかし溝呂木君、五十過ぎの男が……」

後閑が控えめに疑問を口にした。

「いえ、三ツ寺は大学の体操部で鳴らした男です。校長室には鉄アレイなども置いてあって現役を誇示していました。まあ、本人にしてみれば、さほど無茶な事でもなかったんでしょう」

「なるほど……」

後閑とともに納得の顔が並んだ、が、しばらく考え込んでいた寺尾が独り言のように言った。

「しかし、そもそもなぜ三ツ寺はそこまで太田ケイに肩入れしたんでしょう。叔父と姪の間柄とはいえ、あまりに危ない橋を渡っている」

「親子なのかもしれんな」呟くように溝呂木が言った。「ケイの家の家政婦がそんなことを言っていたらしいじゃないか。事情があって名乗れず――それならどうだ?」

「ええ、それならば」

溝呂木は、三ツ寺とケイの調べを命じた二人の刑事に「まあ、後でそこのところをよく聞いてみてくれ」と申しつけ、さて、といった感じで部屋を見渡した。

待ちかねたように若い内勤が手を上げた。

「係長、三ツ寺は死体を見なかったのでしょうか」

「見てないだろうな。喜多たちが死体を発見した時、まだ舞子の服のポケットにテストの答えがあった。三ツ寺が死体を発見していればまずテストを探して処分しているはずだ」

別の刑事が「関連質問」と手を挙げた。

「たまたま死体を発見した三ツ寺が、いったん校外へ逃げだし、また引き返してきて死体を植え込みに捨てた可能性もあるんじゃないですか」

「なんのために?」

思いがけない溝呂木の強い口調に、刑事はしどろもどろになった。

「いや、何というか……。自分が校長なのですから、校長室に死体があってはまずいと思って……」

「わかったわかった」溝呂木は刑事に手のひらを向けて言った。「だがな、みんな忘れんでくれ。犯人は——いや犯人たちは遺書まで用意して偽装工作をしたんだぞ。殺しと死体の運搬を別々の犯人がやった可能性は確かにある。だが、たまたま共犯の形になりました、なんて事は考えられん。鮎美にはちゃんと意思を通じ合った共犯者がいたんだ」

溝呂木がきっぱりと言い切り、会議室は水を打ったように静まり返った。

日高鮎美が殺人の実行犯であり、共犯者が存在する——。

出席者全員がその考えに傾斜していた。しかし、鮎美犯人説については決め手がない。共犯者を挙げるにしても鮎美の男関係は一つとして浮かんできていないのだ。

溝呂木も、あとは鮎美捜索班の活躍次第、と考えていた。いくら推理を巡らしたところで、ここから先は実行犯の鮎美に直接聞かねば真相はわかるまい。

時計は午後八時を回った。よし、と溝呂木が立ち上がろうとした、その時だった。

白い手がさっと挙がった。末席の婦警——喜多の調書を担当している秋間幸子《あきまさちこ》である。

「おっ、何だ?」

溝呂木が首を伸ばして少し大きめの声を出した。

幸子は捜査会議の紅一点であり、その美貌だ。出席者の関心は発言より彼女そのものに向けられていたといってよかった。だが――。

幸子は驚くべき台詞を発した。

「橘宗一は、金庫の中に死体が入っていることを最初から知っていたのではないでしょうか」

溝呂木は全身に鳥肌が広がるのを感じた。

他の者は意味を解せず、そろって呆気にとられている。いや、寺尾も気づいた。幸子が会議を揺るがす発言を始めたことを――。

「続けろ」

溝呂木の声が上擦った。

数台のストーブと出席者の熱気とで相当に温まった会議室に、幸子の透き通った声が響く。

「あの夜は橘が先頭で校長室に入りました。金庫の鍵を開けたのも橘です。しかし、妙な事に、橘は最初に古い金庫の方を開けたんです」

「うん！」

溝呂木が中腰になって身を乗り出す。寺尾の顔からみるみる血の気が引いていく。

「ルパン作戦は四日間でした。初日、二日目、三日目と、決まって新しい金庫から開けているのに、この日に限って橘が古い金庫に飛びついた。テストは原則として新しい金庫に入れ、入り切らなかった分を古い金庫に入れます。三人も初日にすぐそのことに気づきました。なのに橘は古い金庫を――しかも、事件の夜は最終日のテストを盗みに入ったわけですから、テストは二教科だけでした。初日は四教科あったので新しい金庫に入り切らなかった。でも二教科なら新しい金庫だけで足りてしまう。古い金庫はもともと開ける必要がなかったんです」

「だから？」

溝呂木は、かすれた声で結論を促した。

「ですから、橘は職員室に入る前から古い金庫に死体があることを知っていた。それを確かめるために開けたんです。鮎美が実行犯で共犯者は橘です」

幸子は淡々と言った。

「それだ……」

溝呂木が天井を見上げた。

後閑、寺尾、大友……。出席者すべての目が見開いている。弁当の詰まった段ボール箱を運んできた若い内勤たちも、配るのを忘れて棒立ちでいる。

「それだ……」

もう一度言って、溝呂木はどっかり椅子に腰を下ろした。

——なぜ、早くそれに気がつかなかったのか。

謎が氷解していく。

喜多の見た閃光の正体がわかった。喜多もあの夜、幸子と同じ疑念を閃光の中に見たのだ。「なぜ先に古い金庫を開けるんだ?」——と。しかし、直後に死体を見て驚愕し、手順のことなどどこかにいってしまった。しかも仲間を疑う事への後ろめたさが、無意識のうちに、しかも瞬時に閃光を葬り去ってしまった。そういうことだったのだ。

会議は騒然となった。

シャケ弁当が配られ、溝呂木は十五分の休憩を告げた。何があろうが飯は食う。それも刑事の仕事だ。弁当をかき込みながら、溝呂木は苦い思いを噛みしめていた。

——見抜けなかった……。

鮎美が登場する時、橘は決まって「憮然病」を装っていた。喜多と竜見に二人の関係がバレぬよう、そして、それにすっかり溝呂木も騙された。疑う材料を見いだせなかったのだ。

いや、一度だけ橘は〝正体〟を見せていた。

ディスコで鮎美と舞子が米兵に絡まれた時だ。日頃冷静な橘が真っ先に飛び込んでいって果敢に鮎美を救ったではないか。

「奴ら、トウシを使っていた……」

寺尾が何かに怯えたように呟いた。

「トウシ？」と溝呂木が顔を向けた。

「イカサマ麻雀のトウシです。鮎美はルパンに顔を出すたび橘にトウシを送っていた。『次の授業は？』と――おそらく、電話がほしいとか、どこかで待っているとか、そんな意味のトウシだった……」

そこまで言うと寺尾は、ゼンマイが切れた人形のようにゆっくりと首を垂れた。

溝呂木は年若い内勤の顔を部屋に探した。彼は両手にポットを下げ、茶を注いで歩いていた。彼が内勤のミニ会議で言ったのだ。事件後、鮎美がルパンに姿を見せた必然性が見当たらない、と。

もやもやした霧が晴れていく。しっかりとした事件の骨組みが見えてくる。

橘と鮎美は恋仲だった。レズの関係を清算しようと、鮎美はあの夜、校長室で舞子に別れ話を持ち出した。言い争ううち舞子を殺してしまい、狼狽した鮎美は橘に電話をした。橘は「金庫に入れておけ」と鮎美に指示したに違いない。たまたまルパン作戦が進行中で、その夜も学校に忍び込む手筈になっていたからだ。その時間までハイド茂吉の目さえごまかせれば自分がどうにかしてやれる――橘はそう思ったのだろう。

鮎美から電話を受けた。殺人を知った。さあ、それからどうする？――溝呂木は橘と同化して自問した。

答えはすぐに出た。

「そうとも、自殺の偽装工作の準備をしたんだ。橘が舞子のアパートに飛ぶ。部屋には鍵が掛かっていて……」

溝呂木の思考をともに追っていた傍らの大友が口を開いた。

「橘はダンボールの切れ端でドアが開けられるんで

す。相馬の部屋で開けてみせました――舞子のアパートは相馬のところより古いから、奴なら簡単に入れます。九時半に舞子の部屋へ忍び込んだのは橘だったということですね」

「そうだ……。その通りだ」

溝呂木の興奮が会議の輪に伝播していく。

「橘は部屋で遺書に使える文面を探した。そして、あの雑誌の投稿の書き損じをクズ箱から拾ってきたってわけだ」

後閑は箸《はし》を止め、うんうんとあかべこのように頷き続けている。

「あとは……」と溝呂木が目を閉じる。

「死体の処理です」と大友。

「そう、死体を金庫から植え込みに移動した。だが橘はいったいどうやって校長室に舞い戻ったんだ？ 侵入口の窓は鍵が開いたままだが、職員室には入れん。一人でもう一度ルパン作戦をやったってことか？」

その疑問が波紋となって会議室に広がる中、またしても末席からスッと細い手が上がった。

テレビのボリュームを一気に絞ったように、すべての声と食事の音が消えた。

「秋間、言ってみろ」

「はい――金庫の死体を見た三人は職員室を飛び出しましたが、部屋を出る直前に橘が転倒しました。橘が最後に部屋を出るためにわざと転んだのだと思います。橘は職員室のドアノブの内鍵を掛けずに外へ出たかったのです。無論、二人と別れたあと、もう一度学校に忍び込み、死体を移動しようと考えていたからです。職員室の鍵さえ開いていれば舞い戻るのは簡単です。そして、それは成功したとみられます」

その場の誰もが、もはや幸子をただの美人婦警とは見ていなかった。取調室で喜多の供述を書き取りながら、幸子は一人事件の真相にぐいぐい迫っていたのだ。

それだけに寺尾の落ち込みようといったらなかった。寺尾と幸子は同じ取調室で同じ時間、同じ供述を聞いていたのだ。食事も早々に会議はまた激しい意見の応酬となったが、寺尾はもう口を開かなかった。

土壇場で事件を引っ繰り返した幸子もまた、そうした大仕事をやってのけたとは思えぬ暗い眼差しで、シャケ弁当にもとうとう箸をつけなかった。

6

捜査会議が大詰めを迎えた頃、取調室の竜見が重要な供述を始めていた。

「ああ、もう気持ち悪くてしょうがねえから洗いざらい話すよオ」

「何をだ？」と担当調べ官の徳丸。

「電話のトリックだよ」

「電話？」

「鈍いなア、ほら、事件の晩にグラマーのウチに掛けた電話だよ」

徳丸は大きな咳払いを二つ、三つとした。四階の対策室の面々に、スピーカーの供述をよく聞いていてくれ、と合図を送ったのだ。

「話してみろ」

「話すよ、トクさんだから話すんだぜ。ちっとは手柄も立ててもらわなきゃな」

竜見は恩きせがましく言い、徳丸の煙草に手を伸ばした。

「あの電話さ、でたのは本当にグラマーだったかって、キタローに散々聞かれてよ。実際俺も自信がなくなってたんだ」

「うん」

「ところがよ——」竜見は徳丸のライターで火を点け、煙を一つ吐き出し続けた。「確かめるチャンスがあったんだ」

「確かめるって……。舞子先生は死んじまったろうが」

徳丸は興味なさそうに言った。そうすることで竜見はより雄弁になる。

「わかってるよ。だから——その、あれさ、話せば長くなるんだけどな……」

「短く言ってみろ」

「ああ、簡単に言うよ。卒業してからのことなんだけどね、俺さ、グラマーのアパートの隣に住んでた女とできちゃったんだよ」

「お前——」徳丸がムッとした。「女遍歴の自慢話でも始める気か」

「そうじゃねえよ、ちゃんと聞けってトクさん。息子が私立に落っこちてよ、女も滅入ってたんじゃないの。とにかく行くたびベッドに誘われてさア」

竜見は、本当に自慢話じゃねえって、とばかり顔の前で手を振りながら続ける。

「でさア、ある日女とベッドでギシギシやってたら、突然隣のウチで電話が鳴ったんだ。グラマーと反対側のウチだったけど、それがモロ筒抜け。こっちの部屋で鳴ってるみたいさ。そんで俺、女に聞いてみたんだ」

「うん？」

「あの晩、一時頃グラマーの部屋で電話が鳴ったかどうかさ」

「なるほど。で、どう答えた？」

「それが、聞いていないって言うんだ。絶対電話はなかったって」

「だが、奥さんは十一時頃うたた寝しちまったんじゃなかったのか」

「そこさ。確かにうたた寝はしたけど、十二時には起きて二時過ぎまで編み物をしてたんだと――なあおい、俺が親しくなったからこそ聞き出せたんだぜ、そこんとこわかってくれねえと」

「わかったよ、それで……」

徳丸はうんざりした顔で言った。

「それでじゃないよ、まったく。だからトクさんは出世しねえ――俺はちゃんと電話したのにグラマーのウチの電話は鳴らなかった。すると、俺はどこに掛けたわけ?」

徳丸が首を傾げ、竜見が真顔で身を乗り出した。

「確かにダイヤルを回して女と話したのは俺だよ。けどさ、校長の手帳からエムエムのイニシャルの電話番号を書き写したのは橘だぜ。俺は橘がメモを見ながら言った番号をただ回しただけなんだ」

「橘が……?」

「そうだよトクさん」

徳丸はまだ、橘と鮎美の共犯について報告を受けていなかったから、竜見の供述を半信半疑で聞いていた。

「どう考えてもそれしかねえや。橘は俺にどこか違うウチの番号を回させたんだ。俺は奴に嵌《は》められたんだよ」

「だが……電話にでた声は舞子先生のだったんじゃないのか」

「あん時は俺もそう思ったよ。だけど、眠たそうで小さい声だったからなア」

「そうじゃなかったかもしれない、ってことか」

「ああ、女に電話が鳴らなかったって聞かされた後はそんな気になってきたよ。それとさ、俺とキタローでグラマーのアパート行く時、電話帳で住所調べたろ。オヤジの名前で載ってたけどさ、その番号と、俺が事件の晩に掛けた番号、なんだか違うなって感じがしたんだ実際」

一気にまくし立てた竜見は、しかし、言うだけ言うと小さな溜め息を漏らし、また徳丸の煙草に手を伸ばした。

捜査対策室では会議が中断され、新たな驚きの声があちこちで上がっていた。

溝呂木は今こそ、喜多が閃光で見たもののすべてを理解した。

「係長――」大友が言った。「竜見は、舞子のアパートではなく、鮎美の家に電話を掛けさせられたんですね」

「そういうことだ」

竜見が橋の言うままダイヤルを回す。それは鮎美の家の電話だった。橋と口裏を合わした鮎美が電話にでて眠そうな声を出す。そして長い会話でボロがでるのを避けるために「竜見君でしょ?」とすぐ問い返し、案の定竜見は慌てて電話を切った。なんの疑いも抱いていなかった竜見が、相手を舞子と信じ込んだのも無理からぬことだ。

「アリバイ作りですかね」と大友。

「ああ。橋は、万一舞子の死が殺人事件と見抜かれた時のことを考えていたんだろう。そうなるとまず一番に疑われるのは――」

「鮎美ですね。他の職員が証言しますよ。鮎美と舞子が二人だけで夜まで職員室に残ってたことを」

「世間に出て間もない若い娘だ、他愛もなく自供してしまったろうな」

そう言って溝呂木はリストの「日高鮎美」をペンの尻でトンと叩いた。

殺人事件とわかれば即鮎美が捕まる。そこで橋は一計を案じた。「深夜まで生きていた舞子」をデッチ上げたのだ。舞子が一旦自宅に帰ったとなれば「職員室――校長室」という事件の連続性が断ち切られる。しかも捜査の目が外部にも向き、鮎美のアリバイ作りだって可能になる。

――いや、待てよ。

溝呂木は、はたと思った。

電話の小細工は無意味ではないか。そもそも、喜多、竜見、橘の三人はルパン作戦の共犯者であり、当時は運命共同体のようなものだった。仮に殺人事件とわかって捜査が自分たちの身辺に及んだとしても、三人はガンとして口を割るまい。なぜなら、舞子の電話や金庫の死体の事を喋れば自分たちのテスト泥棒も即座にバレてしまう。そればかりか十五年後の今日がそうであるように、舞子殺しの疑いだって降りかかってくる。だとすれば、橘が喜多と竜見を騙し、仲間うちで「生きていた舞子」を作ってみたところで鮎美を救うことはできないではないか。

真に救う気なら、第三者、例えば同僚の教師に、舞子が深夜まで生きていたと信じ込ませねばならなかったのだ。

捜査会議は終了した。

ただちに大友をキャップとする内勤の一団が会議内容のコピーや資料分析に動きだし、鮎美捜索班の増援組が階段を駆け降り、調べ官の面々が足早に取調室へと向かう。顔色のない寺尾もその中にいた。

溝呂木は、部屋を出かかった秋間幸子をつかまえた。

「いいところに目をつけたな」

「ありがとうございます」

幸子はきちんと腰を折って言った。間近で見ると一際に美しく、溝呂木には眩しいほどだ。が、やはりその表情はどことなく沈んでいる。

「橘が共犯とはな……。俺も正直驚いた」

「白い靴でわかりました」

幸子は静かに言った。

「白い靴？　ああ、喜多が見たと言った職員室の」

「ええ、事件の後、日高鮎美が一度も白い靴を学校に履いてこなかった。喜多はそうも供述しました」

「うん」

「でも、女性は白い靴ぬきでは辛いんです。服に合わせますから――だから私、鮎美は誰かに白い靴を履いてきては駄目だと言われたんだと思いました。職員室の白い靴の一件を知っているのは喜多、竜見、橘の三人だけです。三人のうち誰かが伝えたのだと考えて調書を読み返してみたら幾つもの手掛りが見えてきました。喜多の供述の中には『すがるような目』という表現もありました。事件の後、ルパンに現れた鮎美が、バイトに行くため立ち上がった橘をすがるような目で見た――と」

「なるほど、それでか」

「ええ」

幸子の表情が幾分和らいだ。

溝呂木にしても、解明の糸口が女性ならではの発想だったことを知ってどこかホッとしたような気持ちになった。寺尾ならずとも、やはり心のどこかに、小娘に出し抜かれた、との思いがあったのだ。

だからというわけではないが、溝呂木は先ほど感じた疑問を幸子に話してみる気になった。

「しかし、なぜ橘はあんな無駄な電話のトリックを考えたんだろう」

幸子は溝呂木の意図するところを的確に受け止めたようだった。ややあって形のいい小さな唇が動いた。

「橘は舞子の死が自殺として処理されることを祈っていました。しかし、万一警察が殺人事件として捜査を開始したら、橘は警察に出向いてすべてを話す覚悟を決めていたのだと思います」

「だが、そうなると三人のしたことも……」

言いかけて、だが溝呂木は黙った。幸子の瞳は真っ直ぐで、力があった。

「橘は、ルパン作戦の事も金庫に死体があった事も洗いざらい話し、そして勿論、事件の晩舞子のアパートに電話した事も供述します。竜見も仕方なく同じ供述をすることになります。橘に騙されているのも知らず『舞子は生きていた』と嘘を補強してくれる――警察は三人を疑いません。なにしろ三人は舞子事件の捜査に協力するために敢えて自分たちの犯罪を暴露した少年たちですから。これほど信用できる供述はないはずです。そして捜査は、舞子が午前一時まで生きていたという線で進みます。まさに橘の描いた筋書き通りに」

そして、幸子はこうつけ加えた。

「橘は、学歴も友達もみんな捨てていい、ただ鮎美を助けたい――そう考えていたのではないでしょうか」

溝呂木は言葉を失った。一礼して立ち去る幸子が階段に消えるまで、溝呂木はじっと動かずにその背中を見送った。

不意の来客で会議の席を外していた後閑が、幸子と入れ違いに階段を上ってきた。

「会議は終わったようだね」

「ええ……」

後閑が溝呂木の視線を追って首を回し、「ああ、あの娘か」と呟いた。

「なんともはや凄い婦警が……。いったい何者です署長？」

後閑は、痛いところを突かれた、といったふうに唸った。

「いやな、藤原刑事部長の紹介で婦警の試験を受けたことは君も知っているよな」

溝呂木が頷く。この事件のスタッフに幸子を抜擢したのも刑事部長の藤原だった。

「ワシも藤原さんの知人の娘さんだ、ということしか知らんのだ。しかし、確かにキレるというか、いつでもシャキッとしていて仕事はなんでも完璧にこなしとる」

「正直、ウチの班に貰いたいですよ」

二人は、しかし幸子の素性を詮索している暇はなかった。後閑は本庁への報告を迫られていたし、溝呂木は溝呂木で共犯の線が濃厚となった橘を自供に追い込むため策を練らねばならない。

捜査員から幾つかの情報は上がってきていた。高校を卒業後、橘がバイトで掃除に行っていたビルで現金が紛失し、疑われた橘が辞める羽目になったこと。厳格だった父親が自殺し、自分を責めていたらしいこと――。

だが、橘の取り調べは膠着したままだった。

調べ官の曲輪は、情報を小出しにしつつ忍耐強い取り調べを続けていたが、橘はほとんど反応を示さない。まるで自分一人が別世界の生き物であるかのごとく気配を絶ち、厚い殻に閉じ籠もっている。

午後九時を回ろうという時、溝呂木のもとに伝令が飛んできて、橘が初めて口をきいたと伝えた。

「で、なんと言った？」

「ひと言だけです」

「言え」

「僕にはあだ名がなかった――と」

溝呂木は天井を仰いだ。

「キタロー」に「ジョージ」、そして「橘」か。

橘は友達を捨てても鮎美を助けたかったのではないでしょうか――そういった幸子の言葉を溝呂木は改めて思い返していた。

第七章　時の巣窟《そうくつ》

1

巣鴨駅の改札を出た時、谷川勇治は、ふとした自分の思いつきが、ほとんど確信に近いところまで高まっているのに気づいた。

──日高鮎美はこの街にいる。

昼間、ホームレスとなっていた橘宗一を見つけ出して大いに株を上げた。その余勢というか、初めて得た自信のようなものが谷川の思考を大胆にさせ、鮎美の捜索班に組み入れられるとすぐ、直感の命ずるまま巣鴨を目指したのだ。

今日初めてペアを組んだ新田の表情も真剣そのものだ。橘連行の大仕事の余韻も覚めぬだろうに、浮わついた言動も見せずキビキビと動く。その新田は交番勤務でたまたま自転車泥棒を続けて捕らえ、思いがけず署の刑事課に配属されたのだというが、その顔から察するに、いよいよ長い刑事人生を歩き出す決心のようなものが芽生えたのかもしれない。

鮎美の実家は埼玉の所沢だ。教師時代は板橋にアパートを借り、今は日暮里に移り住んでいる。二十人を超す捜査員が、その周辺と立ち回り先を躍起になって追い掛けているはずだ。

──違う。日高鮎美は逃げているんじゃない。

谷川はそう思った。

鮎美は今日を「特別な日」と言い残して姿を消した。事件を追う警察にとってみれば、それは自白にも等しい重みを持つ。だが、谷川の胸には別の思いがこんこんと湧いてくる。それは幼子《おさなご》の求める指切りにも似た、懐かしく、ほろ苦い感傷だった。谷川は「特別な日」という簡潔な言葉の奥底に、日高鮎美という女の純粋な心根を見ていた。自分を捜し出してほしい。鮎美は心のどこかでそう願っているのではあるまいか。

そんな鮎美が「特別な日」を過ごす場所はどこだろう。

谷川の頭には真っ先に巣鴨が浮かんだ。橘が好んで足を向けた巣鴨。喫茶ルパンのあった巣鴨である。

午後九時を回っているが、駅前はかなりの賑わいがあった。いっとき「ミニ銀座」などともてはやされた歓楽街は今も健在で、重なり合うネオンがビルに反射しながらロータリーの夜の顔を彩っている。

谷川と新田は、甘栗売りの釜からもうもうと沸き上がる湯気をくぐると、点滅を始めた信号を足早に渡った。右に折れて真っ直ぐ進めば「四の日」の縁日で知られる『とげぬき地蔵』の商店街に続く。

二人は、あてもなく辺りを見回した。その二人を押し退け、突き飛ばすように人の波が移動していく。

「どうしましょう?」

店先に体を避けながら新田が言った。

「新田、お前どう思う?」

「何がです?」

谷川は忙しく行き来する人の群れに視線を投げた。少々自信が揺らいでいた。

「日高鮎美がこの中にいると思うか」

「いますよ」とあっさり言って、新田はポケットをゴソゴソ探り、当時の住宅地図のコピーを取り出した。

「すぐその先ですね、喫茶ルパンがあったのは」

「ああ」と答えて、谷川は新田の指さす方に目をやった。十五年前にはな、と続けようとして、だが、それを呑み込んだ。新田も気づいて小さな叫び声を上げた。

『喫茶　ルパン三世』――。

灯の点いた緑色の看板に、そうある。二人は改めて地図のコピーに紅潮した顔を突っ込んだ。

「同じですよ谷川さん！　昔ルパンがあった場所と！」

「ああ、同じだ、同じ場所だ」

喫茶ルパンがあった。「三世」がついたとはいえ、「ルパン」の名は十五年後の今日まで生き続けていた。

小さな感動と胸騒ぎを覚えつつ、谷川と新田は店のドアを押し開いた。狭く、だが奥行きのある店内。ルクスの低い照明が黒を基調としたシックな内装をぼんやりと浮かび上がらせている。

入ってすぐのカウンターに、女が一人腰掛けていた。コーヒーカップを口に運ぶ中年の女の横顔――。

谷川は足を止めた。新田も。


スポーツや勝負事に限らず、どこの世界にもラッキーボーイというのはいるものだ。警察の捜査にしても例外ではない。事件捜査では何十、何百という捜査員が動くが、時としてラッキーボーイが現れ、二つ、三つと核心の情報を引き当てて瞬く間に事件を解決に導いてしまうことがある。まさにこの事件では、三十になったばかりの谷川と、まだ学生気分の抜け切っていない童顔の新田がそうだった。

二人は高鳴る胸を抑えつつ、女と席を隔てたカウンターの隅に腰掛け、コーヒーを注文した。手持ちの写真は教師時代のものだから十五年も前の顔である。細面でなかなかの美形。カウンターの横顔はややふっくらした線だ。

谷川は横目で女を観察し、そうしながら不思議な感慨にとらわれていた。

ここに喜多や竜見や橘がいた。笑い、怒鳴り、不貞腐れ、そして、こっそりルパン作戦を練ったりもした。カウンターには内海一矢がいた。縮んだ麻の前掛けをしてコップを洗っていた。そして、太田ケイや日高鮎美もこの店に――。

一瞬のタイムトラベルが消えた。

「おもしろい店の名だね」

谷川は、内海とは似ても似つかない太めのマスターに声を掛けた。

「ああ、よく言われます」

「ずっとこの名前?」

「いえね、六年ほど前に買ったんですが、それまでの名前が『ルパン二世』だったんです――気に入ったから、二世を三世に変えたってわけで」

「なるほど」

「その前は、ただの『ルパン』って名前だったらしいですよ。前の人も、二世をくっつけて始めたんだって言ってましたね」

女に微かな反応があった。

その反応は、絶対のように思えた。

――時間がない。当たるぞ。

谷川は新田に目配せし、椅子を回して立ち上がろうとした、と、その時、女の顔がスッとこちらに向いた。

「警察の方ですね?」

静かな声だった。新田がゴクリと唾を呑み込む。

「警察の方でしょ」

「ええ」谷川は中腰のまま答えた。「捜査一課の谷川といいます」

「とうとう来たんですね……」

女は、いや日高鮎美は遠い目をした。

「いつか来ると思ってました。連れて行って下さい」

鮎美は淋しげな視線を谷川に向け、腰を上げた。谷川は頷き、「すぐに車を拾います」と言った。

一足先に新田が外へ飛び出し、呆気にとられるマスターと口をつけていないコーヒーを残して、谷川と鮎美も店を出た。

新田からの至急報に対策室は沸き返った。午後九時四十分だった。全捜査員が待ち焦がれていた日高鮎美が取調室に入った。

対策室に戻り、報告書を書き始めようとした谷川は、だがすぐに溝呂木に呼ばれた。

「お前、日高鮎美を調べてみろ」

「私が……ですか?」

「そうだ、やってみろ。補佐役に寺尾をつけてやる」

指名された谷川よりも後ろで聞いていたコンビの新田が興奮していた。大抜擢である。相手は嶺舞子殺害事件の最有力容疑者。この調べが捜査の勝敗をはっきり分かつのだ。

それは溝呂木の賭だった。


谷川は決して器用な男ではない。調べの経験はもっぱら所轄時代のコソ泥相手で、重要事件の聴取テクニックなどゼロに等しい。取り調べの腕なら、いま喜多を調べている寺尾の右に出る者はいないし、寺尾なら短時間の修羅場も嫌というほど踏んでいる。その冷徹な内面には立ち入りようもないが、〝落とし〟への執着は実際溝呂木も舌を巻く。駆け出し婦警に喜多の供述の裏側をすっかり明かされ、おそらく任官以来初めての挫折を味わったところだが、そんな時こそ奴はやる。溝呂木はそう思って寺尾の投入を決めていた。

しかし、鮎美の連行の様子を聞くうち、溝呂木は取り調べスタッフの変更を思い立った。

鮎美はすべてを話すためにここへ来た。そんな気がしてならなくなった。

ならば〝落とし〟はいらない。必要なのは〝環境〟だ。溝呂木は、黙っていても優しさと誠実さが滲み出てくる谷川こそ鮎美を調べる適任者とみた。

「自然体でやれ」

谷川を送り出すと、溝呂木は自らの采配に満足して、口髭を摩りながら大きく息を吐き出した。

2

やはり谷川に好感を抱いていたのだろう、取調室にその穏やかな顔が覗くと、鮎美はホッとしたような表情を見せた。

「谷川さん……でしたよね？」

鮎美の方から声を掛けてきた。

「ええ」と答え、谷川は真向かいの席に腰を下ろし、鮎美の顔を見つめた。

やはり写真よりふっくらしている感じだが、それは年輪の丸みといった平凡な日常を連想させるものではなく、むくみを帯びて肌の色つやも悪かった。

ひと口に言えば、重苦しい生活感を湛《たた》えた、女を一歩退いてしまったような顔だった。

だが、懸命に笑みを浮かべようとしている。それは対人的な義務としてではなく、自分をもり立てるというか、少しでも和やかな自分でありたいといった願望の表れのように思える。部屋には二人の他に調書を巻く内勤と伝令、鮎美の斜め後ろには、硬い表情の寺尾が壁を背に腕組みをしている。しかし、鮎美はそうした取調室特有の空気に萎縮しているふうもない。静かな、それでいて、何をも恐れぬ落ちつき払った態度だ。

溝呂木から、取り調べの方法はすべて任すと言われてきた。

谷川は言葉を選ばず口を割った。

「十五年前、嶺舞子さんが殺された事件のことで聞きたいことがあります」

壁の寺尾がギョッとして谷川を見据えた。

谷川の発した言葉が、今朝喜多にぶつけた自分の第一声によく似ていたからだった。

寺尾は喜多を揺さぶる最も効果的なカードとしてその言葉を使った。だが谷川は策を弄する腹もなく、最初から本音で勝負を掛けているようだ。つまりは調べ全体を見通して吐いた台詞ではない。その谷川の無策が、もう限界近くまで擦り切れてしまっている寺尾の神経を尖った爪で掻き回した。

――これじゃ調べにならねえ。

自分の出番が近い。苛立ちの中で寺尾はそう考えていた。

案の定というべきか、突然本題に切り込まれた鮎美の顔から笑みが引き、戸惑いの瞬きが幾つも重なった。

「聞かせてくれますか」

谷川はもう一度言った。ほかに言うべき言葉が見つからなかった。鮎美がうつむく。谷川は頭の中が白くなりかけていた。

寺尾は腹で罵声を浴びせていた。

――判事気取りの間抜けな質問はよしやがれ。

「お願いします。聞かせて下さい」

「……」

鮎美は答えず、痙攣《けいれん》したように小刻みな瞬きを続ける。

谷川はこの場から逃げ出したいような気持ちになった。捜索していた時、はっきり見えた気がした鮎美の心情が今はもう見えなかった。すべてを話すためにここへ来た。その鮎美をためらわせているものが何なのか、それがわからなかった。

――教えて下さい。

谷川は祈る思いを瞳に込めた。

鮎美がその瞳を探り、しばらくして苦しそうに言った。

「橘君――橘さんもここに呼ばれているんです

か？」

一瞬、部屋の空気が凍りついた。寺尾が壁から背を外し、言うな、と谷川に手振りで伝える。

「ええ、来ています」

谷川は真っ直ぐ鮎美の目を見て言った。

寺尾が驚嘆と怒りのごっちゃになった顔を突き出す。

「それで？」鮎美は早口で言った。「橘さんはなんて？」

「いえ、事件のことは何も喋っていません」

たまらず寺尾が「おい」と声を掛けた。

事件の容疑者、いや単なる参考人に対してであっても、関連捜査の状況を伝えるなどもってのほかだ。戦術としてチラつかせるのならともかく、聞かれるまま刑事が答えてしまったのでは、被疑者に自分がいま置かれている立場を悟られ、言い逃れや黙秘の材料に利用されかねない。完全な密室を作り上げ、その中でいかに被疑者を孤立させていくかが取り調べの鉄則なのだ。

それを谷川は破った。しかも、橘と共犯関係にある鮎美に対して「橘はまだ自白していない」と暴露してしまった。取り返しのつかないミスといえた。

谷川の顔は上気して首まで真っ赤だ。

――駄目だ、舞い上がってやがる。

寺尾は壁際を離れた。調べの交代を決意していた。いくら溝呂木の命とはいえ、せっかくの獲物を目の前にしながらみすみすそれを逃すわけにはいかない。だいいち、この鮎美を落とせなければ、それは即、嶺舞子事件の捜査の終焉《しゅうえん》を意味するのだ。

寺尾は早足で谷川の側に回り、その背をポンと叩いた。と、谷川がそれを手で制する。待って下さい、と言うように。

――こいつ……？

谷川は真っ直ぐ鮎美を見据えている。寺尾も鮎美に顔を向け、ハッと息を呑んだ。

鮎美の頬に一筋の涙があった。

唇が小刻みに震え、それが今にも確かな意思をもって動き出そうとしている。

――まさか、ウタう気か？

寺尾の胃が収縮した。

鮎美の体からスーッと力が抜けていくのが傍目にもわかった。

「すみません……でした」

消え入るような声だった。

「橘さんは関係ありません……私が……」

谷川は続く言葉を待った。

寺尾は無意識に心の中で叫んだ。

――言うな！

「私が……嶺舞子先生を殺しました」

途端、寺尾は激しい嘔吐感に襲われた。両手を口に押しつけ、グエッと一声洩《も》らして腹を引き、よたよたとドアへ歩み寄る。そのままドアを蹴り開け、驚く数人を突き飛ばして刑事課を突っ切り、出てすぐのトイレに駆け込んだ。何も入っていない胃がきりきりと捩じれ、洗面台に幾度も黄色い液体をぶちまけた。体をくの字に折り、「クソウ……クソウ！」と唸り声を上げながら、ひび割れた鏡の中に歪《ゆが》みきった男の顔を見た。刑事職にありながら、自供するなと願った男の顔は、吐いても吐いても歪んだままだった。


取調室は静かだった。

鮎美はバッグの中を探っていた。

取り出したのは小型のテープレコーダーだった。

「聞いて下さい」

谷川は無言でそれを受け取り、鮎美を見た。

「何ですか？」

「聞いてもらえればすべてわかります」

鮎美の目に力がこもっていた。谷川は小さく頷き、テープレコーダーを机に置くと、再生ボタンを押した。

ジジジッとテープの回る音。それが十五年間を遡る音だとは誰一人思ってもみなかった。

突如、テープが女の声を発した。

「本当にもう許してください」

鮎美の声に違いなかった。ややあって別の女の声が絡んできた。

「また男のこと?」

「本当にもう嫌なんです、こんなこと」

「フフッ……嘘おっしゃい、鮎美さんだって、いつも楽しんでるじゃない」

「違います……本当に違うんです。お願い、もう許して……」

「男なんて、勝手なだけよ。すぐ捨てられるから、ねっ」

「……イヤッ」

「ねっ……フフッ……ねっ……ねっどーう、ねえ?」

「やめて……やめて!」

ガタン――。

「ギャ……」

「先生……嶺先生……みね……ああっ!」

「もしもし、橘君――あたし、あたし――助けて、助けて!」

「あたし、あたし……嶺先生が死んじゃったの、ああっ……どうしたら……！」

「校長室で……突き飛ばしたの。そしたら頭を打って……」

「できない、そんなこと……」

「無理よ、金庫なんて開けられない」

「でも、金庫に入れたって……」

カチッと再生ボタンが跳ね上がり、テープが止まった。

谷川は声もなかった。

犯行時の会話——それが録音されていた。

舞子が校長室で鮎美に関係を迫り、思い余った鮎美がソファから突き飛ばした。打ちどころが悪かったのか、舞子が死亡し、慌てた鮎美が橘に電話を入れた——すべてが克明にテープにとられていた。電話の受け答えから、橘が死体を金庫に隠せと指示したことも明白だった。

舞子の声は妖しく、それでいて威圧に満ちていた。それに引き換え、鮎美のなんと惨めなことか。拒む声も消え入りそうで、橘に電話を入れてからは終始泣き声だった。

谷川には生々し過ぎた。耳に届いたばかりの二人の女の声が脳裏に鮮明な映像を作り上げていく。一方でその映像と目の前の鮎美とをオーバーラップさせる作業が進まない。テープは十五年前の出来事をいとも簡単に再生してみせた。そのあまりの呆気なさが、谷川の裡にある時間とか歳月とかの感覚を狂わせてしまい、被疑者と取調官という現実的な関係すら見失わせてしまっていた。

が、鮎美は被疑者である現実をはっきり認識していて、しかも、それを切望している顔だった。

「これね、金古茂吉が録音してたんですよ」

聞かれもせずに鮎美が話し始めた。

「あの男は何年も前から校長室や職員室や更衣室や、校内のいたる所に盗聴器を仕掛けていました。趣味だったんです、盗聴が」

おそらく谷川が最初にすべき質問の答えだった。

谷川は机に身を乗り出した。どこかまだはっきりしない頭から質問を捻り出す。

「突き飛ばしたんですね」

「ええ」と鮎美は深く頷いた。「嶺先生は本棚にひどく頭を打ちつけて……動かなくなりました」

「そして……橘に電話し、彼の指示で死体を金庫に入れた」

「そうです。死体を金庫に隠し、急いで板橋のアパートに帰りました」

「時間は？　いえ、そもそも事件があったのは何時ごろでしたか」

「九時ごろでした。アパートに戻ったのは十時ごろです。すぐに橘さんから電話があって……夜中に竜見君から電話がいくから嶺先生のフリをしろって言われました。できない、と答えたのですが、どうしても二人のためにやれって。死体はどうにかするからって、橘さんは必死でした。私のために……」

鮎美の声はかすれた。

谷川は小さく頷いた。気持ちが落ちついてきたのが自分でもわかる。

「それで――アパートで電話を待ってたわけですね」

「いえ」と鮎美は首を横に振った。「帰ってすぐバッジを落としたことに気がついたんです」

「バッジ？」

「ええ。ポケットにあったのがなくなっていて……。ああ大変って思って、てっきりあのとき校長室で落としたんだと思いましたから。大急ぎで、十一時ごろでしたか、また学校に引き返したんです」

「何のバッジです？」

「生徒の襟章です」鮎美は一寸考え、「確か三年F組のでした。昼間、テストの監督でF組に行ったとき教室の前で拾い、生徒にかざして、落とした人がいないか聞いたんです。でも誰も名乗りでないので、そのままポケットにしまいました。それをなくして慌てたんです。なにしろF組の子全員にバッジを持っていることを知らせてしまっていたわけですから……」

「なるほど、それで？」

「学校へ着き、校門のインターホンで金古を呼び出しました。職員室の鍵を借りるため、二人で守衛室に行きました。そうしたら……」

鮎美はそこで言葉を切り、机のテープレコーダーを見つめて唇を咬んだ。

「金古が……」鮎美の声が震えた。「あの男がラジカセにテープをセットしてスイッチを入れました。さっきお聞かせしたあのテープです。それを私に聞かせたんです……」

谷川は身構えた。その後に続く鮎美の言葉を恐れた。

「……黙っててやるからって、あの男……私を……」

谷川は目を閉じた。

真っ暗な世界に鮎美の乾いた声が響いた。

「その後もずっと……。何度も……。守衛室に呼ばれて関係を迫られました」

——なんてことだ……。

谷川は目を開けた。

鮎美の強張った顔があった。泣いてはいなかった。そのむごたらしい出来事に泣いたのは十五年前のことだったのだ。

「そのこと……橘には？」

「そんな……」と鮎美は絶句した。

手を喉に強く押し当て、懸命に堪えていたが、やがて皺くちゃになった口元から微かな嗚咽《おえつ》が漏れた。

谷川は目眩を感じた。橘の存在は――十五年前の事ではなく、「十五年間の事」だったのだ。

「すみません。答えなくて結構です」

「いえ……」と鮎美は濡れた瞳を拭いながら顔を上げた。「ごめんなさいね、取り乱してしまって……。ちゃんとお話しします。茂吉とのことは橘さんには言えませんでした。正直に話せば良かったと今は思っています。でも、それは今そう思えるだけで、あの頃はとても無理でした。とても言えなくて……それが私辛くて、苦しくって……」

鮎美はまた嗚咽を漏らした。

谷川は悟った。鮎美は知っているのだ。十五年経った今、死体を遺棄しただけの橘が罪に問われることはないことを。だから「ルパン」に現われた。自分の犯した罪と向き合うために――。

鮎美は、谷川の未熟な調べを逆にリードするように洗いざらい話した。茂吉に身も心も引き裂かれてアパートへ戻ったこと、どうにでもなれと飲めないウイスキーを三杯も呷ってベッドへもぐり込んだこと、竜見からの電話を「舞子」でやり過ごし、泣きながら大笑いしたこと。脅迫から逃れるためにと茂吉の目を盗んでテープを持ち出したこと……。

鮎美の供述は、金古茂吉の不可解な行動のすべてを解き明かした。茂吉があの晩、午前零時の巡回をすっぽかしたのは守衛室で鮎美を蹂躪《じゅうりん》していたからにほかならない。軍隊の無線機のようなラジカセは盗聴の趣味に使われていた。喜多が持ち帰ったテープはおそらく更衣室の盗聴録音であり、布団の香水は鮎美の痛ましい体験が残したものだった。

鮎美はまた、事件に絡む背景の捜査にも貢献した。

持参した数本のテープの中には、校長の三ツ寺と舞子がテストの答えを受け渡す算段をしている会話も収められていた。三ツ寺——舞子——太田ケイの経路が裏付けられたのだ。

すぐさま伝令が走り、頑強に否認していた三ツ寺もついに観念した。

「ケイの成績が悪い。私が面倒みるから。そう嶺先生に話をもちかけられて……」

刑事から舞子とケイのレズの関係を知らされると、「おおぅ……」と発したきり絶句し調べ室の机に何度も額を打ちつけた。やはり太田ケイは三ツ寺の実の娘だ。取調官は直観したが、もうそれ以上責め立てることはしなかった。

同じ頃、金古茂吉の所在を追っていた一組の刑事が八王子の特別養護老人ホームに辿り着いていた。

茂吉は来年八十を迎える。三年ほど前から寝たきりの状態で、ホームの職員の話では、心臓がひどく弱ってもう長くないという。刑事は拝み倒して面会の許可をもらうと、ベッドの脇で鮎美とのことを質《ただ》した。茂吉はいかにも嬉しそうな笑みを浮かべ、あれはいい女だった、死ぬ前にもう一度抱きたい、とやせさらばえた体から絞り出すように言った。

すべてが鮎美の供述通りだった。

その鮎美の取り調べは、橘との関係に入っていた。

「橘とはいつからのつき合いだったんですか」

谷川も鮎美もすっかり落ちついていた。互いに大仕事を終えたような共通の安堵感の中にいた。

「偶然だったんです本当に」鮎美は遠い目をして言った。「私が赴任した時、橘さんはまだ二年生で……。私、内幸町のビルに友人を訪ねて、帰りに一階のロビーを歩いてたら——そこ歩くんじゃねぇ！　って怒鳴られたんです。見ると橘君で、確かに『清掃中』の札が出ていたから、私も思わず謝っちゃいました」

「本当ならアルバイトを咎めるわけが?」

「そうなんです」鮎美は小さく笑った。「それで、二人で顔見合わせて吹き出しちゃって――私、小さい頃からピアノ、ピアノの毎日で、なんていうか、ひどく世間知らずでしたから。自分でアルバイトなんかしたことなかったし、生徒のアルバイトの事にしたって、喫茶店とかハンバーガーの店とか、そんな所で適当に楽しくやってるんだろうって勝手に思い込んでいたんですね。それが、彼ったら本職みたいに上下の作業服着込んで、ゴシゴシ一生懸命ロビーを磨いているの。しばらくそれ眺めているうちに、私、何だか胸が熱くなって……」

　橘さんが、橘君となり、彼へと変わる。出来の悪い教え子が、大切な人へと変わっていくさまを谷川は静かに見守っていた。

「こっそりですけど、二人でよく出掛けました。お茶を飲んだり映画を見たり、ちっちゃなバイクの後ろに乗せてもらって――あっ、でも、そういうことってなくて、一度も……。彼、手も握らないんです。信じられないでしょう?」

「いえ」

「それからね、彼、コーヒーとか食事とかなんでも私の分まで払うんです。私の方がうんと年上だし、だいいち相手は自分の生徒でしょ。私も払うって言うんですが、そうすると凄い顔して怒ってね……。でも、ゴシゴシ掃除して、そのお金で払おうとしてくれる気持ち、たまらなく嬉しかった」

「わかります」

「それから――」鮎美は次のエピソードを探そうとして瞳をくるっと回し、だが、思考が行き詰まったように顔を曇らせた。

「それでお終いです……。あの日ですべて終わってしまいました」

　谷川は机のテープレコーダーに目を落とした。

「事件のあと何度か彼に会いましたが、私はただ取り乱していました。彼は、大丈夫だ、絶対俺が守るって言ってくれて、でも、金古とのことは彼に話せず、私はもうどうしていいかわからなくなっていました。もう許して欲しい、テープを捨てて欲しいと金古に何度も泣いて頼みましたが、その都度逆に関係を迫られて……。絶望的でした。そんな状態でしたから、やがて私の方から彼を避けるようになったんです。会うのが辛くって……。もう死んでしまいたいと思ってました」

「……」

「卒業してからも彼がアパートを訪ねてきたりしたものですから、私、思い切って引っ越しました。学校も辞めて、誰にも行き先を言わないで……。本当にひどいことをしたと思っています。私のためにあんなことまでしてくれたのに……。ちゃんと話せばよかった……」

鮎美はまた涙を見せた。が、思い直したように顔を上げ無理に笑みを浮かべる。

「彼、元気ですか？　結婚は？」

「まだ独身です。きっとあなたのことが忘れられないのでしょう」

「……」

独身は本当の事だが、元気といえば嘘になる。谷川は嘘をつかない代わりに、今の橋の姿が鮎美を想い続けてきたことを証明している、と自分なりに解釈して言葉にしていた。

――いや、そうに違いない。

谷川は、橋の十五年間を思った。

殺人という究極の秘密を共有したのだ、二人はもはや離れられない、いや、離れなくて済む、と思ったことだろう。なのに茂吉のことがあって、橋は理由も知らされぬまま鮎美を失った。鮎美を恨みもしたろう。どうにか忘れようともがきもしたはずだ。

だが、橘は想いを断ち切れぬまま、たった一人秘密を守って生きてきた。父親の自殺や、真面目に働いていたバイト先を追われたことも堪えたに違いない。社会の喧騒に器用に身を委ねることができず、家族も友人も捨て、ただ自分の内面にだけ生き、自分を壊し続けてきた。

結局、橘には鮎美しか残らなかった。鮎美との秘密に殉《じゅん》じてしまった。名前も人格も捨て、無言の民の仲間入りをした。鮎美に人生そのものを捧げてしまい、秘密を守り抜いている時間だけが橘の裡で刻まれていた。橘は純粋過ぎたのだ――。

そして鮎美もまた、事件と橘への想いを引きずって生きてきた。酔客相手にピアノを聴かせ、寒々とした思いでひっそり暮らしてきたに違いない。しかし、犯した罪の大きさを消し去ることはできず、橘への情念も断ち切れなかった。だからこそ、十五年後の今日を「特別な日」と心に決めて迎えた。二人は、やむにやまれぬ事情で別々の道を歩いたが、その強い絆からただの一歩も外に踏み出してはいなかったのだ。

谷川は、十歳近くも年上の鮎美を、不運さえなければ幸せに歳をとったであろうこの女を、思いっ切り抱きすくめてやりたい衝動に駆られた。

隣室に橘宗一がいた。

マジックミラー越しに鮎美を見ていた。ずっとずっと、それは本当に長い時間、見つめていた。

やがて橘はオオウッと獣のような唸り声を上げた。ミラーに体をべったり張りつけ、頬ずりをし、床を転がり、そして、突っ伏して泣いた。

調べ官の曲輪は、勇んで身を乗り出した若い刑事を制した。

「ほっどいでやれ、もういいでねえか」

肩を波立たせていた橘が、涙と鼻水でぐしゃぐしやになった顔を上げた。

「……先生が好きで……たまらなく好きで……」

少年のような声だった。

「どうしようもなく好きで……。だから、だから……」

橘は震える指をミラーにあてがい、そこに映る鮎美の輪郭をなぞった。

曲輪がつられて鼻を鳴らした。

「んだな……よーぐ頑張ったな」

曲輪もまた、橘の十五年間を見つめていた。頑に口を閉ざし続けた長い長い時間。日本が、世界が音を立てて動いていたのに、橘は一人、止まった時間の中でうずくまっていた。なんとも哀れでならない。

その曲輪にすがるようにして、橘はポツリ、ポツリと事件の夜のことを話した。

喜多、竜見の二人と別れた後、校長室に舞い戻ったこと。金庫から舞子の死体を引きずり出して職員室の窓から投げ落としたこと。屋上に上がって、舞子のハイヒールを揃えて置き、中に盗んだ「遺書」を捩じ込んだこと……。

話し終えると、橘はボロを纏《まと》った体を机に崩し、そのまま深い眠りに落ちていった。呪いが解けたような、そんな安心しきった寝顔だった。曲輪はその背に毛布を掛け、優しく撫でつけた。

「ちゃーんとおっ母のとこへけえるんだど」

時計の音だけが部屋にあった。針は十時五十分を指していた。

3

「終わったな」

報告を聞いた溝呂木がぼそりと言った。

「終わり」には二つの意味が込められている。

無論、一つは事件の全容解明だ。主犯は日高鮎美であり、橘宗一が死体遺棄の共犯だった。だが、それは事件として成立しない。なぜなら、既に時効が完成してしまっているからだ。その時効完成が、溝呂木の言った「終わり」のもう一つの意味だった。

こういうことだ。

鮎美と橘の全面自供により、事件発生は昭和五十年十二月九日午後九時ごろであることが判明した。ならば時効成立は十五年後のきょう九日午前零時であり、既にそれから二十三時間近くが経過してしまっている。殺人の実行行為があと三時間遅く、午前零時過ぎに行われていたなら時効完成は丸一日延び、捜査員の努力も報われたことだろう。

しかし、鮎美と橘の供述は完全に一致していて状況的にも矛盾はない。犯行は午後九時前後であり、時効は完成したのだ。

四階の捜査対策室には、気の抜けた男たちの顔が並んでいた。徒労は覚悟の捜査着手ではあったが、時間との戦いのはずが、最初から時間に負けてしまっていたと知らされた。頬杖をついて放心する者、どっかりと腰を下ろしうつむく者、散乱した調書のコピーを睨みつける者……。犯人逮捕という頂上に向かって夢中で駆け上がってきたが、土壇場でストンと梯子段を外された。部屋を覆い尽くしていた緊張感が一気に崩壊し、誰もが空疎な思いにとらわれていた。

――祭りのあと、って奴か。

溝呂木は部屋を見渡しながら思った。

しかし、例え時効完成前の事件だったとしても、殺人を立証するのは難しかった。鮎美に殺意はなかった。執拗に関係を求める舞子を反射的に突き飛ばしただけだった。とすれば、法的には傷害致死。喧嘩相手を間違って死なせてしまった、そんなありふれた事件として処理されるケースだったのだ。橘にしたって、事件発生後に共犯者となったのであり、罪状は死体遺棄だけだ。二人の罪は十五年を待たずして、とっくに時効が完成していた。

要するに、どっちに転ぼうが誰の腕にも手錠は掛けられない事件だったということだ。

捜査員が一人、二人と立ち上がり、書類の整理を始めた。内勤もつられるように次々と席を立ち、テーブルや椅子、電話の片づけにと動きだした。

溝呂木は緩慢な動作でこの日初めての煙草を振りだした。ドクターストップをかけられているが、事件が立った時、あるいは事件が潰れた時、一本だけ吸う。溝呂木はポケットにライターを探り、が、ふとその手を止めた。

潮が引くように動きだした捜査員の中で、たった一人動かない者がいた。

鑑識の簗瀬次作である。トレードマークの黒いカバーをつけた腕をしっかと組み、険しい表情で正面の壁を睨みつけている。

溝呂木はライターを煙草に寄せ、だが、まだ火を点けずに簗瀬を見ていた。気になりはじめるとどうにも落ち着かない。事件は潰れてしまったが、最後の一服ぐらい気を散らさずに味わいたい。そう思った。

「ヤナさん、どうしたよ?」

簗瀬は返事をしない。

「おい、ヤナさん——」

「係長!」

突然、簗瀬が大声を上げた。捜査員が一斉に視線を向ける。

「終わっちゃいませんぜ、この事件!」

「な、なんだと?」

簗瀬は歯を剝き出しにしている。

「舞子の死体を職員室から投げ捨てた——橘はそうウタったっていいましたね?」

「そうだ」

「職員室は二階でしょうが」

「二階だ」

「それじゃあ、あの死体の体中にあった打撲傷はどうなっちまうんで？　鮎美は突き飛ばしただけだ、橘は投げ捨てたが、屋上でなく二階の職員室からだ、あんなひどい打撲傷がつきっこないし、監察医が屋上から落ちたものと見間違えるわけもねえ」

「おっ……」

溝呂木が思わずライターを擦り、ボウッと火が上がって口髭をチリチリッと焦がした。

「おっと、肝心なのはここからでい――監察医は頸椎骨折と脳挫傷が直接の死因としているが、全身打撲も所見に入れていた。つまり打撲傷にも生活反応があったから、死亡したのと打撲傷がついたのは同時だといってるわけでさあ、なのに鮎美も橘も打撲傷を与えていない。てえことは……」

部屋に一瞬の静寂があった。

「鮎美は殺してしまったと思ったが、どっこい舞子は生きていた。橘は死体を投げたと思ったが、これまたその時も舞子は生きていた。打撲傷がつけられたのはその後――つまり鮎美や橘が殺したのではない、ってことになりやしませんか」

一転、どよめきが起こった。

「生きてた……鮎美じゃない……」

呟く溝呂木に簗瀬は食らいついた。

「鮎美と橘が強い全身打撲をくれていない以上、そう考えるしかねえやい。舞子は鮎美に突き飛ばされて頭を打ち失神した。金庫の中で酸欠に陥り、そんでもって仮死状態になって、だが舞子は死んじゃあいなかった。二人は動転してて生きてるのに気づかなかったんだ。そして、そのあと誰かが全身打撲を与えた。つまりは殺した――」

簗瀬は大声で言い放った。

その時、鑑識係の若い署員がおずおずと溝呂木の前に立った。簗瀬に常々「事件は鑑識が持たせる『お土産』で捕まえるんでい」と鍛えられている新人だ。

「もう一つ、生きていたと思われる根拠がありますす」

「言ってみろ！」

溝呂木と簗瀬が同時に叫んだ。

「死後硬直です」新人は紅潮した顔で言った。「個人差もありますが、死後硬直は通常、死亡してから三、四時間後に始まります。犯行が九時、橘や喜多が金庫で舞子を発見したのが午前二時四十分——六時間近くも経っていたんです。しかし……」

新人はボロボロになった供述調書のコピーを指し示した。

「ここです。喜多は、舞子の体はグニャリとしていた……グニャリと折れ曲がったって、そう供述してます。舞子は硬直してなかったんです」

「生きてたからでえ！」簗瀬が怒鳴って新人の髪をグシャグシャ掻き回した。

「片づけやめい！」

溝呂木は口の煙草を吐き捨てた。

「大友！——何人か学校へ飛ばせ！」

「はい！」

「まだ金庫があるかもしれん。舞子が金庫の中でいったん息を吹き返したとしたら、もしかして中に指紋が——」

そこまで言って簗瀬を見る。

「保存状態がよければ、二十年前の指紋だって採れたことがありまさあ」

「よーし、すぐ飛べ、徹底的に金庫を調べてこい！」

刑事と鑑識数人が風を巻いて飛び出していった。

大友は抜かりない。学校が委託している警備会社に電話を入れ、大至急学校に向かうよう要請している。

午後十一時五分——。

溝呂木は自分の頭を強く叩いた。

——金庫だ、金庫、なぜもっと早く！

先入観があったのだ。十五年前の事件捜査に物証などあり得ない、関係者の供述で事件を持ち上げるしかないと、端から証拠品の再検証を捨ててかかっていた。死体が金庫から転がり出たと喜多が供述した時点で、当然指揮官として検証を指示すべきだったのだ。

だが、反省などしている時間はなかった。

橘が学校に引き返して舞子を投げ捨てたのは午前三時半過ぎ。その時舞子はまだ生きていた。つまりは時効は完成していなかったということだ。しかも、舞子を殺した犯人は鮎美ではなく、ほかにいる。

溝呂木はもう一度腕時計に目をやった。

十一時十分だ。

時効は土壇場で延長されたが、真の時効もわずか五十分でやってくる。

溝呂木は目を瞑《つむ》った。脳は今、対策室の喧騒を離れ、「六角堂」にある。

冷静になれ。

犯人は誰だ。どこにいる。

これから捜すのでは間に合わん。

いや、関係者は全員連行してある。連行した中にいれば……この署の中にいれば、まだ勝負になる。

十一時二十分。

時計の針が、もがく人のように映る。

十一時半。

溝呂木は一つの名前を頭に浮かべてカッと目を見開いた。仁王のような顔。

大友がその顔を覗き込む。次の指示を待っている。

「大友……」

「はい」

電話のベルがけたたましく鳴った。

大友が飛びつく。金庫を調べに行った捜査員からの至急電だった。溝呂木が受話器をひったくる。

〈ありました！　金庫の内側に残っていた指紋の中に、簡易鑑定ですが、当時舞子の死体から採取したのと同じ指紋が相当数認められました！〉

「そうか！」

〈どの指紋も掌紋とセットで出ています。朦朧《もうろう》状態で内側の壁を押したような感じです〉

書類の出し入れでついた指紋ではないということだ。やはり舞子は金庫の中でいったん息を吹き返していた。息苦しかったのだろう、無意識の中で内壁を手で押しやったが、まもなく仮死状態に陥った。もし意識があったなら当然パニックに陥り、十指の爪すべてが割れて血まみれになっていたはずだ。

「ご苦労！」

溝呂木は歯切れよく言った。が、電話の興奮した声は途切れなかった。

〈係長、それだけではありません。指紋の他にとんでもないことがわかりました〉

「何だ？」

〈金庫の奥に同色の鉄板がはめ込まれていて、なんというか、内壁が二重構造になっていたんです。それを剝がしたら、鉄板の裏側に小さな紙切れがへばりついていて――〉

金庫の内側の奥の壁に木枠がはめ込まれ、その上に鉄板が張ってあって、もともとの壁との間に二、三センチの隙間ができていた。鉄板には金庫の内装と同色の塗装が巧みに施され、捜査員も内壁を叩いてみて初めて空洞に気づいたという。そして、その中から紙切れが出てきた、というのだ。

「何の紙切れだ？」

〈わかりません。ただ……〉

「ただ何だ？　はっきり言え！」

〈もしかしたら、紙幣の一部、切れ端かもしれません。金庫の錆がついていてよくは見えませんが、紙幣のナンバーの頭についているようなアルファベット文字が二つ……〉

「待て！」と溝呂木は命じた。「俺が言おう。アルファベットはXとF」

〈そ、その通りです！　XF！〉

「わかった！　ご苦労！」

十一時三十五分——。

溝呂木は受話器を投げ出し、無線係の内勤に向かって怒鳴った。

「おフダを用意しろ！」

内勤が目を白黒させる。

「だ、誰の……です？」

「内海一矢だ。容疑は殺人——急げ！」

「しかし……」と大友。

「言う通りにしろ！　それとな、粕川検事に電話して、予定通り心中してもらいますって伝えとけ！」

殴りつけるように言って溝呂木は部屋を出ていった。無線係が助けを求めるように大友に視線をやり、頷くのを見て慌ててマイクに向き直った。

「至急令状を取れ。被疑者は内海一矢。字句説明——内外の内に、海山の海！」

いざという時のために、署から一番近い判事宅の前に捜査員の車を待機させてあった。〝出さずの富岡《とみおか》〟と異名を取る気難しい判事だが、溝呂木とは月一度のスイミングコースで顔なじみだ。しかも、背泳ぎのコツを伝授してやった貸しがある。逮捕者の官公職氏名欄に「司法警察員警部　溝呂木義人」を見れば、必ず逮捕許可を〝出す〟——。

そう言い含められ署を出て五時間。その捜査員も一瞬、自分の耳を疑った。が、確かに逮捕状請求の指令だ。慌ててペンを取り、ミミズののたくったような字で内海の名を書き込むと、角の判事宅に向かって転がるように暗い夜道を走った。

4

溝呂木は防犯課の取調室の前に立った。

ドアの向こうに内海がいる。

三億円事件の時と同じだ。二人は再び時効直前に対峙することになった。

溝呂木は口髭を整え、両手で顔をピシャリと叩いてドアを開けた。取調室特有の黴《かび》臭さとともに内海の顔がくるりと振り向き互いの視線が絡んだ。溝呂木のは硬く、内海のは柔らかだった。

十一時四十分——。

あと二十分で時効が完成する。

しかし、不思議と溝呂木の心は静かだった。

内海の世間話に閉口していた取調官が、サッと立ち上がって席を譲る。だが、溝呂木はそこには座らず、内海の横に回って机に両手をついた。

「お前だな——内海」

「呼び捨てにするんですか」

内海は澄んだ目をしていた。一点の曇りもない。

十五年前もそうだった。

だが、潔白だからではない。

溝呂木はそう思った。そして、内海という男の正体が、今こそはっきりとわかった気がした。

「まあ聞け。俺の話を十分だけ黙って聞くんだ。そして、お前に最後の十分をやる。それですべて終わりだ」

内海は小首を傾げ、だが、「いいでしょう」と答えて丸眼鏡を外した。

溝呂木は大きく頷くと、淡々とした口調で話し始めた。

「今日お前が姿を現した時から、俺はずっと考えていた。なぜお前がのこのことやってきたのか。沖縄からわざわざ飛行機に乗って、しかも、真っ直ぐこの署に足を向けた。なぜか？　答えは一つ。嶺舞子の死を殺人と知っていた。いや、お前が舞子を殺した犯人《ホシ》だからだ」

内海は黙って眼鏡を拭いている。

「少し古い話をしようか」溝呂木は机から手を放して言った。「三億円事件――あれもお前の仕業《しわざ》だった。だが、十五年前の夜、俺はお前に指一本触れられなかった。証拠を突きつけることができずに目の前にいたお前をむざむざ放したんだ。あの時の時報、覚えているか？」

内海は答えず、眼鏡に息を吹き掛けた。

「あの時報――忘れられないはずだ。何百、何千の刑事に打ち勝ち、晴れて自由の身になったあの時報――お前はあの時の痺れるような快感が忘れられなかった。そして今日、警察が自分を捜していると聞き、居ても立ってもいられなくなってここにやってきた。十五年前の快感をもう一度味わってみたくなったんだ。仕事は順調だ、金もできた。だがお前は飽き足らなかった。何をどうやってもあの三億円と同じスリルを味わうことはできなかった。だからここに来た。あの時報をもう一度聞くためにな」

内海は腕時計に目を落とし、眼鏡を掛け直すと、顔を上げてジッと溝呂木の目を見つめた。

「さて本題に入ろう」溝呂木は抑揚のない声で言った。「嶺舞子事件だ。十五年前のあの晩、俺がルパンに踏み込んだ時、お前は店にいた竜見と橘に鍵を預けた。俺はそれを見逃したが、鍵は校長室の古い金庫の鍵だった。お前は三億円事件を成功させた後、いや、その前かもしれんが、夜中に校長室に潜り込んで金庫の壁を二重壁に改造し、合鍵も作った。三億円事件でバイクを白バイに化けさせちまったお前だ、塗装も改造もたやすかったろう。だいいち、お前はあの高校のＯＢだ。内部事情にも精通している。

そして、奪った三億円のうち、札のナンバーが割れて公開手配された五百円札二千枚をその隙間に隠したんだ」

内海がふっと笑った。

溝呂木は構わず続ける。

「三億円事件の時効が完成した。お前は無罪放免となり、店に戻って竜見から鍵を受け取った。そして予定通り意気揚々と五百円の札束を取りに学校へ向かった。ところが、だ——学校で意外な出来事に出くわした。職員室に忍び込んだお前は、橘が金庫から舞子を引きずり出し、二階の窓から投げ捨てるところを目撃しちまったんだ。そして自殺の偽装工作もな。橘が去った後、お前は植え込みに入って舞子にまだ息のあることを知った。考えた末にお前は、橘の計画を完成させることにした。舞子を担いで屋上に上がり、遺書と靴のある場所から投げ落としたんだ——どうだ、俺の言っていることで違うところがあるか」

問われた内海が腕時計に目をやった。

十一時五十一分——。

約束の十分は過ぎていた。笑みのこぼれそうな内海の唇が動いた。

「何か証拠でもあるんですか」

十五年前と同じ言葉だった。

溝呂木はしかし、十五年前とは違って「ある」と答えた。

「金庫の二重壁の鉄板の裏側にな、紙の切れっ端が張りついていたよ」

内海の唇がキュッと締まった。

「切れっ端?」

「紙幣の一部だ。ナンバーはＸＦ——続きは言わなくてもわかるな、内海」

「……」

「ＸＦ２２７０１……。錆に食われているが、昔と違って警察もハイテクが進んでな、じきにこの数字の報告が上がってくる。おそらく札についた指紋も、だ」

「溝呂木さん」と小さく言って、内海はまた丸眼鏡を外した。「それが証拠ってわけですか」

「五百円札を持ち出す時にミスったってことだな」

「溝呂木さん」内海は今度は語気を強めて言った。「それは、とっくに時効になった三億円事件の証拠にはなるかもしれない。しかし、今日騒いでる教師殺人の証拠にはならないでしょう？　それに高校の金庫に金を隠すなんて、話とすれば面白いけど、ちょっと危険過ぎやしませんか」

内海の唇の端に笑みが戻った。

溝呂木はまた机に両手をついた。内海に顔を寄せる。

「俺も最初はそう思った。だが実際のところ、あそこほど安全な隠し場所はなかったんじゃないのか。あの金庫は新しいのを買ってからほとんど使われていなかった。テストの余りを入れる以外は用もなく校長室のお飾りになっていた。しかし、お前ら第一期生が贈った大切な記念品だ、動かされたり廃棄されることもない。しかも学校とお前のアパートは近いから監視の目も利くときている。どうだ？」

内海は「馬鹿な」と一蹴して顔を上げた。「ほかにも幾つか疑問があります。仮にですよ、仮に僕が三億円事件の犯人だったとして、しかし、なぜ証拠になるような五百円札を後生大事に持ってなくちゃならないんですか？　自由に使える一万円札がうなるほどあるわけでしょう」

溝呂木は即座に答えた。

「お前は、自分があの事件をやったという証拠をとっておきたかったんだ。焼いてしまえば、誰の犯行だかそれこそ永久にわからなくなっちまう。俺はな、今でもお前がどこかに五百円札を隠していると思っている」

「まさか」内海は鼻で笑い、だが、きつい視線を溝呂木に向けた。「それじゃあ、先生の死体の件はどうです。わざわざ僕が女を担いで屋上から投げる？　何のために？　無関係なことで殺人犯になってしまうんですよ。溝呂木さん、僕は狂っているんですか？」

「狂ってるんだよ、お前は――俺はようやくそれに気がついたんだ」

溝呂木は調べ室の窓からのぞく都会の夜景に目をやった。間もなく午前零時だというのに、この明るさはどうしたことか。生活のサイクルも、生きる仕組みも、人間の常識や心まで、すべてが狂っているように溝呂木には思えた。

バタン！　蹴破られたかと思うほど激しくドアが開いた。

血相を変えた若い刑事が二人、くしゃくしゃの紙を手にしている。溝呂木はそれを引ったくり、ためらうことなく開いて内海の顔の真ん前に突きつけた。

「内海一矢――嶺舞子殺害容疑で逮捕する。直ちに弁解録取書を作成する。弁解すべきことがあれば述べよ」

午後十一時五十七分、逮捕状執行――。

「ふざけるんじゃねえ！」

内海が椅子を倒して立ち上がった。邪悪に満ちた目を剝き出し、鼻の穴をぱんぱんに膨らませて溝呂木に摑みかかった。豹変したのだ。

「溝呂木ィ！　俺の質問に答えろ！　どうして俺が無関係な殺人を背負いこむような馬鹿なまねをするんだア！」

「無駄だ」溝呂木は内海の胸ぐらを摑み返した。

「ゲームは終わったんだ」

「終わっちゃいねえ、答えろオ！」

幾つかの乱暴な手が内海を引き離しにかかる。内海の鋭角に曲がった指が溝呂木の上着を引き裂くようにしながら落ちていく。

「答えろ！　答えろオ……答えてくれ……」

内海は床に沈みながら次第に声のトーンを落としていった。それればかりではない。馬乗りになった刑事たちの下から、溝呂木に向かって手を合わせているではないか。

「頼む……頼むから答えてくれ……」

溝呂木は腰を屈めた。

「わかった。教えてやる」

溝呂木は刑事に目配せして、内海の体を自由にさせた。だが、内海はそのまま床から離れない。身じろぎもせず溝呂木の言葉を待っている。

「民事の時効って奴だ」溝呂木は静かに言った。

「三億円事件は強盗だ。刑事事件としての公訴時効は七年。だが民事の時効は二十年ある。つまり金を奪われた銀行はその間、犯人が判明すれば損害賠償を請求できる。お前はそのことを知っていた。するとどうなる？　舞子が息を吹き返せば金庫に入れられていたことが表沙汰になり、当然お前がやった金庫の仕掛けもバレる。万一、三億円事件との関連までわかればお前は銀行から三億円、いや、七年間分の膨大な利息まで請求されちまう。橘がなぜ自殺を偽装していたかはわからなかった。だが、お前にとっても舞子が単に屋上から飛び降り自殺したことになった方が都合がよかったんだ」

内海が口を開きかけたが、溝呂木はそれを封じ込めるように続けた。

「だが、それだけじゃない。動機の一つではあるが、それだけじゃあないんだ。俺だって、お前が今日のこのこ顔を出しさえしなければ、それが動機のすべてと思い込んだろう。だが違う。お前はそれだけで舞子を殺したわけじゃない。最大の動機は――」

溝呂木は大きく息を吸った。内海の目に好奇の色が浮かんだ。

「三億円事件が終わってしまった空虚な思いを埋めるためだ――時効は快感だったが、解放の反動は、空しさはそれ以上に大きかった。お前はそれを新たな犯罪で、しかも殺人という最大級の犯罪で埋めたんだ。そして十五年後の今日、長かった密かな楽しみの締めくくりをしたくてわざわざ飛行機で飛んできた」

内海が一つ瞬きをした。

溝呂木は内海の肩に手を掛け、ギュッと力を込めた。

「ここにこうしてお前がいること――この事実こそ、お前が嶺舞子殺害事件の犯人である動かぬ証拠なんだよ」

静寂が部屋に舞い降りた。

「クックッ……」

内海が含み笑いをした。と、すぐに高笑いが響いた。溝呂木の手を振り払い、腹を抱え、床を転がり、ただただ笑い続ける。

「ハハハハッ！ み、溝呂木さん、ハッ、ハッハッハッハッ！ あんたって人は――あんたって人は、ハハハハハハッ！」

その顔が笑い声に反して歪んでいく。焦点を失った狂気の目が、しかし一瞬、すがるように溝呂木の顔をとらえた。

十日午前零時――。

時報が鳴った。

5

――ピピッ、ピピッ
秋間幸子の腕時計が小さな電子音を響かせた。
机にもたれていた喜多がふっと顔を上げ、自分の腕時計を見る。

午前零時だ。

目の前に、箸をつけていないシャケ弁当があった。プラスチックカバーの内側にびっしり水滴が張りつき、もうシャケ弁当かどうかもわからなくなっている。

取調室には喜多と幸子の二人きりだ。担当調べ官の寺尾が日高鮎美の部屋に回って聴取は中断されたままになっていた。が、喜多にしてみれば寺尾が席を外した訳など見当もつかなかったし、まして、鮎美と橘が連行されてきたことや内海一矢が逮捕されたことなど知る由もない。体も神経も疲れ果て、空白の時間の理由を問う気力すらなく、いずれ寺尾が戻ってきて厳しい調べが再開されるのだろう、とぼんやり考えていた。

だが、待ちぼうけの時間は喜多の頭に素朴な疑問をもたげさせもした。

――誰が警察にタレ込んだのか。

言い換えれば、自分をこれほど苦しめている人物は誰なのか、ということだ。

朦朧《もうろう》とする頭で考えてみる。

警察は最初から「ルパン作戦」の名を知っていた。それを知っているのは、自分と竜見、橋の三人だけのはずだ。まさか二人が警察に話すわけがない。考えられるとすれば、二人のどちらかが誰かに漏らし、それが警察に伝わった。それしかない。

答えはすぐに出た。

――ジョージの野郎だ。

どこかの女とねんごろになり、ちょろっと、いや自慢気に喋ったのだ。別れる切れるでその女に恨まれて警察に売られた。きっとそうに違いない。

喜多が舌打ちした、と、その時、隅の机の幸子が席を立った。紙袋を大事そうに抱えて中央の机に歩み寄り、スッと喜多の正面の椅子に腰を下ろした。

小さな唇が動く。

「時効が完成しました」

「えっ……？」

喜多はポカンと口を開けた。

「嶺舞子殺害事件の時効が午前零時で完成したんです」

「時効？」

「そうです。事件の発生から十五年経ちました」

明快な説明ではあったが、喜多はまだ事情が呑み込めない。微かに解放の光を感じた程度だ。

「疲れましたか？」

幸子は心配そうに眉を寄せて、喜多の顔を覗き込んだ。その美しさに喜多は改めて驚きを覚えた。

「あ、あの……それじゃ帰ってもいいんですか？」

「ええ、もう結構です。隣の大部屋に刑事課長がいますから、断って帰って下さい」

「ありがとう」

知らずに礼を口にしていた。自分を殺人犯として連行し痛めつけた警察と、目の前にいる美しい婦警とが、同じ次元で結びつかなかった。それに喜多はひどく疲れていて、警察への恨みつらみなどもうどうでもよかった。一刻も早く家に帰って眠りたい、ただそれだけだった。

腰を上げると足がふらついた。

取り調べの時間を指折り数えながら、喜多は出口に向かってゆらゆらと歩き、ドアのノブを回した、その時だった。

「待って下さい」

背後で声がした。思い詰めたような声だった。

喜多はビクッとして振り向いた。

上気した幸子の顔があった。胸に抱いた紙袋の中から何かを引き出そうとしている。が、慌てるものだから手元が狂って袋ごと床にぶちまけてしまった。

「あっ……」

おびただしい数の調書が散らばり、幸子が飛びつくように拾い集める。放っておくわけにもいかず、喜多も膝を折り、几帳面《きちようめん》な字で埋まった紙を拾い始めた。

十枚ほど幸子に手渡した時だった。一冊の本が紙の下にのぞいた。

かなり古い本だった。痛みがひどくて表紙の絵も題名も読み取れない。四隅も角が取れてささくれだっている。

「あの……」

喜多は声を掛けた。が、幸子は返事をしない。

思うに、幸子はこの本を袋から取り出そうとしたのだろう。しかし、気づいているはずのその本には目もくれず、無言で書類を拾い集め、重ねていく。その姿は何かを訴えているようだった。

喜多はもう一度、本に目を落とした。
二十三、四の娘が読む本……。厚い表紙の装丁から察するに、詩集かなにかだろうか。微かに茶色の絵が見えるのだが、いったい何だろう──。
喜多は今一度、幸子の横顔に目をやり、そして、厚みのある表紙を捲ってみた。

──えっ……。

熊の挿絵が目に飛び込んできた。二匹、三匹……。大きな平仮名の文字が、熊の親子のピクニックの様子を語っている。それは幼児向けの絵本だった。

喜多の脳に痛みが走った。

──この絵本はどこかで見た。

絵本……熊……熊の親子……。

「あっ」

身震いと同時に喜多の腰が崩れ、床にぺたんと尻をついた。傍らの幸子に、ぼんやりとした、それでいて脅えの混じった視線を向ける。幸子はこちらを見ない。しかし、その横顔は、喜多の信じ難い思いを肯定している。

相馬の妹──高三の時自殺してしまった相馬。その妹が大切にしていた絵本ではないか。十五年前、雀荘で、相馬のアパートで、妹はしっかりこの絵本を抱き締めていた。

「……相馬の妹なのか？」

喜多はおそるおそる聞いた。

幸子の動きが止まった。

大きな瞳が潤んでいる。

「読んで下さい、その本」

消え入りそうな声で幸子は言った。

喜多は目を見開いたまま、魔術に掛かったように幸子の言葉に従った。

子熊が夜中に跳び起きて父親熊の胸に転がり込む。昼間のピクニックの山や小川が見えた、と驚いて言うのだ。母熊が夢だと教えようとするが、父親熊は首を横に振って、それは思い出っていうんだよ、と子熊に話して聞かせる。良い思い出をたくさんつくれば、いつでもそこに行ける。何度でも家にいて楽しめる。でも、悪い事ばかりしていると思い出は一つも残らない。それじゃあ、つまらないだろう、と。

最後のページを捲ると、はしゃぐ子熊の顔の上を乱暴な字が走っていた。

喜多はヒッと息を呑んだ。

グラマーを殺したのはオレじゃない
キタ、タチバナ、タツミだ
ルパン作戦で殺した
ヤツらが殺したんだ　ヤツらが

——相馬がこれを……！

喜多は震える指でマジックの文字をなぞった。

「憎かったんです」

幸子がポツリ言った。

「憎かったんです、ずっと……。私、あなたたちを恨んで育ちました」

ようやく喜多は悟った。誰が警察に情報をもたらしたか――。

「あの日……お兄ちゃん、首を吊って……」

幸子の顔は真っ青だった。息をするのも辛そうに、だが懸命に言葉を絞り出す。

「お兄ちゃん、天井からロープを垂らして……。でも私、それがわからなくって……。夜中に目を覚ましたの……。お兄ちゃん、遊んでるんだと思って、私、ずっと待ってたから、お兄ちゃん帰ってくるのずっと待ってたから……。嬉しくて、嬉しくて……椅子の上に乗ってるお兄ちゃんの足に飛びついた、ぶら下がって笑って……。そしたら椅子が倒れたの。お兄ちゃん、ううーって呻いて……。私が殺したの。私が……お兄ちゃんを……」

途端、幸子は悲痛な叫び声を上げた。

それは狭い取調室の中で反響し、長く尾を引き、二度、三度と続いた。

喜多の胸は潰れそうだった。耳を押さえても目を閉じても、幸子の悲鳴は体中に突き刺さってきた。刺さり、貫き、弾け、喜多の神経を切り刻む。

集めた調書が、またザーッと幸子の膝から滑り落ちて床に散らばった。

喜多はどうしていいかわからなかった。どうしようもなく無力だった。

サラ金に追われて両親が蒸発し、相馬と妹は二人きりで都会の片隅にいた。たった一人頼りにしていたその兄に自殺され、しかも、自分が飛びついて死なせてしまったと思い込んで生きてきた。いったいどんな思いで――。

幸子はまだ、相馬がぶら下がる十五年前のあのアパートの中にいた。相馬の足に飛びつき、ぶら下がり、相馬の死を知った時の衝撃に突き当たり、その都度悲鳴を上げ、黙りこくったと思うとまた甲高い悲鳴を上げる。耳を両手で塞ぎ、激しくかぶりを振る。髪を掻きむしり、その手を床に打ちつけ、体をのけ反らせる。

「私が殺したの……」

「違う……」喜多は呆然と幸子を見つめながら言った。「違うんだ」

幸子は喜多を睨みつけた。

「ううん、殺しちゃったのよ、私、お兄ちゃんを！あの時だって、ちゃんと私、みんなにそう言ったのに……。警察の人も相談所の人も、違うって……。でも本当なの、私が飛びついたから椅子が倒れて……私、そう言ったのに……みんな、嘘ついて！」

「違うんだ――」

喜多はたまらず幸子の肩を引き寄せた。

「相馬を死なせたのは君じゃない。俺たちが……俺たちがもっとあいつのことを……」

知らずに涙が溢れた。相馬が自殺した時でさえ出なかった涙が……。


幸子を抱きしめた。熱い体だった。なのに凍えたように激しく震えている。

どれぐらいそうしていたろう。震えが小刻みになった。体温が、鼓動が、甘酸っぱい香りが静かに伝わってくる。

喜多にもわかった。幸子は、ようやくあのアパートから脱け出した――。

幸子の腕にぐっと力がこもり、ゆっくりと喜多の体を押し返していく。動作の緩慢さが、嫌悪の意のないことを告げていた。

互いの息が触れるほど顔が近かった。幸子は恥じらうようにうつむき、制服のポケットから淡いスミレの模様のハンカチを取り出して顔の下半分を覆った。

取り残された瞳はまだ虚ろだった。

「疲れてらっしゃるのに……すみません……」

そんな気遣いをみせ、幸子は独り言のように相馬が死んでからのことをぽつり、ぽつりと話した。

区の養育施設で小学校を卒業するまで過ごした。何度かの面接を経て洋品店の夫婦に引き取られ、養子として入籍した。気に入られようと、朝に夜に店を手伝った。それはそれで平和な日々だったが、中学になって、夜中に部屋に忍び入ってきた義父に体を触られた。誰にも言えず、そうすることしか思い浮かばず家を出た。あのアパートへ行った。廃屋となっていたそのアパートで毎夜、兄の夢を見た。消えてしまいたくなった。ふらふらと踏切に入った。死にたいようなそうでないような、もうどうでもいい気持ちだった。通りかかった初老の男に救われた。男は警察官だと名乗った。親への復讐でも社会への仕返しでも何のためでもいいから生きていけ、と諭された。

その警察官の紹介で、里親の会を運営していた篤《とく》志家《しか》に引き取られた。新しい両親は優しかった。自分を捨てた両親も、洋品店夫婦も忘れてこの家の娘になろうと誓った。でも、母親が買ってくれたたった一冊の絵本は隠し持っていた。いつだって手元にあった。学校に行く時もカバンに忍ばせ、帰りの公園で毎日開いてみた。兄が殴り書きした文面が気になった。何のことかはわからなかったが、兄の無念さと憎悪は伝わってきた。そんなことを感じ取れる年齢になっていた。

「私、兄と……あなたたちと同じ高校を受験したんです」

喜多は言葉を失っていた。荒涼とした風景の中を幸子の声が吹き渡る。

「高校に入って事件のことを知りました。図書館でも調べたりして、兄の残した殴り書きの意味もわかったんです。先生にもいろいろ聞きました。兄のことや、あなたたち三人のこと。いい加減で自堕落《じだらく》で、無気力の固まりみたいだったって――そのうち段々憎くなってきて……あなたたちのことが憎くなってきたんです。兄もきっと、あなたたちと同じような生活をしていたのでしょう。でも、なぜ兄だけが死ななければならなかったんだろうって……。その事ばかり考えて過ごすようになりました。きっとあなたたちは今も面白おかしく暮らしているだろうって……。そのころから私、いつかあなたたちに復讐しようと思っていたんです」

しかし、そう話す幸子の目は澄んでいて、憎しみの色など微塵もない。腹の底から罵倒してほしい。喜多は内心そう願っていた。

幸子の話は終わったようだった。取調室に静けさが戻った。

「悪かった……」

無意識に言葉が出た。

幸子が驚いたように顔を上げ、喜多の瞳を探った。

喜多も顔を上げた。美しく育った目の前の幸子と、
十五年前の無表情な少女が二重写しになる。

「……本当にすまなかった」

詫びずにはいられなかった。

相馬の残した殴り書きにはルパン作戦のことが書かれていた。相馬は自殺した晩、竜見と喫茶店で会いルパン作戦のことを初めて知ったのだ、殴り書きは首を吊る直前に書かれた遺書も同然のものだった。その遺書に三人が相馬を舞子殺しの犯人と疑ったことへの無念さが記してあった。文面はそうだが、おそらく相馬の真意は違ったろう。三人を憎んでいた。疎外されている者同士でありながら、相馬一人、より強い疎外感の中にいた。だから、学校や世間の誰よりも三人のことを憎んでいたのだと思う。

しかし、今となっては真相を知る術もない。当時思ったように、退学のショックや内定していた就職が駄目になってしまったことが自殺の引き金になったのかもしれないし、あまりに早熟だった相馬がそ

もそも生きることに疲れてしまっていたのかもしれなかった。

幸子に詫びた理由は別にあった。

いつ相馬の死を忘れてしまったのだろう。あれほど嘆き、悔やみ、取り返しのつかない心の傷に思えたのに……。いつか跡形もなく消え去り、胸に痛みを感じたことすら忘れていた。そして、たった一人、絶望の闇の中に取り残された幸子のことも――。

いや、忘れてしまったのは相馬や幸子のことばかりではなかった。横柄で、生意気で、だが自分ではキラキラ輝いていると信じて疑わなかった高校時代の多くの出来事さえ、個々の色も形も消え失せ、意識の届かぬ心の底にどんよりと沈殿してしまっていた。親や学校に背を向け、媚を売って小器用に生きる連中に一泡吹かしてやろうと、いっぱしのアウトローを気取って突っ張っていたはずだった。自分だけの青春、自分だけの人生を差別化して鼻高々だった。

しかし、何も残ってはいない、自分は他の誰とも違わなかった。妻と子と肩を寄せ合い、ちっぽけな安らぎの場を守るために生きている。社会の歯車でいることの安心感にどっぷり漬かりきった、顔も声もない群衆のかけらがいるだけだった。

「悪かった……」

喜多はもう一度言った。心が凍りついてしまって、自分の言葉でないような気がした。

「……やめて下さい」

幸子は辛そうに首を振った。

喜多は幸子を見た。

掛ける言葉が見つからなかった。

喜多はもう一度だけ幸子の瞳を探り、ドアに視線を移した。

「帰っていいだろうか」

ちっぽけな安らぎの場が無性に恋しかった。そこに帰って深く沈んでしまいたい。

幸子の返事はなかった。

喜多はゆっくりと立ち上がった。幸子のうなじに目を落とし、小さく頭を下げ、ドアの方へ振り向いた。

その背中に幸子が抱きついてきた。

「ごめんなさい……」

十五年前の、あの時の少女が飛びついてきた。そんな錯覚を覚えた。

「一日だけなの。たった一日だけ、兄の仕返しがしたかったんです……」

幸子は嗚咽を呑み込もうとして、喘いだ。

「でも違うの。本当は違うんです……。あなたにもう一度会いたかったの。私、あのころ汚かったでしょう？　怒ったような顔して、変なことばかり言って、お風呂にも入ってなくて。なのに……あなたは優しくしてくれたもの。あなたはうんと優しかった。とっても温かくって素敵だった……。アパートで食べさせてもらったチャーシューメンのこと、忘れてないのよ。忘れられないの……。私、ちゃんとこぼさず食べられて？　お腹空いてたからガツガツしてたのかしら？　だって恥ずかしくて、私……すごく恥ずかしくて……」

喜多はドアを押し開き、ゆっくりと歩き出した。新たな涙が溢れてきて、幸子に振り向けなかった。救われたのだ。あの十五年前の少女が、辛うじて古いフィルムの一コマをとどめていてくれた。背中の温もりは消えることなく、体の芯に滲みてくるようだった。

どうしたものか、署の玄関を出た喜多の胸には熊の親子がいた。

――悪い事ばかりしていると思い出は一つも残らない。それじゃあ、つまらないだろう。

父親熊の台詞を口の中で言い、喜多は星も疎らな夜空を仰いで深呼吸をした。

6

四階の捜査対策室は灯が消え、その薄暗い床や壁に廊下の蛍光灯が筋になって射し込んでいた。

書類を山積みしたままのデスクに大友が受話器を置くと、背後から気だるい声が掛かった。

「どっちだ？」

パイプ椅子を四つ並べて寺尾が寝そべっている。

「女だ」と大友は答えた。

「気苦労だな」

「ああ」

「名前は？」

聞かれて大友は振り返った。

「男のしか考えてなかった」

寺尾は天井に向かってフッと笑った。

大友はその顔に視線を落としながらネクタイを締め直した。

「寺尾──」

「ん？」

「何か食いに出るか」

寺尾は椅子に頭を乗せたまま首を横に振った。

「胃袋まで吐いちまったからな……」

「だったら──」と言いながら大友が立ち上がった。

「胃袋ごと食い直せばいい」

寺尾はまたフッと笑い、頭を上げた。

「大友──」

「なんだ？」

「病院に行ってみるか」

「病院？」

「新生児室だよ」

今度は大友が小さく笑った。

「ホントにどうかしてるな、今日のお前は」

「行くか？」

「いや、ラーメン屋だ。さっき簗瀬さんが鑑識の新人と谷川を連れて繰り出した」

「ヤナさんはスキップでもして行ったか」

「いいや――」と大友。「サンバみたいな派手なステップだった」

寺尾がハッと短く笑って、上体を起こした。

「仕方ねえ、チャーシューメンでも付き合うか」

二人同時にチラリとスピーカーを見た。もう何の音もしない。

「俺もチャーシューメンだ」

そう言って、大友は寺尾の上着を腹の上に放った。


署の一階はまだ皓々と電気がついていた。

「はい――いえ、とんでもありません。はい――はい――わかりました、失礼致します」

後閑は深々と頭を下げると、丁寧に受話器を置いた。相手は本庁の刑事部長、藤原巌だった。捜査一課を通じて報告を上げてあったが、部長直々に電話をもらい、後閑はいたく恐縮していた。

ソファには溝呂木がいた。内海一矢を署内の留置場に見送った後、ちょっと寄っていかんか、と署長室に招き入れられ、コーヒーをご馳走になっていたところだ。

「署長――部長は何と？」

「ご苦労さま、とさ。それと、内海が自傷行為に及んだりすることのないよう、厳重に監視しろとのことだ」

「秋間婦警のことは？」

ほんの数分前まで秋間幸子がこの部屋にいた。謝罪に現れたのだ。自分が情報提供者であったことを明かし、藤原部長との関係についても短く語っていった。

「部長は何も言ってなかったよ」

「そうですか」

藤原らしい、と溝呂木は思った。死ぬまで自分の口からは語らないつもりなのだろう。

踏切に足を踏み入れた幸子を助け、彼女が秋間家の養子になった後も、婦警になってからも、陰になり日向《ひなた》になり面倒を見てきた。その幸子に十五年前の話を告白され捜査を下命したが、彼女を捜査の矢面に立たせることはしなかった。

「親心ってやつだな」と後閑が言った。「可哀相だと思ったんだろう、彼女の辛い過去をほじくり返すのは……。それに組織みんなの知るところとなれば、これから先、婦警としても生きづらくなるしな」

「ええ。しかし、本庁のトップがお忍びでわざわざ署まで足を運んできたのですから、親心を通り越して、親バカの部類かもしれませんね」

「親バカか。そいつはいい」

小さく笑って後閑はソファに巨体を沈めた。

心地よい疲労感があった。目の前の溝呂木をはじめ、捜査は例のごとく本庁の専門刑事が仕切り、自分はこれといった出番もないまま、ただ汗をかきかき署の階段を上り下りしていただけだった。なのに気分は晴々している。

溝呂木もまた、どこかほのぼのとした気分に浸っていた。「捜査の鬼神」と恐れられ、今もなお現場の畏敬をほしいままにしている藤原が、たった一人の娘の心を慮《おもんぱか》り、捜査のマイナスを承知で情報提供者の名前を隠してしまった。その「親バカぶり」が愉快でならない。

――そんなことがあってもいい。

溝呂木は腹の中で言い、さっき吸い損ねたこの日最後の煙草に火を点けた。もっとも、既に日付は変わっていたが。

「それにしても――」後閑が言った。「粕川検事には助けられたな」

「確かに」と溝呂木は頷いた。

刑事訴訟法二三五条。『その他の理由による時効の停止』――。テーブルの上に内海のパスポートがある。逮捕状執行と同時に家宅捜索に入った捜査員が今し方持ち帰ったものだ。

「しかし、まさか内海の物見遊山の韓国旅行が、国外逃亡の規定に該当するとはな。まあ、こっちとすると三日間儲けたってわけだが」

「粕川さんには後でよく礼を言っておきます。彼の助言がなかったら、この事件、逮捕までってことになっていたかもしれません」

「だが――」後閑は身を乗り出した。「時効は三日延びただけだ。たった三日で起訴まで持ち込まねばならん。あの内海がちゃんと自供するだろうか」

「わかりません」

「おいおい溝呂木君……」

「あ、すみません」と溝呂木は笑顔の前で手を振った。「ただ、私は今回のことで内海という男がよくわかったような気がします」

「ほう……」

「というより、内海をつくった社会が見えた……。どう話したらいいか……」

溝呂木はふっと思い当たったような顔をした。

「ああほら、橘宗一の高校時代の口癖というのがあったでしょう。アポロが月に着陸した時ほどがっかりした事はなかった、もう世の中が行き着く所まで行ってしまった感じがした――そんな言葉でした。夢中で仕事をしていて考えたこともありませんでしたが、言われてみると、戦争も戦後も薄れた昭和の後半という奴は確かにそんな時代だったかもしれない。何もかもが膨れて、伸びて、伸びきって……。十分豊かになったのに、どこかでそれに首を傾げている。なぜ豊かになったのか、どう豊かになったのか、みんな次第にわからなくなっていった。アポロの仕組みも技術も何もわからずに、テレビの映像で月面を跳ね回る男たちを繰り返し見せられる、あの奇妙な感覚が昭和の後半、ずっと続いていたような気がするんです」

指に熱を感じて、溝呂木はフィルターだけの煙草を揉み消した。

「そんなものを引きずりながら、しかし、誰もが現代人であろうとした。戦争では人が死に、学生運動でも血が流れた。それはそれで終わったことと見切りをつけ、わけのわからない豊かさに包まれてみると、社会は妙にとりすました大人の顔になった。面と向かって争わず、まして血など流さず、代わりにルールとか分別とかが幅をきかせ、善行だとか人のためとか、そうした正論の濾過器《ろかき》に世の中すべてがかけられていった。しかし、そもそも成熟社会などありえない幻想だから、正論では濾過しきれない矛盾だらけのブツブツが残ってしまう。なんというか、正論社会への疑念と憎悪がごちゃ混ぜになったような手ごわいブツブツが――」

溝呂木は我に返ったように言葉を切った。

後閑が大きく息を吐いた。

「そのブツブツが内海というわけか……」

「内海でもあり、橘でもある。ふっとそんな気がしたんです」

「正論社会は窮屈すぎる、か……」

「これからは邪論が幅を利かせてくるような予感がします。どれほど強力な濾過器を使っても濾過できない、あらゆる正論に耐性を身につけた化物じみた犯罪者が次々と現われてくる」

「そいつは外れてほしい予感だなあ」

コン、コンとノックの音がして、署長室のドアが小さく開いた。

ややあって、おかっぱ頭の若い女の顔がのぞいた。昨夜の忘年会で後閑を「セクハラ署長」とやり込めた「お嬢」こと国領香澄である。

「ちわっ」

香澄はおどけて挨拶し、部屋の中をキョロキョロ見回す。

「お嬢か、まあ入れ」

後閑の気安い声に、香澄はスッと二、三歩誘われたが、後ろ向きのソファに溝呂木の頭を見て足を止めた。

「お客様ですか」

「いや――」と溝呂木が振り向いた。「客じゃないよ」

香澄は不思議そうに溝呂木を見つめ、また後閑に視線を戻して言った。

「あたし、まぁだ二日酔いが抜けなくって、だからもう今夜は帰ろうって決めて署の前通ったら、署長室の電気がついてるでしょう。思わず大事件かと思ってタクシー捨てちゃった――ホントに何か事件ですか?」

「ほう、お嬢も鋭くなったな、確かに大事件かもしれんぞ」

「やだ、大変」

育ちがいいとでもいうのだろうか、カンも動きもいいのだが、自分のカンも動きも信じていないようなところがあって、だからいつも嗅ぎつけるだけに終わってしまう。何が何でも事件をモノにしようという切羽詰まったところがないのだ。

警察サイドから見て危険度の低い記者資質を一目で見抜き、しかし、溝呂木はその余裕とは別のところで香澄に笑みを送った。

午前零時を回ってなお動いている職業上の共感もあったが、それより署の〝異変〟を調べようとあっさり車を捨てた潔さがよかった。この時間では次に拾うといっても、そうそうタクシーはつかまるまい。溝呂木の自宅にも毎夜、夜廻りと称して記者が行列を作るが、彼らは決まって社のお抱えハイヤーで、帰りの足の心配はないのだ。

香澄は、その奇妙な笑みを浮かべる溝呂木を盗み見る。本庁詰め記者の経験があれば、その口髭を目にした途端、「大事件です」と社に至急電を入れたことだろう。しかし、本庁捜査一課きっての敏腕係長を目の前に、何も知らない香澄は屈託がない。

「でも、署内は静かだな、っと」

香澄は照れ隠しのように呟き、ソファを温めるでもなく、ペコリと二人に頭を下げドアへ向かった。

溝呂木が笑いを堪えながら後閑に目配せした。その意を解して笑い返した後閑が香澄の背中に「お嬢」と声を掛けた。

「はい?」

「まだ最終版の締切に間に合うか」

「はい?」

「敢闘賞ってやつだ」

そう言って後閑は事件概要をメモした紙を突き出した。

目をパチクリしながら文面を追っていた香澄がハッと口に手を当て、二人を交互に見た。後閑が派手に言い放つ。

「見出しはこうだ――その時効待った! 十五年前の女教師殺し全面解決――どうだ?」

上気した香澄の顔に笑みが広がり、礼を言うが早いか玄関の公衆電話めがけて走り出した。

朝刊は大スクープになる。

香澄に出し抜かれた他社の連中の激怒する顔が目に浮かぶ。早朝から各社の総攻撃に身をさらさねばなるまい。本庁も情報漏れの魔女狩りに躍起になるだろう。

後閑は自分のお喋りを少々後悔しつつ、「君も共犯だぞ」と悪戯っぽく笑って溝呂木に二杯目のコーヒーを突き出した。


（終）

――改稿後記――

『ルパンの消息』が私の作家としての原点であることは言うまでもない。十五年前に書いた怖いもの知らずの処女作であり、新聞記者を辞めるきっかけとなった人生転機の一打であり、推理作家としてデビューしそこねた因縁浅からぬ作品であり、これまでに私が書いた小説の中で唯一未刊行の〝隠し玉〟でもあった。だから上梓に向けて臨んだ今回の改稿作業は、嬉しくもあり、懐かしくもあり、そしてほろ苦くもあった。『新・ルパンの消息』になってしまわぬよう、ストーリーと登場人物は無闇に弄《いじ》らず、作品全体に物語としての膨らみを持たせる加筆に腐心した。作業を進めながら、書いた当時の熱っぽさと粗っぽさに驚くとともに、十五年という歳月の長さに感じ入ることしきりだった。この『ルパン』で佳作賞を戴いた『サントリーミステリー大賞』は今はもうない。なにやら母校が廃校になったような気持ちになったし、これで『ルパン』の存在も忘れ去られるのだろうと少なからず落胆したものだった。それが奇しくも『ルパン』のストーリーそのままに、丸十五年の〝時効寸前〟に日の目を見ることになった。つくづく因縁の深い作品だなあと感心しつつ、この場をお借りして、長きにわたり「いつ本になるのか」と刊行を期待して下さった読者の皆様に衷心よりの感謝を。本当にありがとうございました。お蔭様でやっと出せました！

横山秀夫

２００５年５月５日

◎お願い◎

この本をお読みになっての「読後の感想」を左記あてにお送りいただけましたら、ありがたく存じます。

なお、「カッパ・ノベルス」にかぎらず、最近、お読みになった小説、今後、お読みになりたい小説、読みたい作家の名前もお書きくわえいただけませんか。

どの本にも一字でも誤植がないようにつとめておりますが、もしお気づきの点がありましたらお教えください。ご職業、ご年齢などもお書き添えくだされば幸せに存じます。当社の規定により本来の目的以外に使用せず、大切に扱わせていただきます。

東京都文京区音羽一―一六―六
郵便番号 一一二―八〇一一
光文社 ノベルス編集部

長編推理小説 書下ろし

ルパンの消息《しょうそく》

2005年5月25日 初版1刷発行

著者	横山秀夫《よこやまひでお》
発行者	篠原睦子
印刷所	慶昌堂印刷
製本所	ナショナル製本
発行所	株式会社光文社
	東京都文京区音羽1 振替00160-3-115347
電話	編集部 03-5395-8169
	販売部 03-5395-8114
	業務部 03-5395-8125
URL	光文社 http://www.kobunsha.com
	編集部 http://kappa-novels.com

落丁本・乱丁本は業務部へご連絡くだされば、お取り替えいたします。

ISBN 4-334-07610-6

Printed in Japan

JASRAC 出0504994-501

「カッパ・ノベルス」誕生のことば

カッパ・ブックス　Kappa Booksの姉妹シリーズが生まれた。カッパ・ブックスは書下ろしのノン・フィクション（非小説）を主体としたが、カッパ・ノベルス Kappa Novelsは、その名のごとく長編小説を主体として出版される。

もともとノベルとは、ニューとか、ニューズと語源を同じくしている。新しいもの、新奇なもの、はやりもの、つまりは、新しい事実の物語というところから出ている。今日われわれが生活している時代の「詩と真実」を描き出す――そういう長編小説を編集していきたい。これがカッパ・ノベルスの念願である。

したがって、小説のジャンルは、一方に片寄らず、日本的風土の上に生まれた、いろいろの傾向、さまざまな種類を包蔵したものでありたい。かくて、カッパ・ノベルスは、文学を一部の愛好家だけのものから開放して、より広く、より多くの同時代人に愛され、親しまれるものとなるように努力したい。読み終えて、人それぞれに「ああ、おもしろかった」と感じられれば、私どもの喜び、これにすぎるものはない。

昭和三十四年十二月二十五日

KAPPA NOVELS

横山秀夫
ルパンの消息
長編推理小説　書下ろし
十五年前の女性教師の墜落死が、殺人事件として時効直前に息を吹き返した！　犯人と名指しされた三人の教え子が語った真相とは……。

KAPPA-ONE登龍門　第4弾
大《おお》濱《はま》真《ま》対《つい》
異《い》進《しん》化《か》猟《りょう》域《いき》　バグズ
近未来超能力アクション　書下ろし
異進化種《バグズ》と呼ばれる超能力を持った人間が存在する近未来の東京。テロリストへの復讐を誓った男が繰り広げる壮絶な超能力バトル！

山口雅也
チャット隠れ鬼
四六判ソフトカバー
ディスプレイの向こうにいるのはいったい何者なのか？　ネット社会の闇をえぐり出す、鬼才・山口雅也の最新傑作!!

二階堂黎人
稀覯人《コレクター》の不思議
長編本格推理　書下ろし
稀《き》覯《こう》本《ぼん》が持つ魔力は、求める者を殺人にまで駆り立てた！　水乃サトルの推理が冴える。

藤木　稟
殉《じゅん》教《きょう》者《しゃ》は月に舞う
長編推理小説　書下ろし
十二宮探偵朱雀《すざく》　蟹座《キャンサー》
月の力に導かれ、引き起こされた、哀しき事件―朱雀十夜・十八シリーズ堂々の幕開け！

鳥《とり》飼《かい》否《ひ》宇《う》
痙《けい》攣《れん》的《てき》
モンド氏の逆説
四六判ハードカバー
現代アートシーンで繰り広げられるイリュージョン本格ミステリー。この謎は快楽的なまでに美しい！

森巣　博
極楽カシノ
四六判変型ソフトカバー
怪人モリスばくち旅
夢見ることと祈ること。これが賭博の醍醐味だ！　面白くて、ためになる「海外カシノ入門講座」！

第8回日本ミステリー文学大賞受賞記念特別書下ろし作品
西村京太郎
青い国から来た殺人者
長編推理小説
連続殺人の謎を追って、十津川が四国に飛ぶ！

柄刀　一
ゴーレムの檻《おり》
本格推理小説
三月宇佐見のお茶の会
呪わしくも美しい、浪漫派本格推理の傑作！

船越百恵
名探偵症候群《シンドローム》
長編ロマンティック・コメディ　書下ろし
わたしの彼は、殺人鬼なのでしょうか!?

井上雅彦
燦《きら》めく闇《やみ》
四六判ハードカバー
闇を愛する全ての人に捧ぐ。珠玉の怪奇幻想集。

第8回日本ミステリー文学大賞新人賞受賞作
新井政彦
ユグノーの呪い
四六判ハードカバー
脳を侵略され、記憶を書き換えられた少女を救え！

四六判仮フランス装　ターゴの涙　作・早坂真紀　絵・大庭賢哉
長編本格推理［KAPPA-ONE登龍門］　The unseen 見えない精霊　林《はやし》　泰広《やすひろ》
長編本格推理［KAPPA-ONE登龍門］　密室の鍵貸します　東川篤哉《ひがしがわとくや》
長編本格推理　密室に向かって撃て！　東川篤哉
長編本格推理　完全犯罪に猫は何匹必要か？　東川篤哉
四六判ハードカバー　ゲームの名は誘拐　東野圭吾
長編本格推理　逆さに咲いた薔薇　氷川　透
長編スペクタクル小説　大逆転！ 幻の超重爆撃機「富嶽《ふがく》」（1〜8）　檜山《ひやま》良昭
長編スペクタクル小説　大逆転！ 2003年 戦艦「武蔵《むさし》」（1〜6）　檜山良昭

長編伝奇ホラー　呪海《じゅかい》 聖天《しょうでん》神社怪異縁起　平谷美樹《ひらやよしき》
長編伝奇ホラー　壺空《こくう》 聖天神社怪異縁起　平谷美樹
長編ハード・ロマン　凶悪《きょうあく》海流　広山義慶《よしのり》
長編ハード・バイオレンス小説　闇《やみ》の蠍《さそり》 無法戦士・雷神　広山義慶
四六判ソフトカバー　A HAPPY LUCKY MAN　福田栄一
長編推理小説　人形の家殺人事件　藤　桂子
長編伝奇小説　陰陽師《おんみょうじ》 鬼一法眼《おにいちほうげん》 壱之巻　藤木《ふじき》　稟《りん》
長編伝奇小説　陰陽師 鬼一法眼 弐之巻　藤木　稟
長編伝奇小説　陰陽師 鬼一法眼 参之巻　藤木　稟

長編伝奇小説　陰陽師 鬼一法眼 切千役之巻　藤木　稟
長編伝奇小説　陰陽師 鬼一法眼 鬼女之巻　藤木　稟
長編SF小説　ストーンエイジCOP《コップ》 顔を盗まれた少年　藤崎慎吾
長編SF小説　ストーンエイジKIDS 2035年の山賊　藤崎慎吾
四六判ソフトカバー　ハリー・ポッター■ブリティッシュ・コレクション　編著 藤城真澄
長編推理小説［KAPPA-ONE登龍門3rd Season］　眼球蒐集家《アイボールコレクター》　船越百恵《ふなこしももえ》
長編ホラーミステリー　鳥肌《とりはだ》　松岡弘一《こういち》
復刻新版・松本清張短編全集1　西郷札《さいごうさつ》　松本清張
復刻新版・松本清張短編全集2　青のある断層　松本清張

既刊シリーズ

長編推理小説
金沢W坂《ダブルざか》の殺人 吉村達也

長編推理小説
小樽《おたる》「古代文字《こだいもじ》」の殺人 吉村達也

長編推理小説
能登島《のとじま》黄金屋敷《おうごんやしき》の殺人 吉村達也

長編推理小説
京都魔界伝説の女 魔界百物語1 吉村達也

長編推理小説
平安楽土の殺人 魔界百物語2 吉村達也

ホラー・ミステリー傑作集
心霊写真 氷室想介のサイコ・カルテ 吉村達也

長編推理小説
万華狂殺人事件 魔界百物語3 吉村達也

長編推理小説
ヴィラ・マグノリアの殺人 若竹七海

オムニバス・ミステリー
名探偵は密航中 若竹七海

長編推理小説
古書店アゼリアの死体 若竹七海

オムニバス・ミステリー
死んでも治らない ——大道寺圭《だいどうじけい》の事件簿—— 若竹七海

3冊入りスペシャル・セット・ボックス
贈る物語 綾辻・瀬名・宮部三氏のオリジナル鼎談ブックレット付き

KAPPA-ONE 登龍門

原稿募集要項

前人未到の驚きを求む!

**光文社・ノベルス編集部では、21世紀の新たな地平を拓く
前人未到のエンターテインメント作品を広く募ります。
新世紀の初頭を飾る傑作をお待ちしております。**

光文社・ノベルス編集部

●募集対象

長編小説。ミステリー、本格推理、時代小説、SF、冒険小説、経済小説……ジャンルは問いません。ただし、自作未発表作品に限ります。プロ・アマは問いません。

●原稿枚数

原則として(400字詰め原稿用紙換算で)200枚以上1000枚以内とします。

別紙に題名、簡単な梗概、原稿枚数、応募者の氏名、住所、連絡先電話番号、年齢、性別、職業、応募歴・作品発表歴を明記したものを添えてください。

パソコン、ワープロ原稿で応募の場合、A4サイズの用紙に、1枚あたり縦書き30字詰め×20行〜40行を目安に作成してください。原稿には通しナンバーをふってください(糊付け、ホチキス止め不可)。フロッピーディスク等での応募は認めません。印刷したものでご応募ください。

●応募宛先および問合わせ先

〒112-8011　東京都文京区音羽1-16-6
　光文社　ノベルス編集部「カッパ・ワン」係　TEL 03-5395-8169

●応募締切り

次回の締切りは2005年6月末日とします。以後、毎年の6月末日および12月末日を締切り日とします(当日消印有効)。

●応募作品の評価、出版について

光文社・ノベルス編集部が責任を持って応募原稿を評価し、優秀作品はカッパ・ノベルス「KAPPA-ONE」のシリーズとして刊行させていただきます。

優秀作品は随時刊行を予定。ただし、編集部が即刊行と判断した作品については作者と合議のうえ、締切り途中での刊行も可能とします。投稿原稿の出版権等は光文社に帰属し、出版の際に規定の印税をお支払いします。

●その他

採否などのお問い合わせにはいっさい応じられません。応募原稿は返却いたしません。二重投稿は選考の対象外とします。ご応募いただきました書類の一切に関しましては、選考資料、入選者への通知および応募者への連絡のみに使用させていただきます。その他の目的には使用いたしません。